Ulrich Bräker

Lebensgeschichte und natürliche Ebentheur des Armen Mannes im Tockenburg

Ulrich Bräker: Lebensgeschichte und natürliche Ebentheur des Armen Mannes im Tockenburg

Berliner Ausgabe, 2017, 4. Auflage
Durchgesehener Neusatz mit einer Biographie des Autors bearbeitet und eingerichtet von Michael Holzinger

Erstdruck: Schweizer-Museum (Zürich?), 4. Jg., 2. Heft, 1788 – 5. Jg., 4. Heft 1789. Erste Buchausgabe: Zürich (Orell, Geßner, Füßli und Compagnie) 1789.

Textgrundlage ist die Ausgabe:
Leben und Schriften Ulrich Bräkers, des Armen Mannes im Tockenburg. Dargestellt und herausgegeben von Samuel Voellmy, Bd. 1-3, Basel: Birkhäuser, 1945.

Dieses Buch folgt in Rechtschreibung und Zeichensetzung obiger Textgrundlage.

Herausgeber der Reihe: Michael Holzinger
Reihengestaltung: Viktor Harvion
Umschlaggestaltung unter Verwendung des Bildes:
Ulrich Bräker und seine Frau Salome geb. Ambühl ab dem Eggberg. Gemälde von Joseph Reinhard, 1793

Gesetzt aus der Minion Pro, 10 pt

ISBN 978-1482335316

Inhalt

Vorbericht des Herausgebers 5
Vorrede des Verfassers 7
1. Meine Voreltern 8
2. Mein Geburthstag 9
3. Mein fernstes Denken 10
4. Zeitumstände 11
5. Schon in Gefahr 11
6. Unsre Nachbauern im Näbis 13
7. Wanderung in das Dreyschlatt 14
8. Oekonomische Einrichtung 14
9. Abänderungen 15
10. Nächste Folgen von des Großvaters Tod 16
11. Allerley wie's kömmt 17
12. Die Bubenjahre 17
13. Beschreibung unsers Guts Dreyschlatt 19
14. Der Geißbube 20
15. Wohin, und wie lang 21
16. Vergnügen im Hirtenstand 22
17. Verdruß und Ungemach 23
18. Neue Lebensgefahren 25
19. Kameradschaft 27
20. Neue sonderbare Gemüthslage, und End des Hirtenstands ... 28
21. Neue Geschäfte, neue Sorgen 29
22. O der unseligen Wißbegierde 31
23. Unterweisung 33
24. Neue Cameradschaft 34
25. Damalige häusliche Umstände 35
26. Wanderung auf die Staig zu Wattweil 37
27. Göttliche Heimsuchung 38
28. Jetzt Taglöhner 40
29. Wie. Schon Grillen im Kopf 41
30. So geht's 44
31. Immer noch Liebesgeschichten 46
32. Nur noch dießmal 48
33. Es geht auf Reisen 51
34. Abschied vom Vaterland 52
35. Ist noch vom Schätzle 54
36. Es geht langsam weiters 56
37. Ein nagelneues Quartier 57
38. Ein unerwarteter Besuch 60
39. Was weiters 61

40. O die Mütter, die Mutter 62
41. Hin und her, her und hin 63
42. Noch mehr dergleichen Zeug 66
43. Noch einmal, und dann: Adieu Rothweil! Adieu auf ewig! ... 69
44. Reise nach Berlin 70
45. 's giebt ander Wetter! 73
46. So bin ich denn wirklich Soldat 75
47. Nun geht der Tanz an 77
48. Nebst anderm meine Beschreibung von Berlin 79
49. Nun geht's bald weiters 83
50. Behüte Gott Berlin! - Wir sehen einander nicht mehr 85
51. Marschroute bis Pirna 86
52. Muth und Unmuth 88
53. Das Lager zu Pirna 89
54. Einnahme des Sächsischen Lagers u.s.f. 90
55. Die Schlacht bey Lowositz 91
56. Das heißt - wo nicht mit Ehren gefochten 94
57. Heim! Heim! Nichts als Heim! 97
58. O des geliebten süssen Vaterlands! 99
59. Und nun, was anfangen 100
60. Heurathsgedanken 102
61. Itzt wird's wohl Ernst gelten 103
62. Wohnungsplane 105
63. Das allerwichtigste Jahr 107
64. Tod und Leben 110
65. Wieder drey Jahre 112
66. Zwey Jahre 113
67. Und abermals zwey Jahre 114
68. Mein erstes Hungerjahr 115
69. Und abermals zwey Jahre! 117
70. Nun gar fünf Jahre 122
71. Das Saamenkorn meiner Authorschaft 124
72. Und da 125
73. Freylich manche harte Versuchung 127
74. Wohlehrwürdiger, Hoch- und Wohlgelehrter Herr Pfarrer .. 130
75. Dießmal vier Jahre 133
76. Wieder vier Jahre 135
77. Und nun, was weiters 137
78. Also 138
79. Meine Geständnisse 139
80. Von meiner gegenwärtigen Gemüthslage 154
81. Glücksumstände und Wohnort 161
Anhang (1788) 166

Vorbericht des Herausgebers

In einem der abgesöndertsten Winkeln des so wenig bekannten und oft verkannten Toggenburgs wohnt ein braver Sohn der Natur, der, wiewohl von allen Mitteln der Aufklärung abgeschnitten, sich einzig durch sich selbst zu einem ziemlichen Grade derselben hinaufgearbeitet hat.

Den Tag bringt er mit seiner Berufsarbeit zu. Einen Teil der Nacht, oft bis in die Mitte derselben, liest er, was ihm der Zufall oder ein Freund, oder nun auch seine eigene Wahl in die Hände liefert – oder schreibt auch seine Bemerkungen über sich und andere in der kunstlosen Sprache des Herzens nieder. Hier ist eine Probe davon. –

Finden Sie solche dem Geschmack Ihres lesenden Publikums angemessen, so sey Ihnen der freye Gebrauch davon überlassen. – Nicht allen behagen gleiche Gerichte, und so, denke ich, dürfte diese Darstellung der Schicksale und des häuslichen Lebens eines ganz gemeinen aber rechtschaffenen Mannes mit allen ihren schriftstellerschen Gebrechen dem eint und andern Leser des Museums wohl so willkommen und vielleicht auch ebenso nützlich seyn, als die mit Meisterhand entworfene Lebensbeschreibung irgend eines großen Staatsmannes oder Gelehrten.

Von der gleichen Feder sind noch mehrere kleine Aufsätze in meinen Händen, aus denen oft origineller Witz, muntere Laune, immer ein heller Kopf und ein offenes gutes, Gott und Menschen liebendes Herz hervorleuchtet. Ob auch diese mitgeteilt werden, wird die Aufnahme bestimmen, die dieses biographische Bruchstück findet.

Und du, mein Theurer! den ich als mein Pfarrkind herzlich liebe, als Freund schätze, und dessen Umgang für mein Gemüt so oft die süßeste Erholung von der Arbeit ist, sey nicht ungehalten auf mich, wenn du die Erzählung deiner Schicksale und die Schilderung deines Herzens, eigentlich nur zu deiner und deiner Kinder Belehrung aufgesetzt, ganz wider dein Vermuten hier öffentlich erblickest. Ich fand bey Durchlesung derselben so viel Vergnügen, daß ich der Reitzung, auch andere daran Theil nehmen zu lassen, nicht widerstehen konnte. Du, mein Lieber! lebe indessen in deiner glücklichen Verborgenheit immerhin fort. Du hast die Quelle des Glückes in deinem eigenen Herzen, und wer das hat, der bedarfs nicht, ein mehreres ängstlich außer sich zu suchen.

Und ihr, sonst zur Dunkelheit bestimmte Blätter, fliegt denn in die weite Welt! Und habt auch ihr die Wahrheit bekräftigt, daß ächte Weisheit und Tugend, an kein Land und an keinen Stand unter den Menschen gebunden, oft auch in der einsamen Hütte des Landmanns gesucht werden muß, so ist der Zweck eurer Bekanntmachung vollkommen erreicht.

Wattwil, den 6. Dezemb. 1787.

Martin Imhof, Pfr

Vorrede des Verfassers

Obschon ich die Vorreden sonst hasse, muß ich doch ein Wörtchen zum voraus sagen, ehe ich diese Blätter, weiß noch selbst nicht mit was vor Zeug überschmiere. Was mich dazu bewogen? Eitelkeit? – Freylich! – Einmal ist die Schreibsucht da. Ich möchte aus meinen Papieren, von denen ich viele mit Eckel ansehe, einen Auszug machen. Ich möchte meine Lebenstage durchwandern, und das Merkwürdigste in dieser Erzählung aufbehalten. Ist's Hochmuth, Eigenliebe? Freylich! Und doch müßt' ich mich sehr mißkennen, wenn ich nicht auch andere Gründe hätte. Erstlich das Lob meines guten Gottes, meines liebreichen Schöpfers, meines beßten Vaters, dessen Kind und Geschöpf ich eben so wohl bin als Salomon und Alexander. Zweytens meiner Kinder wegen. Ich hätte schon oft weiß nicht was darum gegeben, wenn ich so eine Historie meines sel. Vaters, eine Geschichte seines Herzens und seines Lebens gehabt hätte. Nun, vielleicht kann's meinen Kindern auch so gehen, und dieses Büchlein ihnen so viel nützen, als wenn ich die wenige daran verwandte Zeit mit meiner gewohnten Arbeit zugebracht hätte. Und wenn auch nicht, so macht's doch mir eine unschuldige Freude, und ausserordentliche Lust, so wieder einmal mein Leben zu durchgehen. Nicht daß ich denke, daß mein Schicksal für andre etwas seltenes und wunderbares enthalte, oder ich gar ein besondrer Liebling des Himmels sey. Doch wenn ich auch das glaubte – wär's Sünde? Ich denke wieder Nein! Mir ist freylich meine Geschichte sonderbar genug; und vortrefflich zufrieden bin ich, wie mich die ewig weise Vorsehung bis auf diese Stunde zu leiten für gut fand. Mit welcher Wonne kehr' ich besonders in die Tage meiner Jugend zurück, und betrachte jeden Schritt, den ich damals und seither in der Welt gethan. Freylich, wo ich stolperte – bey meinen mannigfachen Vergebungen – o da schauert's mir – und vielleicht nur allzugeschwind werd' ich über diese wegeilen. Doch, wem wurd's frommen, wenn ich alle meine Schulden herzählen wollte – da ich hoffe, mein barmherziger Vater und mein göttlicher Erlöser haben sie, meiner ernstlichen Reue wegen, huldreich durchgestrichen. O mein Herz brennt schon zum Voraus in inniger Anbetung, wenn ich mich gewisser Standpunkte erinnere, wo ich vormals die Hand von oben nicht sah, die ich nachwärts so deutlich erkannte und fühlte. Nun, Kinder! Freunde! Geliebte! Prüfet alles, und das Gute behaltet.

1. Meine Voreltern

Dererwegen bin ich so unwissend als es Wenige seyn mögen. Daß ich Vater und Mutter gehabt, das weiß ich. Meinen sel. Vater kannt' ich viele Jahre, und meine Mutter lebt noch. Daß diese auch ihre Eltern gehabt, kann ich mir einbilden. Aber ich kannte sie nicht, und habe auch nichts von ihnen vernommen, ausser daß mein Großvater M.B. aus dem Käbisboden geheissen, und meine Großmutter (deren Namen und Heimath ich niemals vernommen) an meines Vaters Geburt gestorben; daher ihn denn ein kinderloser Vetter J.W. im Näbis, der Gemeind Wattweil, an Kindesstatt angenommen; den ich darum auch nebst seiner Frau für meine rechten Großeltern hielt und liebte, so wie sie mich hinwieder als ein Großkind behandelten. Meine müterlichen Großeltern hingegen kannt ich noch wohl; es war U.Z. und E.W. ab der Laad.

Mein Vater war sein Tage ein armer Mann; auch meine ganze Freundschaft hatte keinen reichen Mann aufzuweisen. Unser Geschlecht gehört zu dem Stipendigut. Wenn ich oder meine Nachkommen einen Sohn wollten studiren lassen, so hätte er 600. Gl. zu beziehen. Erst vorm Jahr war mein Vetter, E.B. von Kapel, Stipendi-Pfleger. Ich weiß aber noch von keinem B. der studirt hätte. Mein Vater hat viele Jahre das Hofjüngergeld bekommen; ist aber bey einer vorgenommenen Reformation, nebst andern Geschlechtern, welche, wie das seinige, nicht genugsame Urkunden darbringen mochten, ausgemerzt worden. Mit der Genossami des Stipendii hingegen hat es seine Richtigkeit, obschon ich auch nicht recht weiß, wie es gestiftet worden, wer von meinen Voreltern dazu geholfen hat, u.s.f.

Ihr seht also, meine Kinder, daß wir nicht Ursache haben, ahnenstolz zu seyn. Alle unsre Freunde und Blutsverwandte sind unbemittelte Leuthe, und von allen unsern Vorfahren hab' ich nie nichts anders gehört. Fast von keinem, der das geringste Aemtli bekleidete. Meines Großvaters Bruder war Mesmer zu Kapel, und sein Sohn Stipendipfleger. Das ist's alles aus der ganzen weitläuftigen Verwandschaft. Da können wir ja wohl vor dem Hochmuth gesichert seyn, der so viele arme Narren anwandelt, wenn sie reiche und angesehene Vettern haben, obgleich ihnen diese keinen Pfifferling geben. Nein! Von uns B. quält, Gott Lob! diese Sucht, so viel ich weiß keinen einzigen; und ihr seht, meine Kinder! daß sie auch mich nicht plagt – sonst hätt' ich wenigstens unserm

Stammbaum genauer nachgeforscht. Ich weiß, daß mein Großvater und desselben Vater arme Leuthe waren, die sich kümmerlich nähren mußten; daß mein Vater keinen Pfenning erbte; daß ihn die Noth sein Lebenlang drückte, und er nicht selten über seinen kleinen Schuldenlast seufzte. Aber deswegen schäm' ich mich meiner Eltern und Voreltern bey weitem nicht. Vielmehr bin ich noch eher ein Bischen stolz auf sie. Denn, ihrer Armuth ungeachtet, hab' ich von keinem Dieb, oder sonst einem Verbrecher den die Justiz hätte straffen müssen, von keinem Lasterbuben, Schwelger, Flucher, Verleumder u.s.f. unter ihnen gehört; von keinem, den man nicht als einen braven Biedermann mußte gelten lassen; der sich nicht ehrlich und redlich in der Welt nährte; von keinem der betteln gieng. Dagegen kannt' ich wirklich recht manchen wackern, frommen Mann, mit zartem Gewissen. Das ist's allein, worauf ich stolz bin, und wünsche, daß auch Ihr stolz darauf werdet, meine Kinder! daß wir diesen Ruhm nicht besudeln, sondern denselben fortzupflanzen suchen. Und eben das möcht' ich Euch recht oft zu Gemüthe führen, in dieser meiner Lebensgeschichte.

2. Mein Geburthstag

(22. Dezembr. 1735.)

Für mich ein wichtiger Tag. Ich sey ein Bischen zu früh auf der Welt erschienen, sagte man mir. Meine Eltern mußten sich dafür verantworten. – Mag seyn, daß ich mich schon in Mutterleibe nach dem Tageslichte gesehnt habe – und dieß nach dem Licht sehnen geht mir wohl all mein Tage nach! Daneben war ich die erste Kraft meines Vaters – und Dank sey ihm unter der Erde, von mir auch dafür gesagt! Er war ein hitziger Mann, voll warmen Blutes. O ich habe schon tausendmal drüber nachgedacht, und mir bisweilen einen andern Ursprung gewünscht, wenn flammende Leidenschaften in meinem Busen tobten, und ich den heftigsten Kampf mit ihnen bestehen mußte. Aber, sobald Sturm und Wetter vorbey war, dankt' ich ihm doch wieder, daß er mir sein feuriges Temperament mitgetheilt hat, womit ich unzählige schuldlose Freuden lebhafter als so viele andere Leuthe geniessen kann. Genug, an diesem 22. Dez. kam ich ans Tageslicht. Mein Vater sagte mir oft: Er habe sich gar nicht über mich gefreut: Ich sey ein armes elendes Geschöpf gewesen; nichts als kleine Beinerchen, mit einem verschrumpften Häutgen überzogen; Und doch hätt' ich Tag und Nacht ein gräßliches Zettergeschrey erhoben, das man bis ins Holz hören konnte, u.s.f. Er hat mich oft recht bös damit gemacht. Dachte: Ha, ich werd's auch gemacht haben, wie andre neugeborne Kinder! Aber die Muter gab ihm allemal Beyfall. Nun, es kann seyn.

Am H. Weihnachtstag ward ich getauft, in Wattweil; und ich freute mich schon oft, daß es gerad an diesem Tage geschah, da wir die Geburt unsers Hochgelobten Erlösers feyern. Und wenn's eine einfältige Freude ist, was macht's – giebt's doch gewiß noch viel kindischre? H.G.H. von Kapel aus der Au, und A.M.M. aus der Schamatten, waren meine Taufpathen; Er ein feuriger reicher Junggesell, Sie eine bemittelte hübsche Jungfer. Er starb ledig; sie lebt noch im Wittwenstand.

In meinen ersten Lebensjahren mag ich wohl ein wenig verzärtelt worden seyn, wie's gewöhnlich mit allen ersten Kindern geht. Doch wollte mein Vater schon frühe genug mit der Ruthe auf mich dar; aber die Mutter und Großmutter nahmen mich in Schutz. Mein Vater war wenig daheim; er brennte hie und da im Land und an benachbarten Orten Salpeter. Wenn er dann wieder nach Hause kam, war er mir fremd. Ich floh ihn. Dies verdroß den guten Mann so sehr, daß er mich mit der Ruthe zahm machen wollte. (Diese Thorheit begehen viele neuangehende Väter, und fordern nämlich von ihren ersten Kindern aus pur lauter Liebe, daß sie eine eben so zärtliche Neigung gegen sie wie gegen ihre Mütter zeigen sollten. Und so hab' ich auch bey mir und viel andern Vätern wahrgenommen, daß sie ihre Erstgeborenen unter einer ungereimt scharfen Zucht halten, die dann bis zu den letzten Kindern nach und nach völlig erkaltet.)

3. Mein fernstes Denken

(1738.)

Gewiß kann ich mich so weit hinab – oder hinauf – wo nicht gar bis auf mein zweytes Lebensjahr zurückerinnern. Ganz deutlich besinn' ich mich, wie ich auf allen Vieren einen steinigten Fußweg hinabkroch, und einer alten Baase durch Gebehrden Aepfel abbetelte. – Ich weiß gewiß, daß ich wenig Schlaf hatte – daß meine Muter, um hinter den Großeltern einen geheimen Pfenning zu verdienen, des Nachts verstohlner Weise beym Licht gesponnen

– daß ich dann nicht in der Kammer allein bleiben wollte, und sie darum eine Schürze auf den Boden spreiten mußte, mich nackt darauf setzte, und ich mit dem Schatten und ihrer Spindel spielte. – Ich weiß, daß sie mich oft durch die Wiese auf dem Arm dem Vater entgegentrug; und daß ich dann ein Mordiogeschrey anfieng, sobald ich ihn erblickte, weil er mich immer rauh anfuhr, wenn ich nicht zu ihm wollte. Seine Figur und Geberden die er dann machte, seh' ich jetzt noch wie lebendig vor mir.

4. Zeitumstände

Um diese Zeit waren alle Lebensmittel wohlfeil; aber wenig Verdienst im Lande. Die Theurung und der Zwölferkrieg waren noch in frischem Angedenken. Ich hörte meine Mutter viel davon erzählen, das mich zittern und beben machte. Erst zu End der Dreyßigerjahre ward das Baumwollenspinnen in unserm Dorf eingeführt; und meine Muter mag eine von den ersten gewesen seyn, die Löthligarn gesponnen. (Unser Nachbar, A.F. trug das erste um einen Schilling Lohn an den Zürchsee, bis er eine eigne Dublone vermochte. Dann fieng er selber an zu kaufen, und verdiente nach und nach etlich tausend Gulden. Da hörte er auf, setzte sich zur Ruhe, und starb.) In meinen Kinderjahren sind auch die ersten Erdapfel in unserm Ort gepflanzt worden.

5. Schon in Gefahr

(1739.)

Sobald ich die ersten Hosen trug, war ich meinem Vater schon lieber. Er nahm mich hie und da mit sich. Im Herbst d.J. brannte er im Gandten, eine halbe Stunde von Näbis entfernt, Salpeter. Eines Tags nahm er mich mit sich; und, da Wind und Wetter einfiel, behielt er mich zu Nacht bey sich. Die Salpeterhütte war vor dem Tenn, und sein Bett im Tenn. Er legte mich darein und sagte liebkosend, er wolle bald auch zu mir liegen. Unterdessen fuhr er fort zu feuern, und ich schlief ein. Nach einem Weilchen erwacht' ich wieder, und rief ihm – Keine Antwort. – Ich stund auf, trippelte im Hemdli nach der Hütte und um den Gaden überall herum, rief – schrie! Nirgends kein Vater. Nun glaubt ich gewiß, er wäre heim zu der Mutter gegangen. Ich also hurtig, legte die Höslin an, nahm das Brusttüchlin übern Kopf, und rannte in der stockfinstern Regennacht zuerst über die nächstanstossende lange Wiese. Am End derselben rauschte ein wildangelaufener Bach durch ein Tobel. Den Stäg könnt' ich nicht finden, und wollte darum ohne weiters und gerade hinüber, dem Näbis zu; glitschte aber über eine Riese zum Bach hinab, wo mich das Wasser beynahe ergriffen hätte. Die äusserste Anstrengung meiner jugendlichen Kräfte half mir noch glücklich davon. Ich kroch wieder auf allen Vieren durch Stauden und Dörn' hinauf der Wiese zu, auf welcher ich überall herumirrte, und den Gaden nicht mehr finden konnte – als ich gegen einer Windhelle zwey Kerls – Birn- oder Aepfeldiebe – auf einem Baum ansichtig ward. Diesen ruf ich zu, sie sollten mir doch auf den Weg helfen. Aber da war kein Bescheid; vielleicht daß sie mich für ein Ungeheuer hielten, und oben im Gipfel noch ärger zittern mochten, als ich armer Bube unten im Koth. – Inzwischen war mein Vater, der während meinem Schlummer nach einem ziemlich entfernten Haus gieng, etwas zu holen, wieder zurückgekehrt. Da er mich vermißte, suchte er in allen Winkeln nach, wo ich mich etwa mögte verkrochen haben; zündete bis in die siedenden Kessel hinein, und hörte endlich mein Geschrey, dem er nachgieng, und mich nun bald ausfindig machte. O, wie er mich da herzte und küßte, Freudenthränen weinte und Gott dankte, und mich, sobald wir zum Gaden zurückkamen, sauber und trocken machte – denn ich war mausnaß, dreckigt bis über die Ohren, und hatte aus Angst noch in die Hosen ... Morndeß am Morgen führte er mich an der Hand durch die Wiese: Ich sollt ihm auch den Ort zeigen, wo ich heruntergepurzelt. Ich könnt' ihn nicht finden: Zuletzt fand Er ihn an dem Geschlirpe, das ich beym Hinabrutschen gemacht; schlug dann die Händ' überm Kopf zusamen, vor Entsetzen über die Gefahren worinn ich geschwebt, und vor Lob und Preis über die Wunderhand Gottes, die mich allein erretten konnte: »Siehst du,« sprach er, »nur noch wenige Schritte, so stürzt der Bach über den Felsen hinab. Hätt' dich das Wasser fassen können, so lägst du dort unten todt und zermürset!« Von allem diesem begriff ich damals kein Wort; ich wußte nur von meiner Angst, nichts von Gefahr. Besonders aber schwebten die Kerle auf dem Baum mir viele Jahre vor Augen, sobald mich nur ein Wort an die Geschichte erinnerte.

Gott! Wie viele tausend Kinder kämen auf eine elende Art ums Leben, wenn nicht deine schützenden Engel über sie wachten. Und, o wie gut hat auch der meinige über mich gewacht, Lob und Preis sey dir dafür noch heute von mir gebracht, und in alle Ewigkeit!

6. Unsre Nachbauern im Näbis

Der Näbis liegt im Berg, ob Scheftenau. Von Kapel hört man die Glocke läuten und schlagen. Es sind nur zwey Häuser. Die aufgehnde Sonne strahlt beyden gerad in die Fenster. Meine Großmutter und die Frau im andern Haus waren zwo Schwestern; fromme alte Mütterle, welche von andern gottseligen Weibern in der Nachbarschaft fleißig besucht wurden. Damals gab es viel fromme Leuthe daherum. Mein Vater, Großvater, und andre Männer, sahen's zwar ungern; durften aber nichts sagen, aus Furcht sie könnten sich versündigen. Der Bätbeele war ihr Lehrer (seinem Bruder sagte man Schweerbeele), ein grosser langer Mann, der sich nur vom Kuderspinnen und etwas Allmosen nährte. In Scheftenau war fast in jedem Haus eins, das ihm anhieng. Meine Großmutter nahm mich oft mit zu diesen Zusammenkünften. Was eigentlich da verhandelt wurde, weiß ich nicht mehr; nur so viel, daß mir dabey die Weil verzweifelt lang war. Ich mußte mäuslinstill sitzen, oder gar knieen. Dann gab's unaufhörliche Ermahnungen und Bestrafungen von den Baasen allen, die ich so wenig verstuhnd als eine Katze. Dann und wann aber stahl mich mein Großvater zum voraus weg, und mußt' ich mit ihm in den Berg, wo unsre Kühe waideten. Da zeigte er mir allerley Vögel, Käfer und Würmchen, dieweil er die Matten säuberte, oder junge Tännchen, den wilden Seevi, u.s.f. ausraufte. Wenn er dann alles an einen Haufen warf, und's bey einbrechendem Abend anzündete, da war's mir erst recht gekocht. Anderer Buben, die etwa dabey seyn mochten, erinnere ich mich nicht mehr, wohl aber etlicher halberwachsener Meidlinen, die mit mir spielten. Ich gieng damals in mein sechstes Jahr; hatte schon zwey Brüder und eine Schwester, von denen es hieß, daß eine alte Frau sie in einer Butte gebracht.

7. Wanderung in das Dreyschlatt

(1741.)

Mein Vater hatte einen Wanderungsgeist, der zum Theil auch auf mich gekommen ist. In diesem Jahr kaufte er ein groß Gut (für 8. Kühe Sommer- und Winterung), Dreyschlatt genannt, in der Gemeind Krynau, zu hinderst in einer Wildniß, nahe an den Alpen. Das nicht halb so grosse Gütchen im Näbis hingegen verkaufte er dafür: Weil er (wie er sagte) sah, daß ihn eine grosse Haushaltung anfallen wolle; damit er für viele Kinder Platz und Arbeit genug hätte; auch daß er sie in dieser Einöde nach seinem Willen erziehen könnte, wo sie vor der Verführung der Welt sicher wären. Auch rieth der Großvater, der von Jugend an ein starker Viehmann war, sehr dazu. Aber mein guter Aeti verbande sich den unrechten Finger, und watete sich, da er an das Gut nichts zu geben hatte, in einen Schuldenlast hinein, unter welchem er nachwerts 13. Jahre lang genug seufzen mußte. Also im Herbst 41. zügelten wir mit Sack und Pack ins Dreyschlatt. Mein Großäti war Senn; Ich jagte die Kühe nach; mein Bruder G. nur 20. Wochen alt, ward in einem Korb hingetragen. Mutter und Großmutter, mit den zwey andern Kindern kamen hinten nach; und der Vater, mit dem übrigen Plunder, beschloß den Zug.

8. Oekonomische Einrichtung

Mein Vater wollte doch das Salpetersieden nicht aufgeben, und dachte damit wenigstens etwas zu Abherrschung der Zinse zu verdienen. Aber so ein Gut, wie der Dreyschlatt, braucht Händ' und Armschmalz. Wir Kinder waren noch wie für nichts zu rechnen; der Großäti hatte mit dem Vieh, und die Mutter genug im Haus zu thun. Es mußten also ein Knecht und eine Magd gedungen werden. Im folgenden Frühjahr gieng der Vater wieder dem Salpeterwerk nach. Inzwischen hatte man mehr Küh' und Geissen angeschafft. Der Großäti zog Jungen Fasel nach. Das war mir eine Tausendslust, mit den Gitzen so im Gras herumlaufen, und ich wußte nicht, ob der Alte eine grössere Freud an mir oder an ihnen hatte, wenn er sich so, nachdem das Vieh besorgt war, an unsern Sprüngen ergötzte. So oft er vom Melken kam, nahm er mich mit sich in den Milchkeller, zog dann ein Stück Brod aus dem Futterhemd, brockt' es in eine kleine Mutte, und machte ein kühwarmes Milchsüpple. Das assen ich und er so alle Tage. So vergieng mir meine Zeit, unter Spiel und Herumtrillern, ich wußt' nicht wie? Dem Großäti giengs eben so. Aber, aber – Knecht und Magd thaten inzwischen was sie gern wollten. Die Mutter war ein gutherziges Weib; nicht gewohnt jemand mit Strenge zur Arbeit anzuhalten. Es mußte allerhand Milch- und Werkgeschirr eingekauft werden; und, da man viel Waide zu Wiesen einschlug, auch Heu und Stroh, um mehr Mist zu machen. Im Winter hatten wir allemal zu wenig Futter – oder zu viel fressende Waar. Man mußt' immer mehr Geld entlehnen; die Zinse häuften sich, und die Kinder wurden grösser, Knecht und Magd feißt, und der Vater mager.

9. Abänderungen

Er merkte endlich, daß so die Wirthschaft nicht gehen könne. Er änderte sie also; und gab nämlich das Salpetersieden auf, blieb daheim, führte das Gesind selber zur Arbeit an, und war allenthalben der erste. Ich weiß nicht ob er auf einmal gar zu streng angefangen, oder ob Knecht und Magd, wie oben gesagt, sonst zu meisterlos geworden; kurz, sie jahrten aus, und liefen davon. Um die gleiche Zeit wurde der Großäti krank. Erst stach er sich nur an einem Dorn in den Daumen; der wurde geschwollen. Er band frischwarmen Kühmist drauf; da schwoll die ganze Hand. Er empfand entsetzliche Hitz' darinn, gieng zum Brunnen, und wusch den Mist unter der Röhre wieder ab. Aber das hatte nun gar böse Folgen. Er mußte sich bald zu Beth legen, und bekam die Wassersucht. Er ließ sich abzäpfen; das Wasser rann in den Keller hinab. Nachdem er so 5. Monathe gelegen, starb er zum Leidwesen des ganzen Hauses; denn alle liebten ihn, vom Kleinsten bis zum Größten. Er war ein angenehmer, Freud' und Friede liebender Mann. Er hatte an meinem Vater und mir ungemein viel gethan; und ich habe nie von keinem Menschen etwas Böses über ihn sagen gehört. Mein Vater und Mutter erzählten noch viele Jahre allerhand Löbliches und Schönes von ihm. Als ich ein wenig zum Verstand kam, erinnerte ich mich seiner erst recht, und verehrt' ihn im Staub und Moder. Er liegt im Kirchhof zu Krynau begraben.

10. Nächste Folgen von des Großvaters Tod

Nun wurde wieder eine Magd angeschaft; die war dem Vater recht, weil sie brav arbeitete. Aber Mutter und Großmutter konnten sie nicht leiden, weil sie glaubten, sie schmeichle dem Vater, und trag' ihm alles zu Ohren. Auch war sie krätzig, so daß wir alle die Raud von ihr erbten. Und kurz, die Mütter ruhten nicht; sie mußte fort, und eine andre zu. Die war nun ihnen recht, aber dem Vater nicht, weil sie nur das Haus- aber nicht das Feldwerk verstand. Auch meinte er, sie helfe den Weibern allerhand verschmauchen. Jetzt gab's bald alle Tag einen Zank. Die Weibervölker stunden zusammen; der Mann hinwieder glaubte, Er sey einmal Meister; und kurz, es schien als wenn der alte Näbis-Joggele einen guten Theil vom Hausfrieden mit sich unter den Boden genommen hätte. Aus Verdruß gieng darum der Vater einstweilig wieder dem Salpetersieden nach, übergab die Wirthschaft seinem Bruder N. als Knecht, und glaubte mit einem so nahen Blutsfreunde wohl versorgt zu seyn. Er betrog sich. Er konnt' ihn nur ein Jahr behalten, und sah noch zu rechter Zeit die Wahrheit des Sprüchworts ein: Wer will daß es ihm ling, schau selber zu seinem Ding! – Nun gieng er nicht mehr fort, trat auf's neue an die Spitze der Haushaltung, arbeitete über Kopf und Hals, und hirtete die Kühe selber; Ich war sein Handbub, und mußte mich brav tummeln. Die Magd schafte er ab; und dingte dafür einen Gaißenknab, da er jetzt einen Fasel Gaissen gekauft, mit deren Mist er viel Waid und Wiesen machte. Inzwischen wollten ihn die Weiber noch immer meistern; das konnt' er nicht leiden; 's gab wieder allerley Händel. Endlich da er einmal der Großmutter in der Hitz' ein Habermußbecken nachgeschmissen, lief sie davon, und gieng wieder zu ihren Freunden in den Näbis. Die Sach' kam vor die Amtsleuth. Der Vater mußt ihr alle Wochen 6. Batzen und etwas Schmalz geben. Sie war ein kleines bucklichtes Fräulein; mir eine liebe Großmutter; die hinwieder auch mich hielt wie ihr rechtes Großkind; aber, die Wahrheit zu sagen, ein wenig wunderlich, wetterwendisch; gieng immer den sogenannten Frommen nach, und fand doch niemand recht nach ihrem Sinn. Ich mußt' ihr alle Jahr die Metzgeten bringen, und blieb dann ein Paar Tage bey ihr. Da war gut Leben: Ich ließ mir's schmecken; ihre wohlgemeinten Ermahnungen hingegen zum einten Ohr ein, und zum andern wieder aus. Gewiß kein Ruhm für mich. Aber dergleichen Buben machen's, leider Gott erbarm! so. Zuletzt war sie einige

Jahr blind, und starb endlich in der Feuerschwand in einem hohen Alter An. 50. 51. oder 52. Sie vermachte mir ein Buch, Arndts wahres Christenthum, apart. Sie war gewiß ein gottseliges Weib, in der Schamaten hoch estimirt; und die Leuth dort sind mir noch besonders lieb um ihretwillen. Auch glaub' ich gewiß noch Glück von ihr her zu haben; denn Elternsegen ruht auf Kindern und Kindskindern.

11. Allerley wie's kömmt

Unsre Haushaltung vermehrte sich. Es kam alle zwey Jahr geflissentlich ein Kind; Tischgänger genug, aber darum noch keine Arbeiter. Wir mußten immer viel Taglöhner haben. Mit dem Vieh war mein Vater nie recht glücklich; es gab immer etwas krankes. Er meinte, die starken Kräuter auf unsrer Waid seyen nicht wenig Schuld daran. Der Zins überstieg alle Jahr die Losung. Wir reuteten viel Wald aus, um mehr Mattland, und Geld von dem Holz zu bekommen; und doch kamen wir je länger je tiefer in die Schulden, und mußten immer aus einem Sack in den andern schleufen. Im Winter sollten ich, und die ältesten welche auf mich folgten, in die Schule; aber die dauerte zu Krynau nur 10. Wochen, und davon giengen uns wegen tiefem Schnee noch etliche ab. Dabey konnte man mich schon zu allerley Nutzlichem brauchen. Wir sollten anfangen, Winterszeit etwas zu verdienen. Mein Vater probierte aller Gattung Gespunst: Flachs, Hanf, Seiden, Wollen, Baumwollen; auch lehrte er uns letztre kämbeln, Strümpfstricken, u.d.g. Aber keins warf damals viel Lohn ab. Man schmälerte uns den Tisch, meist Milch und Milch; ließ uns lumpen und lempen, um zu sparen. Bis in mein sechszehntes Jahr gieng ich selten, und im Sommer baarfuß in meinem Zwilchröcklin zur Kirche. Alle Frühjahr mußte der Vater mit dem Vieh oft weit nach Heu fahren, und es theuer bezahlen.

12. Die Bubenjahre

Indessen kümmerte mich alle dieß um kein Haar. Auch wußt' ich eigentlich nichts davon, und war überhaupt ein leichtsinniger Bube, wie's je einen gab. Alle Tag dacht' ich dreymal ans Essen, und damit aus. Wenn mich der Vater nur mit langanhaltender oder strenger Arbeit verschonte, oder ich eine Weile davonlaufen konnte, so war mir alles recht. Im Sommer sprang ich in der Wiese und an den Bächen herum, riß Kräuter und Blumen ab, und machte Sträusse wie Besen; dann durch alles Gebüsch, den Vögeln nach, kletterte auf die Bäume, und suchte Nester. Oder ich las ganze Haufen Schneckenhäuslein oder hübsche Stein zusammen. War ich dann müd', so setzt' ich mich an die Sonne, und schnitzte zuerst Hagstecken, dann Vögel, und zuletzt gar Kühe; denen gab ich Namen, zäunt' ihnen eine Waid ein, baut' ihnen Ställe, und fütterte sie; verhandelte dann bald dies bald jenes Stück, und machte immer wieder schönere. Ein andermal richtete ich Oefen und Feuerherd auf, und kochte aus Sand und Lett einen saubern Brey. Im Winter wälzt' ich mich im Schnee herum, und rutschte bald in einer Scherbe von einem zerbrochenen Napf, bald auf dem blossen Hintern, die Gähen hinunter. Das trieb ich dann alles so, wie's die Jahrszeit mitbrachte, bis mir der Vater durch den Finger pfiff, oder ich sonst merkte, daß es Zeit über Zeit war. Noch hatt' ich keine Cameraden; doch wurd' ich in der Schule mit einem Buben bekannt, der oft zu mir kam, und mir allerhand Lappereyen um Geld anbot, weil er wußte, daß ich von Zeit zu Zeit einen halben Batzen zu Trinkgeld erhielt. Einst gab er mir ein Vogelnest in einem Mausloch zu kaufen. Ich sah täglich darnach. Aber eines Tags waren die Jungen fort; das verdroß mich mehr als wenn man dem Vater alle Küh gestohlen hätte. Ein andermal, an einem Sonntag, bracht' er Pulver mit – bisher kannt' ich diesen Höllensamen nicht – und lehrte mich Feuerteufel machen. Eines Abends hatt' ich den Einfall: Wenn ich auch schiessen könnte! Zu dem End' nahm ich eine alte eiserne Brunnröhre, verklebte sie hinten mit Leim, und machte eine Zündpfanne auch von Leim; in diese that ich dann das Pulver, und legte brennenden Zunder daran. Da's nicht losgehen wollte, blies ich ... Puh! Mir Feuer und Leim alles ins Gesicht. Dieß geschah hinterm Haus; ich merkte wohl, daß ich was unrechtes that. Inzwischen kam meine Mutter, die den Klapf gehört hatte, herunter. Ich war elend bleßirt. Sie jammerte, und half mir hinauf. Auch der Vater hatte oben in der Waide die Flamm gesehen, weils fast Nacht war. Als er heimkam, mich im Bett antraf, und die Ursache vernahm, ward er grimmig böse. Aber sein Zorn stillte sich bald, als er mein verbranntes Gesicht erblickte. Ich litt grosse Schmerzen. Aber ich verbiß sie, weil ich sonst fürchtete, noch Schläge oben drein zu bekommen, und wußte daß ich solche verdient hätte. Doch mein Vater empfand wohl, daß ich Schläge genug habe. Vierzehn Tage sah' ich keinen Stich; an den Augen hatt' ich kein Häärlein mehr.

Man hatte grosse Sorgen wegen dem Gesicht. Endlich war's doch allmälig und von Tag zu Tag wieder besser. Jetzt, sobald ich vollkommen hergestellt war, machte der Vater es mit mir, wie Pharao mit den Israeliten, ließ mich tüchtig arbeiten, und dachte: So würden mir die Possen am beßten vergehen. Er hatte Recht. Aber damals konnt' ich's nicht einsehen, und hielt ihn für einen Tyrann, wenn er mich so des Morgens früh aus dem Schlaf nahm, und an das Werk musterte. Ich meinte, das wär' eben nicht nöthig; die Kühe gäben ja die Milch von sich selber.

13. Beschreibung unsers Guts Dreyschlatt

Dreyschlatt ist ein wildes einödes Ort, zuhinderst an den Alpen Schwämle, Creutzegg und Aueralp; vorzeiten war's eine Sennwaid. Hier giebt's immer kurzen Sommer und langen Winter; während letzterm meist ungeheuern Schnee, der oft noch im May ein Paar Klafter tief liegt. Einst mußten wir noch am H. Pfingstabend einer neuangelangten Kuh, mit der Schaufel zum Haus pfaden. In den kürzsten Tagen hatten wir die Sonn nur 5. Viertelstunden. Dort entsteht unser Rotenbach, der dem Fäsi in seiner Erdbeschreibung, und dem Walser in seiner Kart entwischte; ungeachtet er zweymal grösser als der Schwendi- oder Lederbach ist, der viele Mühlen, Sagen, Walken, Stampfen und Pulvermühlen treibt. Doch beym Dreyschlatt da hat es das herrlichste Quellwasser; und wir in unserm Haus und Scheur aneinander hatten einen Brunnen, der nie gefror, unterm Dach, so daß das Vieh den ganzen Winter über nie den Himmel sah. – Wenn's im Dreyschlatt stürmt, so stürmt's dann recht. Wir hatten eine gute, nicht gähe Wiese, von 40–50. Klafter Heu, und eine grasreiche Waide. Auf der Sommerseite im Altischweil ist's schon früher, aber auch gäher und räucher. Holz und Stroh giebt's genug. Hinterm Haus ist ein Sonnenrain, wo's den Schnee wegbläst, der hingegen an einem Schattenrain vor dem Haus im Frühjahr oft noch liegen bleibt, wenn's an jenem schon Gras und Schmalzblumen hat. Am frühsten und am späthsten Ort auf dem Gut trift's wohl 4. Wochen an.

14. Der Geißbube

Ja! Ja! sagte jetzt eines Tags mein Vater: Der Bub wächst, wenn er nur nicht so ein Narr wäre, ein verzweifelter Lappe; auch gar kein Hirn. Sobald er an die Arbeit muß, weißt er nicht mehr was er thut. Aber von nun an muß er mir die Geissen hüten, so kann ich den Geißbub abschaffen. – Ach! sagte meine Mutter, so kommst du um Geissen und Bub. Nein! Nein! Er ist noch zu jung. – Was jung? sagte der Vater: Ich will es drauf wagen, er lernt's nie jünger; die Geissen werden ihn schon lehren; sie sind oft witziger als die Buben. Ich weiß sonst doch nichts mit ihm anzufangen.

Mutter. Ach! was wird mir das für Sorg' und Kummer machen. Sinn' ihm auch nach! Einen so jungen Bub mit einem Fasel Geissen in den wilden einöden Kohlwald schicken, wo ihm weder Steg noch Weg bekannt sind, und's so gräßliche Töbler hat. Und wer weiß, was vor Thier sich dort aufhalten, und was vor schreckliches Wetter einfallen kann? Denk doch, eine ganze Stund weit! und bey Donner und Hagel, oder wenn sonst die Nacht einfällt, nie wissen, wo er ist. Das ist mein Tod, und Du mußt's verantworten.

Ich. Nein, nein, Mutter! Ich will schon Sorg haben, und kann ja drein schlagen wann ein Thier kommt, und vor'm Wetter untern Felsen kreuchen, und, wenn's nachtet, heimfahren; und die Geissen will ich, was gilt's, schon paschgen.

Vater. Hörst jetzt! Eine Woche mußt' mir erst mit dem Geißbub gehen. Dann gieb wohl Achtung wie er's macht; wie er die Geissen alle heißt, und ihnen lockt und pfeift; wo er durchfahrt, und wo sie die beßte Waid finden.

Ja, ja! sagt' ich, sprang hoch auf, und dacht': Im Kohlwald da bist du frey; da wird dir der Vater nicht immer pfeifen, und dich von einer Arbeit zur andern jagen. Ich gieng also etliche Tag mit unserm Beckle hin; so hieß der Bub; ein rauher, wilder, aber doch ehrlicher Bursche. Denkt doch! Er stuhnd eines Tags wegen einer Mordthat im Verdacht, da man eine alte Frau, welche wahrscheinlich über einen Felsen hinunterstürzte, auf der Creutzegg todt gefunden. Der Amtsdiener holte ihn aus dem Bett nach Lichtensteig. Man merkte aber bald, daß er ganz unschuldig war, und er kam zu meiner grossen Freud noch denselben Abend wieder heim. – Nun trat ich mein neues Ehrenamt an. Der Vater wollte zwar den Beckle als Knecht behalten; aber die Arbeit war ihm zu streng, und er nahm im Frieden seinen Abschied. – Anfangs wollten mir die Geissen, deren ich bis 30. Stück hatte, kein gut thun; das machte mich wild, und ich versucht' es, ihnen mit Steinen und Prügeln den Meister zu zeigen; aber sie zeigten ihn mir; ich mußte also die glatten Wort' und das Streicheln und Schmeicheln zur Hand nehmen. Da thaten sie, was ich wollte. Auf die vorige Art hingegen verscheucht' ich sie so, daß ich oft nicht mehr wußte was anfangen, wenn sie alle ins Holz und Gesträuch liefen, und ich meist rundum keine einzige mehr erblicken konnte, halbe Tage herumlaufen, pfeifen und jolen, sie an den Galgen verwünschen, brüllen und lamentiren mußte, bis ich sie wieder bey einander hatte.

15. Wohin, und wie lang

Drey Jahre hatte ich so meine Heerde gehütet; sie ward immer grösser, zuletzt über 100. Köpf, mir immer lieber, und ich ihnen. Im Herbst und Frühling fuhren wir auf die benachbarten Berge, oft bis zwey Stunden weit. Im Sommer hingegen durft' ich nirgends hüten, als im Kohlwald; eine mehr als Stund weite Wüsteney, wo kein recht Stück Vieh waiden kann. Dann gieng's zur Aueralp, zum Kloster St. Maria gehörig, lauter Wald, oder dann Kohlplätz und Gesträuch; manches dunkle Tobel und steile Felswand, an denen noch die beßte Geißweid zu finden war. Von unserm Dreyschlatt weg hatt' ich alle Morgen eine Stund Wegs zu fahren, eh' ich nur ein Thier durfte anbeissen lassen; erst durch unsre Viehwaid, dann durch einen grossen Wald, u.s.f.u.f. in die Kreutz und Querre, bald durch diese, bald durch jene Abtheilung der Gegend, deren jede ich mit einem eigenen Namen taufte. Da hieß es, im vordern Boden; dort, zwischen den Felsen; hier in der Weißlauwe, dort im Köllermelch, auf der Blatten, im Kessel, u.s.f. Alle Tage hütete ich an einem andern Ort, bald sonnen-, bald schattenhalb. Zu Mittag aß ich mein Brödtlin, und was mir sonst etwa die Mutter verstohlen mitgab. Auch hatt' ich meine eigne Geiß, an der ich sog. Die Geißaugen waren meine Uhr. Gegen Abend fuhr ich immer wieder den nämlichen Weg nach Haus, auf dem ich gekommen war.

16. Vergnügen im Hirtenstand

Welche Lust, bey angenehmen Sommertagen über die Hügel fahren – durch Schattenwälder streichen – durchs Gebüsch Einhörnchen jagen, und Vogelnester ausnehmen! Alle Mittag lagerten wir uns am Bach; da ruhten meine Geissen zwey bis drey Stunden aus, wann es heiß war noch mehr. Ich aß mein Mittagbrodt, sog mein Geißchen, badete im spiegelhellen Wasser, und spielte mit den jungen Gitzen. Immer hatt' ich einen Gertel oder eine kleine Axte bey mir, und fällte junge Tännchen, Weiden oder Ilmen. Dann kamen meine Geissen haufenweis und kafelten das Laub ab. Wenn ich ihnen Leck, Leck! rufte, dann gieng's gar im Galopp, und wurd' ich von ihnen wie eingemaurt. Alles Laub und Kräuter, die sie frassen, kostete auch ich; und einige schmeckten mir sehr gut. So lang der Sommer währte, florirten die Erd-Im-Heidel- und Brombeeren; deren hatt' ich immer vollauf, und konnte noch der Mutter am Abend mehr als genug nach Haus bringen Das war ein herrliches Labsal, bis ich mich einst daran bis zum Eckel überfraß. – Und welch Vergnügen machte mir nicht jeder Tag, jeder neue Morgen; wenn jetzt die Sonne die Hügel vergoldete, denen ich mit meiner Heerde entgegenstieg; dann jenen haldigen Buchenwald, und endlich die Wiesen und Waldplätze beschien. Tausendmal denk' ich dran; und oft dünkt's mich, die Sonne scheine jetzt nicht mehr so schön. Wann dann alle anliegenden Gebüsche von jubilirenden Vögeln ertönten, und dieselben um mich her hüpften – O! Was fühlt' ich da! – Ha, ich weiß es nicht! – Halt süsse, süsse Lust! Da sang' und trillerte ich dann mit, bis ich heiser ward. Ein andermal spürte ich diesen mutern Waldbürgern durch alle Stauden nach, ergötzte mich an ihrem hübschen Gefieder, und wünschte, daß sie nur halb so zahm wären wie meine Geissen; beguckte ihre Jungen und ihre Eyer, und erstaunte über den wundervollen Bau ihrer Nester. Oft fand ich deren in der Erde, im Mooß, im Farrn, unter alten Stöcken, in den dicksten Dörnen, in Felsritzen, in hohlen Tannen oder Buchen; oft hoch im Gipfel – in der Mitte – zu äusserst auf einem Ast. Meist wußt' ich ihrer etliche. Das war mir eine Wonne, und fast mein einziges Sinn und Denken, alle Tage gewiß einmal nach allen zu sehn; wie die Jungen wuchsen, wie das Gefieder zunahm, wie die Alten sie fütterten, u.d.g. Anfangs trug ich einige mit mir nach Haus, oder brachte sie sonst an ein bequemeres Ort. Aber dann waren sie dahin. Nun ließ ich's bleiben, und sie lieber groß werden – Da flogen sie mir aus. – Eben so viel Freuden brachten mir meist auch meine Geissen. Ich hatte von allen Farben, grosse und kleine, kurz- und langhaarige, bös- und gutgeartete. Alle Tage ruft' ich sie zwey bis dreymal zusammen, und überzählte sie, ob ich's voll habe? Ich hatte sie gewöhnt, daß sie auf mein Zub, Zub! Leck, Leck! aus allen Büschen hergesprungen kamen. Einige liebten mich sonderbar, und giengen den ganzen Tag nie einen Büchsenschuß weit von mir; und wenn ich mich verbarg, fiengen sie alle ein Zettergeschrey an. Von meinem Duglöörle (so hieß ich meine Mittagsgeiß) konnt' ich mich nur mit List entfernen. Das war ganz mein Eigen. Wo ich mich setzte oder legte, stellte es sich über mich hin, und war gleich parat zum Saugen oder Melken; und doch mußt' ich's in der beßten Sommerszeit oft noch ganz voll heimführen. Andremal melkt' ich es einem Köhler, bey dem ich manche liebe Stund zubrachte, wenn er Holz schrotete, oder Kohlhaufen brannte.

Welch Vergnügen, dann am Abend, meiner Heerde auf meinem Horn zur Heimreise zu blasen! zuzuschauen, wie sie alle mit runden Bäuchen und vollen Eutern dastuhnden, und zu hören wie munter sie sich heimblöckten. Wie stolz war ich dann, wann mich der Vater lobte, daß ich so gut gehütet habe! Nun gieng's an ein Melken; bey gutem Wetter unter freyem Himmel. Da wollte jede zuerst über dem Eimer von der drückenden Last ihrer Milch los seyn, und beleckte dankbar ihren Befreyer.

17. Verdruß und Ungemach

Nicht daß lauter Lust beym Hirtenleben wäre. – Potz Tausend, Nein! Da giebt's Beschwerden genug. Für mich war's lang die empfindlichste, des Morgens so früh mein warmes Bettlin zu verlassen, und bloß und baarfuß ins kalte Feld zu marschiren, wenn's zumal einen baumstarken Reifen hatte, oder ein dicker Nebel über die Berge herabhieng. Wenn dann dieser gar so hoch gieng, daß ich ihm mit meiner bergansteigenden Heerde das Feld nicht abgewinnen, und keine Sonn' erreichen konnte, verwünscht' ich denselben in Aegypten hinein, und eilte was ich eilen konnte, aus dieser Finsterniß wieder in ein Thälchen hinab. Erhielt ich hingegen den Sieg, und gewann die Sonne und den hellen Himmel über mir, und das große Weltmeer von Nebeln, und hie und da einen hervorragenden Berg, wie eine Insel, unter meine Füsse – Was das dann für ein Stolz und eine Lust war! Da verließ ich den ganzen Tag die Berge nicht, und mein Aug konnt' sich nie satt schauen, wie die Sonnenstrahlen auf diesem Ocean spielten, und Wogen von Dünsten in den seltsamsten Figuren sich drauf herumtaumelten, bis sie gegen Abend mich wieder zu übersteigen drohten. Dann wünscht ich mir Jakobs Leiter; aber umsonst, ich mußte fort. Ich ward traurig, und alles stimmte in meiner Trauer ein. Einsame Vögel flatterten matt und mißmüthig über mir her, und die grossen Herbstfliegen sumsten mir so melancholisch um die Ohren, daß ich weinen mußte. Dann fror ich fast noch mehr als am frühen Morgen, und empfand Schmerzen an den Füssen, obgleich diese so hart als Sohlleder waren. Auch hatt' ich die meiste Zeit Wunden oder Beulen an ein Paar Gliedern; und wenn eine Blessur heil war, macht' ich mir richtig wieder eine andre; sprang entweder auf einen spitzen Stein auf, verlor einen Nagel oder ein Stück Haut an einem Zehen, oder hieb mir mit meinen Instrumenten ein's in die Finger. An's Verbinden war selten zu gedenken; und doch gieng's meist bald vorüber. – Die Geissen hiernächst machten mir, wie schon gesagt, Anfangs grossen Verdruß, wenn sie mir nicht gehorchen wollten, weil ich ihnen nicht recht zu befehlen verstuhnd. – Ferner prügelte mich der Vater nicht selten, wenn ich nicht hütete wo er mir befohlen hatte, und nur hinfuhr wo ich gern seyn mochte, und die Geissen dann nicht das rechte Bauchmaaß heimbrachten, oder er sonst ein loses Stücklein von mir erfuhr. – Dann hat ein Geißbub überhaupt viel von andern Leuthen zu leiden. Wer will aber einen Fasel Geissen immer so in Schranken halten, daß sie nicht etwa einem Nachbar in die Wiesen oder Waid gucken? Wer mit so viel lüsternen Thieren zwischen Korn- und Haberbrachen, Räb- und Kabisäckern durchfahren, daß keins kein Maulvoll versuchte? Da gieng's dann an ein Fluchen und Lamentiren: Bärnhäuter! Galgenvogel! waren meine gewöhnlichen Ehrentitel. Man sprang mir mit Axten, Prügeln und Hagstecken – einst gar einer mit einer Sense nach; der schwur, mir ein Bein vom Leib wegzuhauen. Aber ich war leicht genug auf den Füssen; und nie hat mich einer erwischen mögen. Die schuldigen Geissen wohl haben sie mir oft ertappt, und mit Arrest belegt; dann mußte mein Vater hin, und sie lösen. Fand er mich schuldig, so gab's Schläge. Etliche unsrer Nachbarn waren mir ganz besonders widerwärtig, und richteten mir manchen Streich auf den Rücken. Dann dacht' ich freylich: Wartet nur, ihr Kerls, bis mir eure Schuh' recht sind, so will ich Euch auch die Bückel salben. Aber man vergißt's; und das ist gut. Und dann hat das Sprüchwort doch auch seinen wahren Sinn: »Wer will ein

Bidermann seyn und heissen, der hüt sich vor Dauben und Geissen.« – So giebt es also freylich dieser und anderer Widerwärtigkeiten genug in dem Hirtenstand. Aber die bösen Tage werden reichlich von den guten ersetzt, wo's dann gewiß keinem König so wohl ist.

18. Neue Lebensgefahren

Im Kohlwald war eine Buche; gerad über einem mehr als thurmhohen Fels herausgewachsen, so daß ich über ihren Stamm wie über einen Steg spatzieren, und in eine gräßlich finstre Tiefe hinabgucken konnte; wo die Aeste angiengen, stuhnd sie wieder geradauf. In dieses seltsame Nest bin ich oft gestiegen, und hatte meine größte Lust daran, so in den fürchterlichen Abgrund zu schauen, und zu sehn wie ein Bächlein neben mir herunterstürzte, und sich in Staub zermalmte. Aber einst schwebte mir diese Gegend im Traum so schauderhaft vor, daß ich von da an nicht mehr hingieng. – Ein andermal befand ich mich mit meinen Geissen jenseits der Aueralp, auf der Dürrwälder-Seite gegen dem Rotenstein. Ein Junges hatte sich zwischen zween Felsen verstiegen, und ließ eine jämmerliche Melodie von sich hören. Ich kletterte nach, um ihm zu helfen. Es gieng so eng und gäh, und zick zack zwischen Klippen durch, daß ich weder obsich noch niedsich sehen konnte, und oft auf allen Vieren kriechen mußte. Endlich verstieg ich mich gänzlich. Über mir stuhnd ein unerklimmbarer Fels; unter mir schien's fast senkrecht – ich weiß selbst nicht wie weit hinab. Ich fieng an rufen und beten, so laut ich konnte. In einer kleinen Entfernung sah ich zwey Menschen durch eine Wiese marschiren. Ich gewahrt' es gar wohl, sie hörten mich; aber sie spotteten meiner, und giengen ihre Strasse. Endlich entschloß ich mich, das Äusserste zu wagen, und lieber mit Eins des Todes zu seyn als noch weiter in dieser peinlichen Lage zu verharren, und doch nicht lange mehr ausharren zu können. Ich schrie zu Gott in Angst und Noth, ließ mich auf den Bauch nieder, meine Händ' ob sich verspreitet, daß ich mich an den kahlen Fels so gut als möglich anklammern könne. Aber ich war todmüd, fuhr wie ein Pfeil hinunter – zum Glück war's nicht so hoch als ich im Schrecken glaubte – und blieb wunderbar ebenrecht in einem Schlund stecken, wo ich mich wieder halten konnte. Freylich hat ich Haut und Kleider zerrissen, und blutete an Händen und Füssen. Aber wie glücklich schätzt' ich mich nicht, daß ich nur mit dem Leben und unzerbrochnen Gliedern davonkam! Mein Geißchen mag sich auch durch einen Sprung gerettet haben; einmal ich fand's schon wieder bey den übrigen. – Ein andermal, da ich an einem schönen Sommertag mit meiner Heerde herumgetrillert, überzog sich der Himmel gegen Abend mit schwarzen Wolken; es fieng gewaltig an blitzen und donnern. Ich eilte nach einer Felshöhle – diese oder eine grosse Wettertann waren in solchen Fällen immer mein Zufluchtsort – und rief dann meine Geissen zusammen. Die, weil's sonst bald Zeit war, meinten es gelte zur Heimfahrt, und sprangen über Kopf und Hals mir vor, daß ich bald keinen Schwanz mehr sah. Ich eilte ihnen nach. Es fieng entsetzlich an zu hageln, daß mir Kopf und Rücken von den Püffen sausten. Der Boden war dicht mit Steinen bedeckt; ich rannte in vollem Galopp drüber fort, fiel aber oft auf den Hintern, und fuhr grosse Stück weit wie auf einem Schlitten. Endlich in einem Wald, wo's gäh' zwischen Felsen hinuntergieng, konnt' ich vollends nicht anhalten, und glitschte bis zu äusserst auf einen Rand, von dem ich, wenn mich nicht Gott und seine guten Engel behütet hätten, viele Klafter tief herabgestürzt und zermürst worden wäre. Jetzt ließ das Wetter allmählig nach; und als ich nach Haus kam, waren meine Geissen schon eine halbe Stund daheim. Etliche Tag lang fühlt' ich von dieser Parthie keinerley Ungemach; aber mit Eins fiengen meine Füß zu sieden an, als wenn man sie in einem Kessel kochte. Dann kamen die Schmerzen. Mein Vater sah' nach, und fand mitten an der einten Fußsohle ein groß Loch, und Moos und Gras darinn. Nun erinnert' ich mich erst, daß ich an einem spitzen Weißtann-Ast aufgesprungen war: Mooß und Gras war mit hineingegangen. Der Aeti grub mir's mit einem Messer heraus, und verband mir den Fuß. Nun mußt' ich freylich ein Paar Tage meinen Gaissen langsam nachhinken; dann verlor ich die Binde: Koth und Dreck füllten jetzt das Loch, und es war bald wieder besser. – Viel andre Mal, wenn's durch die Felsen gieng, liefen die Thiere ob mir weg, und rollten grosse Stein herab, die mir hart an den Ohren vorbeypfiffen. Oft stieg ich einem Wälschtraubenknöpfli, Frauenschühlin, oder andern Blümchen über Klippen nach, daß es eine halsbrechende Arbeit war. Wieder zündete ich grosse, halbverdorrte Tannen von unten an, die bisweilen acht bis zehen Tag an einander fortbrannten, bis sie fielen. Alle Morgen und Abend sah ich dann nach, wie's mit ihnen stuhnd. Einst hätte mich eine maustod schlagen können: Denn indem ich meine Geissen forttrieb, daß sie nicht getroffen würden, krachte sie hart an mir in Stücken zusammen. – So viele Gefahren drohten mir während meinem Hirtenstand mehrmal, Leibs und Lebens verlurstig zu werden, ohne daß ich's viel achtete, oder doch alles bald wieder vergaß, und leyder damals nie daran dachte, daß du allein es warst, mein unendlich guter himmlischer Vater und Erhalter! der in den Winkeln einöder Wüste die Raben nährt, und auch Sorge für mein junges Leben trug.

19. Kameradschaft

Mein Vater hatte bisweilen aus der Gaißmilch Käse gemacht, bisweilen Kälber gesäugt, und seine Wiesen mit dem Mist geäufnet. Dieß reitzte unsre Nachbarn, daß ihrer Vier auch Gaissen anschaften, und beym Kloster um Erlaubniß baten, ebenfalls im Kohlwald hüten zu dürfen. Da gab's nun Kameradschaft. Unser drey oder vier Gaißbuben kamen alle Tag zusammen. Ich will nicht sagen, ob ich der beßte oder schlimmste unter ihnen gewesen – aber gewiß ein purer Narr gegen die andern – bis auf einen, der ein gutes Bürschgen war. Einmal die übrigen alle gaben uns leider kein gutes Exempel. Ich wurde ein Bißlein witziger, aber desto schlimmer. Auch sah's mein Vater gar nicht gern, daß ich mit ihnen laichte; und sagte mir, ich sollte lieber allein hüten, und alle Tag auf eine andre Gegend treiben. Aber Gesellschaft war mir zu neu und zu angenehm; und wenn ich auch etwa einen Tag den Rath befolgte, und hörte dann die andern hüpen und jolen, so war's, als wenn mich ein Paar beym Rock zerrten, bis ich sie erreicht hatte. Bisweilen gab's Zänkereyen; dann fuhr ich wieder einen Morgen allein, oder mit dem guten Jacoble; von dem hab' ich selten ein unnützes Wort gehört, aber die andern waren mir kurzweiliger. Ich hätte noch viele Jahre für mich können Gaissen hüten, eh' ich den Zehntheil von dem allem inne worden wäre, was ich da gar in Kurzem vernahm. Sie waren alle grösser und älter als ich – fast aufgeschossene Bengel, bey denen schon alle argen Leidenschaften aufgewacht. Schmutzige Zotten waren alle ihre Reden, und unzüchtig alle ihre Lieder; bey deren Anhören ich freylich oft Maul und Augen aufthat, oft aber auch aus Schaamröthe niederschlug. Über meinen bisherigen Zeitvertreib lachten sie sich die Haut voll. Späne und junge Vögel galten ihnen gleich viel, aussert wenn sie glaubten Geld aus einem zu lösen; sonst schmissen sie dieselben samt den Nestern fort. Das that mir Anfangs weh; doch macht' ich's bald mit. So geschwind konnten sie mich hingegen nicht überreden, schaamlos zu baden wie sie.

Einer besonders war ein rechter Unflath; aber sonst weder streit- noch zanksüchtig, und darum nur desto verführerscher. Ein andrer war auf alles erpicht, womit er einen Batzen verdienen konnte; der liebte darum die Vögel mehr als die andern, die nämlich welche man ißt; suchte allerley Waldkräuter, Harz, Zunderschwamm, u.d.g. Von dem lernt' ich manche Pflanze kennen; aber auch, was der Geitz ist. Noch einer war etwas besser als die schlimmern, er machte mit, aber furchtsam. Jedem gieng sein Hang sein Lebenlang nach. Jacoble ist noch ein guter Mann; der andre blieb immer ein geiler Schwätzer, und ward zuletzt ein miserabler hinkender Tropf; der dritte hatte mit List und Ränken etwas erworben, aber nie kein Glück dabey. Vom Vierten weiß ich nicht wo er hinkommen ist.

20. Neue sonderbare Gemüthslage, und End des Hirtenstands

Daheim durft' ich nichts merken lassen von dem, was ich bey diesen Cameraden sah' und hörte: genoß aber nicht mehr meine vorige Fröhlichkeit und Gemütsruhe. Die Kerls hatten Leidenschaften in mir rege gemacht, die ich noch selbst nicht kannte – und doch merkte, daß es nicht richtig stuhnd. Im Herbst, wo die Fahrt frey war, hütete ich meist allein; trug ein Büchlein, das mir bloß darum jetzt noch lieb ist, bey mir, und las oft darinn. Noch weiß ich verschiedene sonderbare Stellen auswendig, die mich damals bis zu Thränen rührten. Jetzt kamen mir die bösen Neigungen in meinem Busen abscheulich vor, und machten mir angst und bang. Ich betete, rang die Hände, sah zum Himmel, bis mir die hellen Thränen über die Backen rollten; faßte einen Vorsatz über den andern, und machte mir so strenge Pläne für ein künftiges frommes Leben, daß ich darüber allen Frohmuth verlor. Ich versagte mir alle Arten von Freude, und hatte z.E. lang einen ernstlichen Kampf mit mir selber wegen einem Distelfink der mir sehr lieb war, ob ich ihn weggeben oder behalten sollte? Über diesen einzigen Vogel dacht' ich oft weit und breit herum. Bald kam mir die Frommkeit, wie ich mir solche damals vorstellte, als ein unersteiglicher Berg, bald wieder federleicht vor. Meine Geschwister mocht' ich herzlich lieben; aber je mehr ich's wollte, je mehr sah ich Widriges an ihnen. In Kurzem wußt' ich weder Anfang noch End mehr; und niemand war der mir heraushelfen konnte, da ich meine Lage keiner Menschenseele entdeckte. Ich machte mir alles zur Sünde: Lachen, Jauchzen und Pfeifen per se. Meine Gaißen sollten mich nicht mehr erzörnen dürfen – und ich ward eher böser auf sie. Eines Tags bracht' ich einen todten Vogel nach Haus, den ein Mann geschossen, und auf einem Stecken in die Wiese aufgesteckt hatte: Ich nahm ihn, wie ich in dem Augenblick wähnte, mit gutem Gewissen weg; ohne Zweifel weil mir seine zierliche Federn vorzüglich wohl gefielen. Aber, sobald mir der Vater sagte; Das heisse auch gestohlen, waint' ich bitterlich – und hatte dießmal recht – und trug das Aeschen Morgens darauf in aller Frühe wieder an sein Ort. Doch behielt ich etliche von den schönsten Federn; aber auch dieses kostete mich noch ziemlich Überwindung. Doch dacht' ich: Die Federn sind nun ausgerupft; wenn du's schon auch hinträgst, so verblast sie der Wind; und dem Mann nützen sie so nichts. – Bisweilen fieng ich wieder an zu jauchzen und zu jolen, und trollte aufs neue sorglos über alle Berge. Dann dacht' ich: So Alles Alles verläugnen, bis auf meine selbstgeschnitzelten hölzernen Kühe – wie ich mir damals den rechten Christensinn ganz buchstäblich vorstellte – sey doch ein traurig elendes Ding. Indessen wurde der Kohlwald von den immer zunehmenden Gaissen übertrieben; die Rosse die man auf den fettern Grasplätzen waiden ließ, bisweilen von den Gaissenbuben verfolgt, gesprengt u.d.g. Einmal legten die Bursche ihnen Nesseln unter die Schwänze; ein Paar stürzten sich im Lauf über einen Felsen zu tod. Es gab schwere Händel, und das Hüthen im Kohlwald wurde gänzlich verboten. Ich hüthete darauf noch eine Weile auf unserm eignen Gut. Dann löste mich mein Bruder ab. Und so nahm mein Hirtenstand ein Ende.

21. Neue Geschäfte, neue Sorgen

(1747.)

Denn nun hieß es: Eingespannt in den Karrn mit dem Buben, in's Joch – Er ist groß genug! – Wirklich tummelte mich mein Vater meisterlich herum; in Holz und Feld sollt' ich ihm statt eines vollkommnen Knechtes dienen. Die mehrern Mal überlud er mich; ich hatte die Kräfte noch nicht, die er mir nach meiner Grösse zutraute; und doch wollt' ich dann stark seyn, und keine schwere Bürde liegen lassen. In Gesellschaft von ihm oder mit den Taglöhnern arbeitete ich gern; aber sobald er mich allein an ein Geschäft schickte, war ich faul und läßig, staunte Himmel und Erde an, und hieng ich weiß selbst nicht mehr was vor allerley Gedanken und Grillen nach; das freye Gaißbubenleben hatte mich halt verwöhnt. Das zog mir dann Scheltwort oder gar Streiche zu; und diese Strenge war nöthig, obschon ich's damals nicht fassen konnte. Im Heuet besonders gab's bisweilen fast unerträgliche Bürden. Oft streckt' ich mich vor Mattigkeit, und fast zerschmolzen von Schweiß, der Länge nach auf dem Boden und dachte: Ob's wohl auch in der Welt überall so mühselig zugehe? Ob ich mich grad itzt aus dem Staub machen sollte? Es werde doch an andern Orten auch Brod geben, und nicht gleich Henken gelten: Ich hätte auf der Kreutzegg beym Gaißhüten mehrere solche Bursche gesehen, denen's ausser ihrem Vaterland, wie sie mir erzählten, recht wohl gegangen – und was des Zeugs mehr war. Dann aber fand ich wieder: Nein! Es wäre doch Sünd, von Vater und Mutter wegzulaufen: Wie? wenn ich ihnen ein Stück Boden abhandeln, es bauen, brav Geld daraus ziehen, dann aus der Losung ein Häusgen drauf stellen, und so vor mich leben würde? Husch! sagt ich eines Tags, das muß jetzt seyn! – Aber, wenn mir's der Aeti abschlägt? – Ey! frisch gewagt, ist halb gewonnen. Ich nahm also das Herz in beyde Händ', und bat den Vater noch desselben Abends, daß er mir ein gewisses Stücklein Lands abtreten sollte. Nun sah er freylich meine Narrheit wohl ein; aber er ließ mich's nicht merken, und fragte nur: Was ich dann damit anfangen wollte? »Ha!« sagt' ich, »es in Ehren legen, Mattland daraus machen, und den Gewinn davon beyseitethun.« Ohne ein mehreres Wort zu verlieren, sprach er dann: »So nimm eben die Zipfelwaid; ich geb sie dir um fünf Gulden.« Das war nun spottwohlfeil; hier zu W. wär' so ein Grundstück mehr als hunder Gulden werth. Ich sprang darum vor Freuden hoch auf, und fieng sogleich die neue Wirthschaft an. Den Tag über arbeitete ich für den Vater; sobald der Feyrabend kam, vor mich; sogar beym Mondschein, da macht ich aus dem noch vor Nacht gehauenen Holz und Stauden kleine Burden von Brennholz zum Verkaufen. Eines Abends dacht' ich so meiner jetzigen Lage nach; mir fiel ein: »Deine Zipfelwaid ist gar wohlfeil! Es könnte den Vater reuen, und er's wieder an sich ziehen, wenn ich ihm den Kaufschilling nicht baar erlege. Ich muß um Geld schauen, so kann er mir nicht mehr ab der Hand gehn.« Ich gieng also zum Nachbar Görg, erzählt' ihm den ganzen Handel, und bat ihn, mir die 5 fl. zu liehen; ich woll' ihm bis auf Wiederbezahlung mein Land dafür zum Pfand einsetzen. Er gab mir's ohne Bedenken. Ganz entzückt lief ich damit zum Vater, und wollt' ihn ausbezahlen. Potz hundert! wie der mich abschneutzte:»Wo hast du das Geld her?« Es fehlte wenig, so hätt' es noch Ohrfeigen obendrein gesetzt. Im ersten Augenblick begriff ich nicht was ihn so entsetzlich bös mache. Aber er erklärte mir's bald, da er fortfuhr:»Du Bärnhäuter! Mir mein Gut zu verpfänden!« riß mir dann die fünf Gulden aus der Hand, rannte im Augenblick zu Görg, und gab sie ihm wieder, mit Bedeuten: Daß er, so lieb ihm Gott sey! seinem Buben kein Geld mehr liehe; Er woll' ihm schon geben was er brauche, u.s.f. – So war meine Freude kurz. Der Aeti, nachdem er bald wieder besänftigt war, mocht mir lang sagen:»Ich brauch ihm das Ding gar nicht zu zahlen; ich könn' ihm ja ein billiges Zinslein geben: Der Schlempen Waid werde die Sach nicht ausmachen; ich soll nur damit schalten und walten wie mit meinem Eigenthum.« Ich konnt' es ihm nicht glauben; denn er lachte dabey immer hinten im Maul. Das war mir verdächtig. Aber er hatte guten Grund dafür. Endlich fieng ich einfältiger Tölpel an, mich wieder zu beruhigen; und machte aufs neue die Rechnung hinterm Wirth, was ich aus dem Bletz mit der Zeit vor Nutzen ziehen wollte – als eines Tags mir die Kühe in mein Aeckerlein brachen, den jungen Saamen abfrassen, auch mein Holz eben damals keine Käufer fand, und mir fast alles liegen blieb. Solche gehäufte Unglücksstreiche nahmen mir nun mit Eins den Muth; ich überließ den ganzen Plunder wieder dem Vater, und bekam von ihm zur Entschädigung ein flanellenes Brusttuch.

22. O der unseligen Wißbegierde

Ich bin in meinen Kinderjahren nur wenige Wochen in die Schule gegangen; bey Haus hingegen mangelte es mir gar nicht an Lust, mich in mancherley unterweisen zu lassen. Das Auswendiglernen gab mir wenig Müh: Besonders übt' ich mich fleißig in der Bibel; konnte viele darinn enthaltene Geschichten aus dem Stegreif erzählen, und gab sonst überhaupt auf alles Achtung, was mein Wissen vermehren konnte. Mein Vater las' auch gern etwas Historisches oder Mystisches. Gerad um diese Zeit gieng ein Buch aus, der flüchtige Pater genannt. Er und unser Nachbar Hans vertrieben sich manche liebe Stunde damit, und glaubten an den darinn prophezeyten Fall des Antichrists, und die dem End der Welt vorgehnden nahen Strafgerichte, wie an's Evangelium. Auch Ich las viel darinn; predigte etlichen unsrer Nachbarn mit einer ängstlich andächtigen Miene, die Hand vor die Stirn gestemmt, halbe Abende aus dem Pater vor, und gab ihnen alles vor baare Münz aus; und dieß nach meiner eignen völligsten Ueberzeugung. Mir stieg nur kein Gedanke auf, daß ein Mensch ein Buch schreiben könnte, worinn nicht alles pur lautere Wahrheit wäre; und da mein Vater und der Hans nicht daran zweifelten, schien mir alles vollends Ja und Amen zu seyn. Aber das brachte mich dann eben auf allerley jammerhafte Vorstellungen. Ich wollte mich gern auf den bevorstehnden Jüngsten Tag recht zubereiten; allein da fand ich entsetzliche Schwierigkeiten, nicht so fast in einem bösen Thun und Lassen, als in meinem oft argen Sinn und Denken. Dann wollt ich mir wieder Alles aus dem Kopf schlagen; aber vergebens, wenn ich zumal unterweilen auch in der Offenbarung Johannis oder im Propheten Daniel las, so schien mir alles das, was der Pater schrieb, vollends gewiß und unfehlbar. Und was das Schlimmste war, so verlor ich ob dieser Ueberzeugung gar alle Freud' und Muth. Wenn ich dann im Gegentheil den Aeti und den Nachbar fast noch fröhlicher sah als zuvor, machte mich solches gar confus; und kann ich mir's noch itzund nicht erklären, wie das zugieng. So viel weiß ich wohl, sie steckten damals beyde in schweren Schulden, und hoften vielleicht durch das End der Welt davon befreyt zu werden: Wenigstens hört' ich sie oft vom Neufunden Land, Carolina, Pensylvani und Virgini sprechen; ein andermal überhaupt von einer Flucht, vom Auszug aus Babel, von den Reisekosten u. dgl. Da spitzt ich dann die Ohren wie ein Haas. Einmal, erinnr' ich mich, fiel mir wirklich ein gedrucktes Blatt in die Hände, das einer von ihnen auf dem Tisch liegen ließ, und welches Nachrichten von jenen Gegenden enthielt. Das las' ich wohl hundertmal; mein Herz hüpfte mir im Leib bey dem Gedanken an dieß herrliche Canaan, wie ich mir's vorstellte. Ach! wenn wir nur alle schon da wären, dacht' ich dann. Aber die guten Männer, denk' ich, wußten eben so wenig als ich, weder Steg noch Weg; und wahrscheinlich noch minder, wo das Geld herzunehmen. Also blieb das schöne Abentheur stecken, und entschlief nach und nach von selbst. Indessen las ich immer fleißig in der Bibel; doch noch mehr in meinem Pater, und andern Büchern; unter anderm in dem sogenannten Pantli Karrer, und dann in dem weltlichen Liederbuch, dessen Titel mir entfallen ist. Sonst vergaß ich, was ich gelesen, nicht so bald. Allein mein unruhiges Wesen nahm dabey sichtbarlich zu, so sehr ich mich auf mancherley Weise zu zerstreuen suchte; und, was das Schlimmste war, so hat ich das

Herz nie, dem Pfarrer, oder auch nur dem Vater hievon das Mindeste zu offenbaren.

23. Unterweisung

(1752.)

Indessen wundert' es mich doch bisweilen sehr, wie mein Vater und der Pfarrer von diesem und jenem Spruch in der Bibel, von diesem und jenem Büchlin denke. Letztrer kam oft zu uns, selbst zu Winterszeit, wenn er schier im Schnee stecken blieb. Da war ich sehr aufmerksam auf alle Discurse, und merkte bald, daß sie meist bey Weitem nicht einerley Meinung waren. Anfangs kam's mir unbegreiflich vor, wie doch der Aeti so frech seyn, und dem Pfarrer widersprechen dürfe? Dann dacht ich auf der andern Seite wieder: Aber mein Vater und der flüchtige Pater zusammen sind doch auch keine Narren, und schöpfen ihre Gründe ja wie jener aus der gleichen Bibel. Das ging dann in meinem Sinn so hin und her, bis ich's etwa wieder vergaß, und andern Fantaseyen nachhieng. Inzwischen kam ich in dem nämlichen Jahr zu diesem Pfarrer, Heinrich Näf von Zürich, in die Unterweisung zum H. Abendmal. Er unterrichtete mich sehr gut und gründlich, und war mir in der Seele lieb. Oft erzählt' ich meinem Vater ganze Stunden lang, was er mit mir geredet hatte; und meynte dann, er sollte davon so gerührt werden wie ich. Bisweilen that er, mir zu gefallen, wirklich dergleichen; aber ich merkte wohl, daß es ihm nicht recht zu Herzen gieng. Doch sah ich auch, daß er überhaupt Wohlgefallen an meinen Empfindungen und an meiner Aufmerksamkeit hatte. Nachwerts ward dieser Heinrich Näf Pfarrer gen Humbrechtikon am Zürichsee; und seither, glaub' ich, kam er noch näher an die Stadt. Noch auf den heutigen Tag ist meine Liebe zu ihm nicht erloschen. Viel hundertmal denk' ich mit gerührter Seele an dieses redlichen Manns Treu und Eifer; an seinen liebevollen Unterricht, welchen ich von seinen holdseligen Lippen sog, und den mein damals gewiß auch für das Gute weiche und empfängliche Herz so begierig aufnahm. – O der redlichen Vorsätze und heiligen Entschlüsse, die ich so oft in diesen unvergeßlichen Stunden faßte! Wo seyt ihr geblieben? Welchen Weg seyt ihr gegangen? Ach! wie oft seyt ihr von mir zurückgerufen, und dann leider doch wieder verabscheidet worden! – O Gott! Wie freudig gieng ich stets aus dem Pfarrhause heim, nahm gleich das

Buch wieder zur Hand, und erfrischte damit das Angedenken an die empfangenen heilsamen Lehren. Aber dann war eben bald alles wieder verflogen. Doch selbst in spätern Tagen – sogar in Augenblicken, wo Lockungen von allen Seiten mir die süssesten Minen machten, und mich bereden wollten, das Schwarze sey wo nicht Weiß, doch Grau – stiegen mir meines ehemaligen Seelsorgers treugemeinte Warnungen noch oft zu Sinn, und halfen mir in manchem Scharmützel mit meinen Leidenschaften, den Sieg erringen. Was ich mir aber noch zu dieser Stunde am wenigsten vergeben kann, ist mein damaliges öfteres Heucheln, und daß ich, selbst wenn ich mir keines eigentlichen Bösen bewußt war, doch immer noch besser scheinen wollte, als ich zu seyn mich fühlte. Endlich – ich weiß es selbst nicht – war vielleicht auch das ein Tuck des armen Herzens: Daß ich z.E. oft, und zwar wenn ich ganz allein bey der Arbeit war, wirklich mit grösserer Lust etliche geistliche Lieder, die ich von meiner Mutter gelernt, als meine weltlichen Quodlibet sang – dann aber freylich allemal wünschte: Daß mich mein Vater itzt auch hören möchte, wie er mich sonst meist nur über meinem losen Lirum Larum ertappte. O wie gut wär's für Eltern und Kinder, wenn sie mehr, und so viel immer möglich, beysammen wären.

24. Neue Cameradschaft

Uebrigens hatte der Pfarrer in seinem kleinen Krynau, gedachtes Jahr 1752. neben mir nur einen einzigen Buben in der Unterweisung. Dieser hieß H.B. ein fuchsrother Erzstockfisch. Wenn ihn der Heer was fragte, hielt der Bursch' immer sein Ohr an mich, daß ich's ihm einblasen sollte. Was man ihm hundertmal sagte, vergaß er hundertmal wieder. Am H. Abend, da man uns der Gemeind vorstellte, war er vollends ganz verstummt. Ich mußte darum fast aneinander antworten, von 2. bis 5. Uhr. Im Jahr zuvor hingegen ward ein andrer Knab, J.W. unterwiesen; ein gar geschicktes Bürschlin, der die Bibel und den Catecist vollkommen inne hatte. Mit dem macht' ich um diese Zeit Bekanntschaft. Von Angesicht war er zwar etwas häßlich; die Kinderblattern hatten ihn jämmerlich zugerichtet; aber sonst ein Kind wie die liebe Stunde. Er hatte einen gesprächigen Vater, von dem er viel lernte, der aber daneben nicht der Beßte, und besonders als ein Erzlüger berühmt war. Der konnt' Euch Stunden lang die abentheurlichsten Dinge erzählen, die weder gestoben noch geflogen waren; so daß es zum Sprüchwort wurde, wenn einer etwas Unwahrscheinliches sagt: »Das ist ein W.-Lug!« Wenn er redete, rutschte er auf dem Hintern beständig hin und her. Von seinen Fehlern hatte sein kleiner J. keinen geerbt; das Lügen am allerwenigsten. Jedermann liebte ihn. Mir war er die Kron in Augen. Wir fiengen an über allerley Sachen kleine Brieflin zu wechseln, gaben einander Räthsel auf, oder schrieben uns Verse aus der Bibel zu, ohne Spezification wo sie stühnden; da mußte dann ein jeder selbst nachschlagen. Oft hielt es sehr schwer, oder gar unmöglich; in den Psalmen und Propheten zumal, wo die Verslin meist erstaunlich kurz, und viele fast gleichlautend sind. Bisweilen schrieben wir einander von allen Thieren, welche uns die liebsten seyen; dann von allerhand Speisen, welche uns die beßten dünken; dann wieder von Kleidungsstücken, Zeug und Farben, welche uns die angenehmsten wären, u.s.f. Und da bemühte sich je einer den andern an Anmuth zu übertreffen. Oft mocht' ich's kaum erwarten, bis wieder so ein Brieflin von meinem W. kam. Er war mir darin noch viel lieber als in seinem persönlichen Umgang. So dauerte es lange, bis einst ein unverschämter Nachbar allerley wüste Sachen über ihn aussprengte: Denn, obschon ich's nicht glaubte, verringerte sich nun (es ist doch wunderbar!) meine Zuneigung gegen ihn von dem Augenblick an. Ein Paar Jahre nachher (es war vielleicht ein Glück für uns beyde) fiel er in eine Krankheit, und starb. – Ein andrer unsrer Nachbarn, H. hatte auch Kinder von meinem Alter: Aber mit denen konnt' ich nichts; sie waren mir zu witznasigt, arge Förschler und Frägler. – Um diese Zeit gab mir Nachbar Joggli heimlich um 3. Kr. eine Tabackspfeife zu kaufen, und lehrte mich schmauchen. Lange mußt' ich's im Geheim thun, bis einst ein Zahnweh mir den Vorwand verschaffte, es von dieser Zeit an öffentlich zu treiben. Und, o der Thorheit! darauf bildete ich mir nicht wenig ein.

25. Damalige häusliche Umstände

Unterdessen war unsre Familie bis auf acht Kinder angewachsen. Mein Vater stack je länger je tiefer in Schulden, so daß er oft nicht wußte wo aus noch an. Mir sagte er nichts; aber mit der Mutter hielt er oft heimlich Rath. Davon hört' ich eines Tags ein Paar Worte, und merkte nun die Sache so halb und halb. Allein, es focht mich eben wenig an: Ich gieng leichtsinnig meinen kindischen Gang, und ließ meine armen Eltern inzwischen über hundert unausführbaren Projekten sich den Kopf zerbrechen. Unter diesen war auch der einer Wanderung ins Gelobte Land, zu meinem größten Verdrusse – zu Wasser worden. Endlich entschloß sich mein Vater, alle seine Habe seinen Gläubigern auf Gnad und Ungnad zu übergeben. Er berief sie also eines Tags zusammen, und entdeckte ihnen mit Wehmuth, aber redlich, seine ganze Lage, und bat sie: In Gottes Namen Haus und Hof, Vieh, Schiff und Geschirr zu ihren Handen zu nehmen, und seinetwegen ihn, nebst Weib und Kindern, bis aufs Hemd auszuziehen; er wolle ihnen noch dafür danken, wenn sie nur einmal ihn der unerträglichen Last entledigen. Die meisten aus ihnen (und selbst diejenigen welche ihm mit Treiben am unerbittlichsten zugesetzt hatten) erstaunten über diesen Vortrag. Sie untersuchten Soll und Haben; und das Facit war, daß sie die Sachen bey weitem nicht so schlimm fanden, als sie sich's vorgestellt; so daß sie ihn alle wie aus Einem Munde baten: Er soll doch nicht so kläglich thun, guten Muths seyn, sich tapfer wehren, und seine Wirthschaft nur so emsig treiben wie bisher; sie wollen gern Geduld mit ihm tragen, und ihm noch aus allen Kräften berathen und beholfen seyn: Er habe eine Stube voll braver Kinder; die werden ja alle Tag' grösser, und können ihm an die Hand gehn; was er mit diesen armen Schaafen draussen in der weiten Welt anfangen wollte? u.s.f.u.f. Allein mein Vater unterbrach sie in diesen liebreichen Aeusserungen ihres Mitleids alle Augenblick': »Nein, um Gottes Willen, Nein! – Nehmt mir doch die entsetzliche Burde ab – Das Leben ist mir so ganz erleidet! – Auf's Besserwerden hoff' ich nun schon dreyzehn Jahr vergebens. – Und kurz, bey unserm Gut hab' ich nun einmal weder Glück noch Stern. – Mit sauerm Schweiß, und so vielen schlaflosen Nächten, grub' ich mich nur immer tiefer in die Schulden hinein. – Geb wie ich's machte, da half Hausen und Sparen, Hunger und Mangel leiden, bis aufs Blut arbeiten, kurz Alles und Alles nichts. – Besonders mit dem Vieh wollt's mir durchaus nie gelingen. Verkauft' ich die Küh' um das Futter versilbern zu können, und daraus meine Zinse zu bestreiten, so hatt' ich dann mit meiner Haushaltung, die ausser dem Güterarbeiten keinen Kreuzer verdienen konnte, nichts zu essen, wenn ich gleich die halbe Losung wieder in andre Speisen steckte. – Schon von Anfang an mußt' ich immer Taglöhner halten, Geld entlehnen, und aus einem Sack in den andern schleuffen, bis ich endlich mich nicht mehr zu kehren wußte. – Noch einmal, um Gottes Willen! Da ist all mein Vermögen. Nehmt, was Ihr findet, und laßt mich nur ruhig meine Strasse ziehn. Mit meinen ältern Kindern wird's mir wohl möglich werden, uns allen ein schmales Stücklein Brod zu erwerben. Und wer weiß, was der l. Gott uns noch für die Zukunft bescheert hat!« Als nun endlich unsere Gläubiger sahen, daß mit meinem Vater anders nichts anzufangen wäre, nahmen sie das Dreyschlatt mit aller Zubehörd gemeinschaftlich zu ihren Handen, setzten einen Gildenvogt, liessen einen neuen Ueberschlag machen, und fanden wieder: Daß einmal da kein grosser Verlust herauskommen könne. Sie schenkten darum dem armen Aeti nicht allein allen Hausrath, Schiff und Geschirr, sondern baten ihn auch, bis sich ein Käufer fände, weiter auf dem Gut zu bleiben, und es im billigen Lohn zu bearbeiten. Dieser bestuhnd, nebst freyer Behausung, und Holzes genug, in der Sömmerung für acht Kühe, und Grund und Boden, zu pflanzen was und wie viel wir konnten und mochten. Itzt war meinem Vater wieder so wohl als wenn er im Himmel wäre; und was ihm noch am meisten Freud' machte, seine alten Schuldherren waren fast noch zufriedner als er, so daß von dem ersten Augenblick an keiner ihm nur nie eine saure Miene gemacht. Wir hatten ein recht gutes Jahr, und konnten, neben unsrer Güterarbeit, noch eine ziemliche Zeit fürs Salpetersieden entübrigen, das ich nun ebenfalls lernte, als mein Vater einst an einem Bein Ungelegenheit hatte, und hernach wirklich bettliegerig ward. Die Schmerzen nahmen täglich so sehr überhand, daß er eines Abends von uns allen Abschied nahm. Endlich gelang es doch dem Herrn Doktor Müller aus der Schomatten ihn wieder zu curiren; derselbe that solches nicht nur ganz unentgeldlich, sondern gab uns noch Geld dazu. Der Himmel wird es ihm reichlich vergelten. – Inzwischen zeigte sich ein Käufer zum Dreyschlatt. Wir waren im Grunde alle froh, dies Einöde zu verlassen; aber niemand wie ich, da ich hofte, das strenge Arbeiten sollt' nun einmal ein End nehmen. Wie ich mich betrog, wird die Folge lehren.

26. Wanderung auf die Staig zu Wattweil

(1754.)

Mitten im Merz dieses Jahrs zogen wir also mit Sack und Pack aus dem Dreyschlatt weg, und sagten diesem wilden Ort auf ewig gute Nacht! Noch lag dort klaftertiefer Schnee. Von Ochs oder Pferd war da keine Rede. Wir mußten also unsern Hausrath und die jüngern Geschwister auf Schlitten selbst fortzügeln. Ich zog an dem meinigen wie ein Pferd, so daß ich am End fast athemlos hinsank. Doch die Lust, unsre Wohnung zu verändern, und einmal auch im Thal, in einem Dorf, und unter Menschen zu leben, machten mir die saure Arbeit lieb. Wir langten an. Das muß ein rechtes Canaan seyn, dacht' ich; denn hier guckten die Grasspitzen schon unterm Schnee hervor. Unser Gütlin, das wir zu Lehen empfangen hatten, stuhnd voll grosser Bäume; und ein Bach rollte angenehm mitten durch. Im Gärtlin bemerkt' ich einen Zipartenbaum. Im Haus hatten wir eine schöne Aussicht das Thal hinauf. Aber übrigens, was das vor eine dunkle, schwarze, wurmstichige Rauchhütte war! Lauter faule Fußboden und Stiegen; ein unerhörter Unflath und Gestank in allen Gemächern. Aber das alles war noch nichts gegen den lebendigen Einsiegel, den wir im Haus haben mußten: Ein abscheuliches Bettelmensch, das sich besoff, so oft es ein Kirchenalmosen erhielt, und auf diese Art zu Wein kam; dann in der Trunkenheit sich mutternackt auszog, und so im Haus herumsprang und pfiff; auch, wenn man ihm das geringste einreden wollte, ein Fluchen und Lamentiren erhob, wie eine Besessene; weswegen es zwar zum öftern den Rinderriemen bekam, das aber nur aus Uebel ärger machte. Dieß Ungeheuer war dann noch über alles aus sehr erpicht auf junge Leuthe, und wollte – Puh! mir schaudert's jetzt noch – auch mich anpacken. Das war für mich eine ganz neue Erscheinung; ich redete mit meinem Vater davon, doch ohne jener Versuchung eigentlich zu erwähnen; der sagte mir dann, was eine Katze sey. Nun bekam ich erst einen solchen Eckel vor diesem Thier, daß mir ein Stich durch alle Adern gieng, so oft es mir unter Augen kam.

27. Göttliche Heimsuchung

Wenige Tage nach unsrer Ankunft ward ich mit einem heftigen Frost und Fieber befallen. Ob mir das plötzliche Vertauschen der frischen Bergluft mit der im Thal, oder die unreinliche Wohnung, oder dann ein schon mitgebrachter Stoff dazu im Körper, oder endlich gar der Abscheu vor dem entsetzlichen Geschöpfe, das Uebel zugezogen, weiß ich selbst nicht. Einmal zuvor war, aussert etwa leichten Kopf- und Zahnschmerzen, jedes andre Uebelbehagen mir ganz unbekannt. Man ließ den lieben Herrn Docktor Müller kommen; er verordnete mir eine doppelte Aderlässe, zweifelte aber gleich beym ersten Anblick selber an meinem Aufkommen. Am dritten Tag glaubt' ich, nun sey's gewiß mit mir aus, da mir mein armer Kopf beynahe zerspringen wollte. Ich rang, wimmerte, krümmte mich wie ein Wurm, und stuhnd Höllenangst aus: Tod und Ewigkeit kamen mir schröcklich vor. Meinem Vater, der sich fast nie von mir entfernte, und oft ganz allein um mich war, beichtete ich in einem solchen Augenblick alles was mir auf dem Herzen lag, sonderlich auch wegen den Verfolgungen des vorerwähnten Unholds, der mir viel zu schaffen machte. Der gute Aeti erschrack entsetzlich, und fragte mich: Ob ich denn mit dem Thier etwas Böses gethan? »Nein, gewiß nicht, Vater!« (antwortete ich schluchzend) »aber das Ungeheur wollt' mich eben dazu bereden; und ich hab's dir verschwiegen. Das nun, fürcht' ich, sey eine grosse Sünd'«. »Sey nur ruhig, mein Sohn!« (versetzte mein Vater) »Halt' dich im Stillen zu Gott. Er ist gütig, und wird dir deine Sünden vergeben«. Dieß einzige Wort des Trosts machte mich gleichsam wieder aufleben. O wie eifrig gelobt' ich in diesem Augenblick, ein ganz andrer Mensch zu werden, wenn ich's länger auf Erden treiben sollte. Indessen gab's noch verschiedene Ruckfälle: Einmal wußt' ich 24. Stunden lang nichts mehr von mir selber; aber dieß war die Crisis. Beym Erwachen fühlt' ich zwar meine Schmerzen wieder, doch in weit geringerm Grade; und was für mich viel wichtiger war, die bangen angsthaften Gedanken blieben völlig aus. Der Doktor fieng an Hoffnung zu schöpfen, und ich nicht minder; und kurz, es ließ sich täglich mehr zur Besserung an, bis ich (Gott und meinem geschickten Arzt sey's ewig gedankt) freylich erst nach etlichen Wochen, wieder ganz auf die Beine kam. Aber das Thiermensch, das wir im Haus hatten, und dulden mußten, war mir jtzt unausstehlicher als jemals. Mich und alle meine Geschwister überhäufte es mit den unfläthigsten Schimpfworten. Während meiner Krankheit sagte es mir oft ins Gesicht: Ich sey ein muthwilliger Bankert; es fehle mir nichts; man sollte mir statt Arzneyen die Ruthe geben, u.d. gl. Ich bat also meinen Vater, so hoch ich konnte: Er soll doch die Creatur uns vom Hals schaffen, sonst könnt' ich in Ewigkeit nicht vollkommen gesund werden. Aber es war unmöglich; vor einmal wollt' sie uns niemand abnehmen. Wenn sie's gar zu schlimm machte, liessen wir sie, wie gesagt, karbatschen. Aber zuletzt wollt' uns auch diesen Dienst niemand mehr leisten; denn jedermann fürchtete sich vor ihr, wie vor dem bösen Geist. Mit guten Worten kam man ihr gewissermassen noch am leichtesten bey. Was indessen mir als die allerherbste Prüfung vorkam, war dieses: Daß ich und meine Geschwister in ihrer Gesellschaft mit Baumwollen-Kämmen und Spinnen unsern Feyrabend machen mußten. Sobald aber der Sommer anrückte, half ich mir damit, daß ich meine Arbeit, so viel's immer die Witterung zuließ, ausser dem Haus verrichtete.

28. Jetzt Taglöhner

»Danke deinem Schöpfer«! (sagte inzwischen eines Tags mein Vater zu mir) »Er hat dein Flehen erhört, und dir von Neuem das Leben geschenkt. Ich zwar, ich will dir's nur gestehen, dachte nicht, wie du, Uli, und hätt' dich und mich nicht unglücklich geschätzt, wenn du dahingefahren wärst. Denn, Ach! Grosse Kinder, grosse Sorgen! Unsre Haushaltung ist überladen – Ich hab' kein Vermögen – Keins von Euch kann noch sicher sein Brodt gewinnen – Du bist der Aelteste. Was willst du nun anfangen? In der Stube hocken, und mit der Baumwolle handthieren, seh ich wohl, magst du nicht. Du wirst müssen tagmen«. »Was du willst, mein Vater«! antwortet' ich: »Nur, ja, nicht ofenbruten«! Wir waren bald einig. Der damalige Schloßbauer, Weibel K. nahm mich zum Knecht an. Von meiner überstandenen Krankheit war ich noch ziemlich abgemattet; aber mein Meister, als ein vernünftiger und stets aufgeräumter Mann, trug alle Geduld mit mir, um so viel mehr da er eigne Buben von gleichem Schrot hatte. Die meiste Zeit mußt' er seinen Amtsgeschäften nach; dann gieng's freylich oft bunt über Eck. Indessen gab er mir auch blutwenig Lohn, und die Frau Bäurin ließ uns manchmal bis um 10. Uhr nüchtern. Bey strenger Arbeit aber erhielten wir auch immer bessre Kost. Bisweilen brachten wir ihm etwas Wildpret, einen Vogel oder Fisch nach Haus; das ließ er sich vortrefflich schmecken. Eines Tags erbeuteten wir ein ganzes Nest voll junger Krähen; die mußt' ihm seine Hausehre wunderbar präpariren. Er verschlang mit ungeheurer Lust alle bis auf die letzte. Aber mit Eins gab's eine Rebellion im Magen. Er sprang vom Stuhl, und rannte todtblaß und schnellen Schrittes den Saal auf und nieder, wo die Füß und Federn noch überall zerstreut am Boden lagen! Endlich schneutzt er uns Buben mit lächerlichem Grimm an: »Thut mir das Schinderszeug da weg, oder ich k ... Euch hunderttausend Dotzend von Euern Bestien heraus. Einmal in meinem Leben solche schwarze Teufel gefressen, und nimmermehr«! Dann legte sich der launigte Mann zu Bethe, und mit einem tüchtigen Schweiß gieng alles vorbey.

Auch mein Bruder Jakob verrichtete um die nämliche Zeit ähnliche Knechtendienst'. Die Kleinern hingegen mußten in den

Stunden neben der Schule spinnen. Unter diesen war Georg ein besonders lustiger Erzvogel. Wenn man ihn an seinem Rädchen glaubte, saß er auf einem Baum, oder auf dem Dach, und schrie, Guckuck! »Du fauler Lecker«! hieß es dann etwa von Seite der Mutter, wenn sie ihn so in den Lüften erblickte; und von seiner: »Ich will kommen wenn du mich nicht schlagen willst; sonst steig ich dir bis in Himmel auf«! Was war da zu thun? Man mußte meist des Elends lachen.

29. Wie? Schon Grillen im Kopf

Und warum nicht? wenn einer in sein zwanzigstes geht, darf er schon ahnden, es gebe zweyerley Leuthe. Der Weibel hatte ein bluthübsches Töchtergen, aber scheu' wie ein Hase. Es war mir eine Freud' wenn ich sie sah', ohne zu wissen warum? Nach etlichen Jahren heurathete sie einen Schlingel, der ihr ein Häufchen Jungens auflud, und sich endlich als ein Schelm aus dem Land machte. Das gute Kind!

Dann hatte unser Nachbar Uli eine Stieftochter, Aennchen; die konnt ich alle Sonntage sehn. Allemal winselt' es mir ein wenig um's Herzgrübchen. Ich wußte wieder nicht warum? denk' aber wohl, weils mich so hübsch dünkte: Einmal an etwas anders kam mir gewiß nicht der Sinn. An den gedachten Sonntagen zu Abend machten wir – denn es gab da junger Bursche genug – mit einander Buntreihen, Kettenschleuffen, Habersieden, Schühle verbergen, u.s.f. Ich war wie in einer neuen Welt; nicht mehr ein Eremit wie im Dreyschlatt. Nun merkt ich zwar, daß mich Aennchen wohl leiden mocht'; dacht' indessen, sie würd' sonst schon ihre Liebsten haben. Einst aber hatte meine Mutter die Schwachheit, mir, und zwar als wenn sie stolz drauf wäre, zu sagen: Aennchen sehe mich gern. Dieser Bericht rannte mir wie ein Feuer durch alle Glieder. Bisher hielt ich dafür, meine Eltern würden's nicht zugeben, daß ich noch so jung nur die geringste Bekanntschaft mit einem fremden Mädchen hätte. Itz aber (so wichtig ist es, die Menschen in nützlichen Meinungen auch nur durch kein unvorsichtiges Wort irre zu machen!) merkt' ich's meiner Mutter deutlich an, daß ich so etwas schon wagen dürfte. Indessen that ich wohl nicht dergleichen; aber meine innre Freud' war nur desto grösser, daß man mir itzt selbst die Thür aufgethan, unter das junge lustige Volk zu wandeln. Von dieser Zeit an, versteht sich's, schnitt' ich bey allen Anlässen Aennchen ein entschieden freundlich Gesichtgen; aber daß ich ihr mit Worten etwas von Liebe sagen durfte – o um aller Welt Gut willen hätt' ich dazu nicht Herz gehabt. Einst erhielt ich Erlaubniß auf den Pfingst-Jahrmarkt zu gehn: Da sann ich lang hin und her, ob ich sie auf's Rathhaus zum Wein führen dürfe? Aber das schien mir schon zu viel gewagt. Dort sah ich sie eins herumschlängeln. Herodes mag das Herz nicht so gepocht haben, als er Herodias Tochter tänzeln sah! Ach! so ein schönes, schlankes, nettes Kind, in der allerliebsten Zürchbietler-Tracht! Wie ihm die goldfarbnen Zöpf so fein herunterhiengen! – Ich stellte mich in einen Winkel, um meine Augen im Verborgnen an ihr waiden zu können. Da sagt' ich zu mir selbst: Ah! in deinem Leben wirst du, Lümmel, nie das Glück haben, ein solch Kind zu bekommen! Sie ist viel viel zu gut für dich! Hundert andre weit bessre Kerls werden sie lang lang vor dir erhaschen. So dacht' ich, als Aennchen, die mich und meine Schüchternheit schon eine geraume Zeit: mochte bemerkt haben, auf mich zukam, mich freundlich bey der Hand nahm, und sagte: »Uli! führ' du mich auch Eins herum«! Ich feuerroth erwiederte: »Ich kann's nicht, Aennchen! gewiß ich kann's nicht«! »So zahl' mir denn eine Halbe«, versetzte sie, ich wußt' nicht recht ob im Schimpf oder Ernst. »Es ist dir nicht Ernst, Schleppsack«, erwiedert' ich darum. Und sie: »Mi See s'ist mir Ernst«! Ich todtblaß: »Mi See, Aennchen, ich darf heut nicht! Ein andermal. Gwüß ich möcht gern, aber ich darf nicht«! Das mocht ihr ein wenig in den Kopf steigen; sie ließ sich's aber nicht merken, trat, mir nix dir nix, rückwerts, und machte ihre Sachen wie zuvor. So auch ich – stolperte noch eine Weile von einer Ecke in die andre, und machte mich endlich, wie alle übrigen, auf den Heimweg. Ohne Zweifel daß Aennchen auf mich Acht gegeben. Einmal nahe beym Dorf kam sie hinter mir drein: »Uli! Uli! Jetzt sind wir allein. Komm' noch mit mir zu des Seppen, und zahl mir eine Halbe«! »Wo du willst«, sagt 'ich; und damit setzten wir ein Paar Minuten stillschweigend unsre Strasse fort. »Aennchen! Aennchen«! hob ich dann wieder an: »Ich muß dir's nur grad sagen, ich hab kein Geld. Der Aeti giebt mir keins in Sack, als etwa zu einem Schöpplein; und das hab' ich schon im Städtlin verbutzt. Glaub' mir's ich wollt' herzlich gern – und dich dann heimgeleiten! O! Aber da müßt' ich dann wieder meinen Vater fürchten. Gwüß, Aennchen! s'wär das erstemal. Noch nie hätt' ich mich unterstanden, ein Mädle zum Wein zu führen; und jetzt, wie gern ich's möcht', und auf Gottes Welt keine lieber als dich – bitte bitte, glaub mir's kann und darf ich's nicht. Gwüß ein andermal, wenn du mir nur wart'st, bis ich darf und Geld hab'«. »Ey Possen, Närrlin«! versetzte Aennchen: »Dein Vater sagt nichts; und bey der Mutter will Ich's verantworten – weiß schon, wo der Haas lauft. Geld? Mit samt dem Geld! 's ist mir nicht um's Trincken, und nicht um's Geld. Da« (und griff ins Säcklin) »hier hast du, glaub' ich, gnug zu zahlen, wie's der Brauch ist. Mir wär's Ein Ding; Ich wollt' lieber für Dich zahlen, wenn's so Mode wär'«. Paf! jtzt stand ich da, wie der Butter an der Sonne; gab endlich Aennchen mit Zittern und Beben die Hand; und so gieng's vollends ins Dorf hinein, zum Engel. Mir ward's Blau und Schwarz vor den Augen, als ich mit ihr in die Stube trat, und da alles von Tischen voll Leuthen wimmelte, die, einen Augenblick wenigstens, auf uns ihre Blicke richteten; indessen deucht' es mich dann auch wieder: Himmel und Erde müß' Einem gut seyn, der ein so holdes Mädchen zur Seite hat. Wir tranken unsre Maaß aus – so weder zu langsam noch zu geschwind; zu Schwatzen gab's – ich denk' durch meine Schuld – eben nicht viel. Entzückt, und ganz durchglüht von Wein und Liebe, aber immer voll Furcht, führt' ich nun das herrliche Kind nach Haus bis an die Thüre. – Keinen Kuß? Keinen Fuß über ihre Schwelle? – Ich schwör es: Nein! Auch ich lief nun schnurstracks heim, gieng mausstill zu Bett', und dachte: Heut wirst du bald, und süsser entschlummern, als sonst noch nie in deinem Leben! Aber wie ich mich betrog! Da war von Schlaf nur keine Rede. Tausend wunderbare Grillen giengen mir im Kopf herum, und wälzten mich auf meinem Lager hin und her. Hauptsächlich aber, wie verwünscht' ich jetzt meine kindische Blödigkeit und Furcht: »O das himmlische süsse Mädchen«! dacht' ich jetzt: »Konnt' es wohl mehr thun – und Ich weniger? Ach! es weißt nicht, wie's in meinem Busen brennt – und nur durch meine Schuld. O ich Hasenherz! Solch ein Liebchen nicht küssen, nicht halb zerdrücken? Kann Aennchen so einen Narren, so einen Lümmel lieben? Nein! Nein! – Warum spring ich nicht auf und davon, zu ihrem Haus, klopf an ihrer Thür' und rufe: Aennchen, Aennchen, liebstes Aennchen! Steh' auf, ich will abbitten! O, ich war ein Ochs, ein Esel! verzeih mir's doch! Ich will's könftig besser machen, und dir gewiß zeigen, wie lieb mir bist! Herziger Schatz! ich bitt' dich drum sey mir doch weiter gut und gieb mich nicht auf – Ich will mich bekehren – bin noch jung – und was ich nicht kann, will ich lernen«, u.s.f. So machte mich, gleich vielen andern, die erste Liebe zum Narrn.

30. So geht's

Des Morgens in aller Frühe flog ich nach Aennchens Haus – Ja, das hätt' ich thun sollen, thats' aber eben nicht. Denn ich schämt' mich vor ihr, daß mir's Herz davon weh that – in die Seel' hinein schämt' ich mich, vor den Wänden, vor Sonn' und Mond, vor allen Stauden schämt' ich mich, daß ich gestern so erzalbern that. Meine einzige Entschuldigung vor mir selber war diese, daß ich dachte: Es hätte so seine eigne studirte Art mit den Mädels umzugehn, und ich wüßte diese Art nicht. Niemand sage mir's, und ich hätt' nicht das Herz jemand zu fragen. Aber so (roch's mir dann wieder auf) darfst du Aennchen nie, nie mehr unter Augen treten; fliehen mußt du vielmehr das holde Kind, oder kannst wenigstens nur im Verborgenen mit ihr deine Freud' haben, nur verstohlen nach ihr blicken. – Inzwischen macht' ich eine neue Bekanntschaft mit ein Paar Nachbarsbuben, die auch ihre Schätz' hatten – um etwa heimlich von ihnen zu erfahren, wie man mit diesen schönen Dingen umgehen und es machen müsse, wenn man ihnen gefallen wolle. Einmal nahm ich gar das Herz in beyde Händ' und fragte sie darum; aber sie lachten mich aus, und sagten mir so närrisches und unglaubliches Zeug, daß ich nun gar nicht mehr wußte, wo ich zu Haus war.

Inzwischen ward diese Liebesgeschicht', die ich doch gerne vor mir selber verborgen hätte, bald überall laut. Die ganze Nachbarschaft, und besonders die Weiber, gaften mir, wo ich stuhnd und gieng, ins Gesicht, als ob ich ein Eisländer wäre: »Ha, Ha, Uli«! hieß es dann etwa: »Du hast die Kindsschuh' auch verheyt«. Meine Eltern wurdens ebenfalls inne. Die Mutter lächelte dazu, denn Aennchen war ihr lieb: Aber der Vater blickte mich desto trüber an; doch ließ er sich kein Wörtgen verlauten, als ob er wirklich in meinem Busen Unrath lese. Das war nur desto peinigender für mich. Ich gieng indessen überall umher, wie der Schatten an der Wand, und wünschte oft, daß ich Aennchen nie mit einem Aug gesehen hätte. Auch meine Bauersleuthe rochen bald den Braten, und spotteten meiner.

Eines Abends kam mir Aennchen so in den Wurf, daß ich ihr nicht entwischen konnte. Ich stuhnd da wie versteinert. »Uli«! sagte sie, »komm heut z'Nacht ein Bißli zu mir, ich hab' mit dir z'reden. Willst kommen, sag«? – »Ich weiß nicht«, stotterte ich. – »Eh, komm! Ich muß nothwendig mit dir reden; sag, versprich mir's«! »Ja, ja gwiß wenn ich kann«! Mir mußten scheiden. Ich

rannte eilends nach Haus. Himmel! dacht' ich, was mag das seyn?
Kann das liebe Aennchen mir noch so freundlich begegnen? Soll
ich, darf ich – Ja, ich muß, ich will gehn. – Nun gerieth ich – ob
aus Ehrlichkeit oder List weiß ich selbst nicht – auf den guten
Einfall, das Ding der Mutter zu sagen. »Ja ja, geh' nur«, sprach
diese; »ich will dir nach dem Essen schon forthelfen, daß kein
Hahn darnach krähen soll«. Das war mir recht gekocht. Alles gesagt, gethan. Ich gieng hin, und traf Aennchen, ihre Mutter und
ihren Stiefaeti (sie hielten sonst eine Schenke) ganz allein an. Ich
ließ ein Glas Brennz holen, um doch etwas zu thun, bis die Alten
im Bett' wären, weil ich nichts zu reden wußte. Aus lauter Furcht
saß ich weit von Aennchen weg – Aber darum mocht' ich's doch
kaum erwarten, bis die Eltern zur Ruh giengen. Endlich gerieth's.
Da fieng denn mein Liebchen an, in Einem fort zu schnättern,
daß es lieblich und doch betrübt zu hören war – als sie mir jetzt
über mein kaltes Bezeigen Vorwürf' über Vorwürf' machte, und
alles, was sie die Zeit her über mich schwatzen gehört, mir die
Nase rieb. Ich faßte Muth, verantwortete mich so gut ich konnte,
und sagt' ihr auch gerad' allen Kram heraus, was die Leuth' von
ihr redeten, und wofür man sie hielt – von meinen Gesinnungen
hingegen kein Wort: »So«! sagte sie: »Was schiert mich der Leuthe
Reden! Ich weiß schon, wer ich bin – und hinter dir hätt' ich
doch ein wenig mehr als so viel gesucht. Macht' aber nichts, schadt
gar nichts«! Nachdem dieser Wortwechsel noch ein Weilchen
fortgedauert hatte, und mir das Brenz ein wenig in den Kopf stieg,
wagt' ich's, ihr ein Bißlin näher zu rücken; denn das zwar bös
scheinende, aber verzweifelt artige Raisonieren gefiel mir in der
Seele wohl. Ich erkühnte mich sogar, ihr einige läppische Lehr-
stücke von erznärrischen Liebkosungen zu machen. Sie wies mich
aber frostig zurück, und sagte: »Kannst mir warten! Wer hat dich
das gelehrt«? u.d.gl. Dann schwig sie eine Weile still, guckte steif
ins Licht, und ich ein gut Klafter von ihr entfernt ihr in's Gesicht:
O ihre zwey blauen Aeuglin, die gelben Haarlocken, das nette
Näschen, das lose Mäulchen, die sanft rothen Bäcklin, das feine
Ohrläpplin, das geründelte Kinn, das glänzend weisse Hälschen
– O in meinem Leben hab' ich so nichts gesehn – Kein Mahler
vom Himmel könnt's schöner mahlen. »Dürft' ich doch« (dacht'
ich) »auch nur ein eineinziges Mal einen Kuß auf ihr holdes
Mündlein thun. Aber nun hab' ich's schon wieder – und Ach!
wohl gewiß auf ewig verdorben«. Ich nahm also kurz und gut
Abschied. Ganz frostig sagte sie: »Adieu«! Ich noch einmal: »Leb
wohl, Anne«! – und im Herzen: Leb' ewig wohl, herzallerliebstes

Schätzgen! – – Aber vergessen konnt' ich sie nun einmal nicht. In der Kirch' sah' ich sie mehr als den Pfarrer; und wo ich sie erblickte, war mir wohl ums Herz. Eines Sonntag Abends sah ich einen Schneiderbursch, Aennchen heimführen. Wie da urplötzlich mein Blut sich empörte, und alle Säfte mir in allen Gliedern rebellierten! Halb sinnlos sprang ich ihnen auf dem Fuß nach. Ich hätte den Schneider erwürgen können; aber ein gebietender Blick von Aennchen hielt mich zurück. Inzwischen macht' ich ihr nachwerts bitt're Vorwürf' drüber, und eine ganze Litaney von räudigen Schneidern und Schneidereigenschaften. Dacht' halt: Verloren ist verloren! – Aber Anne blieb mir nichts schuldig, wie ihr's leicht denken könnt.

31. Immer noch Liebesgeschichten. Doch auch anderes mitunter

Laßt mich meine Kinder, Freunde, Leser! wer Ihr seyn mögt', ich bitt' Euch, laßt mich ein Thor seyn! Es ist Wohllust – süsse, süsse Wohllust, so in diese seligen Tage der Unschuld zurückzugehn – sich all die Standorte wieder zu vergegenwärtigen, und die schönen Augenblick' noch einmal zu fühlen, wo man – gelebt hat. Mir ist, ich werde von neuem jung, wenn ich an diese Dinge denke. Ich weiß alles noch so lebhaft, wie's mir war, wie's mich deuchte; empfinde noch jedes selige Weilchen, das ich mit meinem Aennchen zubrachte – möchte jeden Tritt beschreiben, den ich an ihrer Seite that. Verzeiht mir's, und überschlagt's, wenn's Euch eckelt.

Aennchens Stiefäti war ein leichtsinniger Brenzwirth; ihm galt's gleichviel, wer kam und ihm sein Brenz absoff. Ich war nun im Kurzen bey seinem Töchtergen wieder wohl am Brett, und genoß dann und wann ein herrliches Viertelstündchen bey ihr. Das lag nun meinem Vater gar nicht recht. Er sprach mir ernstlich zu; es half aber alles nichts; Aennchen war mir viel zu lieb. Fürchterlich schimpft' er bisweilen auf dieß verdammte Brenznest, wie er es nannte; und Anne sah er für eine liederliche Dirn' an – und doch, Gott weiß es! das war sie – wenigstens damals nicht; das redlichste brävste Mädchen das ich je untern Händen gehabt, fast meiner Länge, so schlank und hübsch geformt, daß es eine Lust war. Aber ja, schwätzen konnt' sie wie eine Dohle. Ihre Stimme klang wie ein Orgelpfeifchen. Sie war immer munter und allert; um und um lauter Leben; und das macht' es eben, daß mancher Sauertopf so schlimm von ihr dachte. Wenn meine Mutter meinen Vater nicht bisweilen eines Bessern belehrt, er hätt' mit Stock und Stein drein geschlagen.

So verstrich der Sommer. Noch in keinem hatten mir die Vögel, die ich alle Morgen mit Entzücken behorchte, so lieblich gesungen. Gegen den Herbst zogen wir in die Pulverstampfe. Herr Amman H. nahm nämlich um diese Zeit meinen Vater zum Pulvermacher an. Der Meister, C. Gasser, wurde von Bern verschrieben, und lehrt' uns dieß Handwerk aus dem Fundament, so daß wir auch das Schwerste in wenig Wochen begreifen konnten. Unter anderm war mein Aeti froh, mich itzt ein Stück weit von Aennchen weg zu haben. Auch überwand ich mich ziemlich lang' – als das liebe Kind einst unversehns zu uns zu Stubeten kam. Ich erschrack sehr, und dacht' wohl, da würd' ein Wetter losgehn. So lang' sie da war, hiengen des Vater Augbraunen tief herunter; er schnaubte vor Grimm, redte kein Wort – horchte aber, wie man leicht merken mochte, auf alle Scheltwort'. O, wie dauerte mich das herrliche Schätzchen! Würd's doch mein Vater, wie Ich, kennen, wie ganz anders wär's da empfangen worden. Des Abends geleitete ich sie nach Haus. Noch war ich immer der alte blöde Junge. Sie neckte mich artlicher als sonst noch nie; aber doch mußt's geneckt seyn. Morgens drauf, da erst gieng des Aetis Predigt an: Was er an Aennchen ungereimtes bemerkt – oder vielmehr bemerkt haben wollte – was er gehört – und nicht gehört, sondern nur vermuthet, das alles kam in die Nutzanwendung dieser schönen Sermon. Allerhand Spottnamen – und kurz, alles was Aennchen in meinen Augen verächtlich machen sollte, blieb per se nicht aus. Und wirklich, so lieb mir das Mädchen war, nahm ich mir itzund doch vor, von ihr abzustehn, weil mir der Vater sie schwerlich jemals lassen würde, und inzwischen noch mancher Ehrenpfennig ihretwegen spatziren müßte. Gleichwohl darf ich zu ihrem Preis auch das nicht verschweigen, daß sie mich nie um Geld bringen wollte, ja daß sie sogar, wann ich für sie etwa ein Brenzlin zahlte, nicht selten die Uerte mir heimlich wieder zusteckte. Eines Tags nun sagt ich zum Aeti: »Ich will nicht mehr zur Anne gehn', ich versprich dir's«. »Das wird mich freuen«, sprach er, »und dich nicht gereuen. Uli Ich meyn's gwiß gut mir dir. – Sey doch nicht so wohlfeil. – Du bist noch jung, und kömmst noch alleweil früh gnug zum Schick. – Unterdessen geht's dir sicher mehr auf als ab. – So Eine gibt's noch wann der Markt vorbey ist. – Führ' dich brav auf, bet' und arbeite, und bleib fein bey Haus Dann giebst ein rechter Kerl, ein Mann in's Feld, und, ich wette, bekommst mit der Zeit ein braves Bauermädle. Indessen will ich immer für dich sorgen«, u.s.f.u.f.

So gieng der Winter vorbey. Aber mein Wort hielt ich wenig, und sah Aennchen, so oft es immer in geheim geschehen konnte.

Von Gallitag bis in Merz konnten wir kein Pulver machen. Ich verdient' also mein Brodt mit Baumwollkämmen, die andern mit Spinnen. Der Vater machte die Hausgeschäft', las uns etwa an den Abenden aus *David Hollatz, Böhm* und *Meads Beynahe-Christ* die erbaulichsten Stellen vor, und erklärte uns, was er für unverständlich hielt; aber eben auch nicht allemal am Verständlichsten. Ich las auch für mich. Aber mein Sinn stuhnd meist nicht im Buch, sondern in der weiten Welt.

32. Nur noch dießmal

(1755.)

Im folgenden Frühling hieß es: Wohin nun mit so viel Buben? Jakob und Jörg wurden zum Pulvermachen bestimmt; ich zum Salpetersieden. Bey diesem Geschäft gab mir mein Vater Uli M. einen groben, aber geraden ehrlichen Menschen zum Gehülfen, der ehemals Soldat gewesen, und das Handwerk von seinem Vater her verstuhnd, der in seinem Beruf, aber elend genug verstorben, da er in einen siedenden Salpeterkessel fiel. Wir beyde Ulis fiengen also mit einander im Merz 1755. in der Schamatten unsern Gewerb an. Da gab's immer unter der Arbeit allerley Gespräche, die dann M. durch irgend einen Umweg – und wie ich nachwerts erfuhr, geflissen, vielleicht gar auf Anstiften meines Vaters – meist auf Heurathsmaterien zu lenken wußte, und mir endlich eine gewisse schon ziemlich ältliche Tochter zur Frau empfahl, die bald auch meinen Eltern, dem Aeti besonders, eben ihres bestandenen Alters und stillen Wandels wegen, sehr wohl gefiel. Ihnen zu gefallen, führt' ich diese Ursel (so hieß sie) ein Paarmal zum Wein. Mein Uli machte gar viel Rühmens von diesem Esaugesicht, das er nach seiner eignen Sag', schon vor zehn Jahren careßirt hätte. Daß ich eben wenig Reitzendes an ihr entdeckte, versteht sich schon. Eine Stunde bey ihr dünkte mich eine halbe Nacht, so gut' sie mir immer begegnete – ja, je besser, desto schlimmer für mich. Uebrigens trug sie eine ordentliche Bauerntracht. Aber mit Aennchen vergliechen, war's halt wie Tag und Nacht. Als mich daher letztre eines Tags an der Straß auffieng, sprach sie mit bitterm Spott: »Pfui, Uli! So ein Haargesicht, so eine Iltishaut, so ein Tanzbär! Mir sollt' keiner mehr auf einen Büchsenschuß nahe kommen, der sich an einer solchen Dreckpatsche beschmiert hätte! – Uhi! wie stinkst«! Das gieng mir durch Mark und Bein. Ich fühlte, daß Aennchen Recht hatte; aber dennoch verdroß es mich. Ich verbiß indessen meinen Unmuth, schlug ein erzwungenes Gelächter auf, und sagte: »Gut, gut, Aennchen! Aber nächstens will ich dir alles erklären«! und damit giengen wir von einander. – Es währte kaum 24. Stunden, so gab ich meiner grauen Ursel förmlichen Abschied: Sie sah mir wehmütig nach und rief immer hinten drein: »Ist denn nichts mehr zu machen? – Bin ich dir zu alt, oder nicht hübsch genug? – Nur auch noch Einmal«, u. dgl. Aber ein Wort, ein Mann.

Am nächsten Huheijatag, wo Aennchen auch gegenwärtig war, sah sie, daß ich allein trank. Sie kam freundlich gegen mir, und lud mich auf den Abend ein. Voll Entzücken flog ich zu ihr hin, und merkte bald, daß ich wieder recht willkomm war, obschon mir das schlaue Mädle über meine Bekanntschaft mit Urseln aufs neue die bittersten Vorwürfe machte. Ich erzählte ihr haarklein alles, wie das Ding zugegangen. Sie schien sich zu beruhigen. Das machte mich herzhafter; ich wagte zum erstenmal, es zu versuchen, sie an meine Brust zu drücken, und einen Kuß anzubringen. Aber Potz Welt! da hieß es: »So! Wer hat dich das gelehrt? G'wiß die alte Hudlerin. Geh, geh, scheer' dich, und sitz erst ins Bad, dir den Unrath abzuwaschen.« – Ich. »Ha! Ich bitt' dich, Schätzle! sey mir nicht curios. Hab' dich ja alleweil geliebt, und lieb dich je länger je stärker. Laß mich doch – nur auch eins«! Sie. »Abslut nicht! Um alles Geld und Gut nicht! Fort, fort, nimm deine Trallwatsch, die dir das Ding gewiesen«! – Ich. »Ach! Aennchen! Schätzchen! Laß mich doch! Hätt' dich schon lang schon, für mein Leben gern – Ach mein Gott«! – Sie. »Laß mich doch gehn – ich bitt' dich! – Gwiß nicht. – Einmal itzt nicht«, – Endlich sagte sie freundlich lächelnd: »Wenn du wiederkommst«! Aber dreymal, wenn ich wiederkam, fieng das verschmitzte Mädchen das nämliche Spiel an. Und so können diese schlauen Dinger die dummen Buben lehren. Endlich schlug die erwünschte Stunde: »Aennchen, Aennchen! liebstes Aennchen! Kannst's auch über's Herz bringen? Bist mir doch so herzinniglich lieb! Und ich sollt' kein einzig Mal dein holdes Mündchen küssen? Gelt, du erlaubst's mir? – Ich kann's nicht länger aushalten. Lieber will ich dich ganz und gar meiden«. Itzt drückte sie mir freundlich die Hand, sagte aber wieder: »Nun gewiß, das nächstemal, wenn du wiederkommst«!

Hier fieng mir an, die Geduld auszugehn. Ich ward wild, und schnippisch. Sie hinwieder befürchtete glaublich Unrath; foppte mich zwar, wie es scheinen sollte, noch immer fort, daß es eine Lust war – aber mit Eins kam ihr ein Thränchen ins Aug', und sie wurde zahm wie ein Täubchen: »Nun ja«! sagte sie: »'s ist wahr, du hast doch die Prob' ausgehalten – Du solltest mir für deine Sünd büssen. Aber die Straf' hat mich mehr gekostet, als dich, liebes, herziges Uechelin«! Dieß sagte sie mit einem so süssen Ton, der mir itzt noch, wie ein fernes Silberglöcklin ins Ohr läutet: Ha! (dacht' ich einen Augenblick) Itzt könnt' ich dich wieder strafen, loses Kind! – Aber ich bedacht' mich bald eines Bessern – riß mein Liebchen in meine Arme, gab ihr wohl tausend Schmätzchen auf ihr zartes Gesichtlin überall herum, von einem Ohr bis zum andern – und Aennchen blieb mir kein einziges schuldig; nur daß ich schwören wollte, daß die ihrigen noch feuriger als die meinigen waren. So giengs ohne Unterlaß fort mit herzen, und schäckern, und plaudern, bis zur Morgendämmerung. Itzt kehrt' ich jauchzend nach Haus, und glaubte der erste und glücklichste Mensch auf Gottes Erdboden zu seyn. Aber bey allem dem fühlt' ichs lebhaft: Noch fehle mir – und dann wußt ich doch nicht was? Meist aber kam's, glaub ich, darauf hinaus: O könnt' ich mein Aennchen – könnt' ich dieß holde Kind doch ganz ganz besitzen – völlig völlig mein heissen – und ich sein – sein Schätzgen, sein Liebchen. Wo ich darum stuhnd und gieng, waren meine Gedanken bey ihr. Alle Wochen dürft' ich eine Nacht zu ihr wandeln; die schien mir eine Minute, die Zwischenzeit sechs Jahre zu seyn. O der seligen Stunden! Da setzte es tausend und hunderterley verliebte Gespräche – da eiferten wir in die Wette, einander in Honigwörtgen zu übertreffen, und jeder neue oder alte Ausdruck galt einen neuen Kuß. – Ich mag nicht schwören – und schwöre nicht – aber das waren gewiß nicht nur die seligsten, sondern – auch die schuldlosesten Nächte meines Lebens! – Und doch – ich darf's noch einmal nicht verbergen – aber Aennchens Ruf war nicht der beßte. Dieß hatte sie ohne Zweifel ihrem freyen, geschwätzigen Mäulchen zu verdanken. Ich hingegen habe stets und immer mehr das redlichste, beßte, züchtigste Mädchen an ihr gefunden. Freylich – von jenen mannigfaltigen eigentlichen Verführer-Künsten braucht' ich, und kannt' ich wirklich keine – und doch bin ich vollkommen überzeugt, daß sie auch dergleichen siegreich widerstanden wäre.

So gieng der mir unvergeßliche Sommer des Jahrs 1755. wie eine Woche vorbey; und täglich gewann ich mein Aennchen lieber.

Vor alle andern Mädels eckelte mir's, obgleich ich von Zeit zu Zeit Gelegenheit hatte, mit den artlichsten Töchtern des Lands bekannt zu werden. – Inzwischen war ich ein muntrer Salpetersieder, bald allein, bald in Gesellschaft mit jenem andern Uli, der sich noch immerfort grosse Mühe gab, mir die wunderbarsten Dinger anzukuppeln. Aber – Puh! – davon war nun keine Rede mehr, nebendem daß ich jetzt noch überall an kein Heurathen denken durfte.

33. Es geht auf Reisen

Es war im Herbste, als ich eines Tags meinem Vater eine hübsche Buche im Wald fällen half. Ein gewisser Laurenz Aller von Schwellbrunn, ein Rechen- und Gabelmacher, war uns auch dabey behüflich, und kaufte uns nachwerts das schönste davon ab. Unter allerhand Gesprächen kam's auch auf mich: »Ey, ey, Hans«! sagte Laurenz, »du hast da einen ganzen Haufen Buben. Was willst auch mit allen anfangen? Hast doch kein Gut, und kann keiner kein Handwerk. Schad', daß du nicht die größten in die Welt 'nausschickst. Da könnten sie ihr Glück gewiß machen. Siehst's ja an des Hans Joggelis seinen: Die haben im Welsch-Berngebiet gleich Dienst' gefunden; sind noch kaum ein Jahr fort, und kommen schon wie ganze Herren neumontirt, mit goldbordirten Hüten heim, sich zu zeigen, und wurden um kein Geld mehr hie zu Land bleiben«. »Ha«! sagte mein Vater: »Aber meine Buben sind dazu viel zu läppisch und ungeschickt; des Hans Joggelis hingegen witzig und wohlgeschult; können lesen, schreiben, singen und geigen. Meine sind pur lauter Narren in Vergleichung; sie stehen wo man's stellt, und thun's Maul auf«. »Behüte Gott«! versetzte Laurenz, »mußt das nicht sagen, Hans! Sie wären gwiß wohl zu brauchen; sonderlich der grosse da ist wohl gewachsen, kann ja auch lesen und schreiben, und ist sicher kein Stockfisch – seh's ihm wohl an. Potz Wetter! wenn der recht getummelt wird, das gäb' ein Kerl. Würdst die Augen aufsperren! Hans, ich will dir Mann dafür seyn, daß er nach Jahr und Tag heimkommt gestiefelt und gespornt, und Geld hat wie Hünd, daß es dir ein Ehr' und Freud' seyn soll«. Während diesem Gespräch sperrt' ich Maul und Augen auf, guckte dem Vater ins Gesicht; und er mir, und sprach: »Was meinst, Uli«? Aber eh' ich antworten konnte, fuhr Laurenz fort: »Potz Hagel! wenn ich noch so jung wär', und's Maul voll hübsche Zähn hätte, wie du, das ganze Tockenburg mit allen seinen Stricken und Seilern sollten mich nicht im Land behalten. Ich bin auch in der Welt 'rum gekommen. Ha! da giebts Globte Länder, und Geld z'verdienen wie Dreck. Weiß was ich da gesehen hab'. Aber ich war halt ein liederlicher Narr; und nun ist's zu späth, wenn man dem Alter zuruckt, und gar ein Weib hat. O, ich möchte noch brieggen darob! Aber, was ist zu machen«? »Alles gut«, fiel itzt mein Vater ein; »aber da müßt' er Empfehlungsschreiben, oder sonst jemand haben, der ihm in den Teich hülfe. Ich wollte freylich gern alle meine Kinder versorgt wissen, und keinem vor dem Glück stehn. Aber« – »Aber, was aber«? unterbrach ihn Laurenz. »Da laß mich dafür sorgen; es soll dich nicht einen Heller kosten, Hans! und Bürg will ich dir seyn, dein Bub soll versorgt werden, daß er ein Mann, daß er ein Herr giebt. Ich kenne weit und breit angesehene Leuth' genug, die solche Bursch' glücklich machen können; und da will ich dem Uli gwiß den beßten aussuchen, daß er mir's sein Lebtag danken soll« – Mein Vater traute gegen seine Gewohnheit dießmal sehr geschwind; denn er war diesem Laurenz sonst gut. Und von mir kam's – einige Liebesscrupel ausgenommen, von denen wir bald reden werden – wohl gar nicht in die Frage. So bald es einmal von des Aetis Seite wirklich hieß: »Wie, Uli, hätt'st Lust«? hieß es von meiner: »Ja«! Mein Vater mochte um so viel zufriedener seyn, da er mich dergestalt vollends von Aennchen entfernen konnte. Der Mutter hingegen lag's gar nicht recht. Aber, man weiß es schon; wenn der Näbishans einmal einen Entschluß gefaßt, hätten ihn Himmel und Erde nicht mehr davon abwendig gemacht. Es ward also Tag und Stund abgeredt, wo ich mit Laurenz verreisen sollte, ohne weiter einem Menschen ein Wort davon zu sagen: Denn es mache nur unnöthigen Lerm, sagte mein Führer.

34. Abschied vom Vaterland

Gute Nacht, Welt! Ich geh ins Tyrol. So hieß es bey mir. Denn, einstheils wenigstens, war ich lauter Freude; meynte der Himmel hange voll Geigen und Hackbrettlin, und hätt' ich Siegel und Brief in der Fiecke, mein Glück sey schon gemacht. Andersheils aber giengs mir freylich entsetzlich nahe – nicht eben das Vaterland, aber das Land zu meiden wo mein Liebstes wohnte. Ach! könnt' ich mein Aennchen nur mitnehmen, dacht' ich wohl hunderttausendmal. Aber dann wieder: Fünf, höchstens sechs Jahr' sind doch auch bald vorbey. Und wie wird's dann mein Schätzgen freuen, wenn ich mit Ehr' und Gut beladen, wie ein Herr nach Haus kehren – oder es zu mir in ein Gelobt Land abholen kann.

Also, auf den 27. Herbstmonath, Samstag Abends, ward's abgeredt, den Weg in Gottes Namen unter die Füsse zu nehmen. »Wir wollen bey Nacht und Nebel fort«, sagte Laurenz; »es giebt sonst ein gar zu wunderfitzig Gelüg; und an einem Werktag hab' ich nicht Zeit. Mach dich also reisfertig. Einen guten Rock, damit ist's gethan«. Samstag Morgens macht' ich also alles zurecht. Nun giengs an den Abschied. Mutter und Schwestern vergossen häufige Thränen, und fiengen schon um Mittag an, mir tausendmal: Gott behüt', Gott geleit' dich! zu sagen. Mein Vater aber, ebenfalls voll Wehmuth, gab mir, nebst etlichen Batzen, folgendes auf den Weg: »Uli«! sprach er zu mir, »du gehst fort, Uli! Ich weiß nicht wohin, und du weißt's eben so wenig. Aber Laurenz ist ein gereister Mann, und ich trau' ihm die Redlichkeit zu, er werd' irgendwo ein gutes Nest kennen, wo er dich absetzen kann. Du von deiner Seite halt dich nur redlich und brav, so wird's, will's Gott! nicht übel fehlen. Itzt bist du noch wie ein ungebacknes Brödtlin: Gieb Achtung, und laß dich weisen; du bist gelehrig. Uebrigens weist' du, Ich hab' dir das Ding nie mit keinem Wort weder gerathen noch mißrathen. Es war Laurenzens Einfall, und dein Wille; denen fügt' ich mich, und zwar noch mit ziemlich schwerem Herzen. Denn, am End konnt' ich dir noch wie bisher Brodt geben, wenn du dich weiter willig zu saurer und nicht saurer Arbeit, wie sie kommt, bequemt hättest. Aber darum werd' ich mich nicht minder freuen, wenn du itzt Speis', und Lohn dazu, auf eine leichtere Art verdienen, oder gar dein Glück machen kannst. Was mir am meisten Mühe macht, Uli! ist deine Jugend und dein Leichtsinn. Und doch, glaub' mir's, du gehst in eine verführerische Welt hinaus, wo's Hallunken und Schurken genug giebt, die auf die Unschuld solcher Buben lauern. Ich bitt' dich, trau doch keinem Gesicht, bis du's kennst; und laß dich zu nichts bereden, was dich nicht recht dünkt. Bete fleißig, wie Daniel zu Babel; und vergiß nie, daß, wenn ich dich schon nicht mehr sehe und höre, dein beßrer Vater im Himmel in alle Winkel der Welt sieht und hört, was du denkest und thust. Du weist ja die Bibel, das heißt Gottes Wort, inn- und auswendig. Sinn' ihm nach, und vergiß es nie, wie wohl's den frommen Leuten, die Gott liebten, gegangen ist. Denk! Ein Abraham, Joseph, David. Und wie hingegen jenen nichtsnutzen gottlosen Buben, wie unglücklich sie worden sind. Um deiner Seelen willen, Uli! um deiner zeitlichen und ewigen Wohlfarth willen, vergiß deines Gottes nicht. Wo der Himmel über dir steht, ist er stets bey dir. Ich kann weiter nichts als dich seinem allmächtigen Schutz anbefehlen; und das will ich thun, unabläßig« – – So giengs noch eine kurze Weile fort. Mein Herz ward weich wie Wachs. Vor Schluchzen konnt' ich nichts sagen, als: »Ja, Vater, ja«! und in meinem Innwendigen hallt' es wieder: »Ja, Vater, ja«! Endlich, nach einer kurzen Stille, sprach er: »Nun, in Gottes Namen, geh«! und ich: »Ja, ich will gehen«! und: »Liebe, liebe Mutter! thu doch nicht so; es wird mir nicht gänzlich fehlen. Behüt' Euch Gott! lieber Vater, liebe Mutter! Behüt' Euch Gott alle, liebe Geschwisterte! Folgt doch dem Vater und der Mutter! Ich will ihren guten Ermahnungen auch folgen in der weit'sten weiten Ferne«. Dann gab mir jedes die Hand. Die Zähren rollten ihnen über die feuerrothen Backen. Ich mußte fast ersticken. Drauf gab mir die Mutter den Reisbündel, und gieng dann beyseite. Mein Vater geleitete mich noch ein Stück Wegs. Es war schon Abenddämmerung. In der Schomatten begegnete mir Caspar Müller. Der gab mir ein artiges Reisgeldlin, und Gottes Geleit auf die Strasse.

35. Ist noch vom Schätzle

Nun flog' ich noch zu meinem Aennchen hin, welcher ich erst ein Paar Nächte vorher mein Vorhaben entdeckt hatte. Sie ward darüber gewaltig verdrüßlich, wollt' sich's aber Anfangs nicht merken lassen. »Meinethalben« sagte sie mit ihrem unnachahmlichen Bitterlächeln, kannst gehen – hab' gemeint – – »Wer nur so liebt, mag sich packen wo er will«, »Ach! Liebchen«, sprach ich, »du weist wahrlich nicht, wie Weh's mir thut; aber du siehst wohl, mit Ehren könnten wir's so nicht mehr lang aushalten. Und ans Heurathen darf ich itzt nur nicht denken. Bin noch zu jung; du bist noch jünger, und beyde haben keines Kreutzers werth. Unsre Eltern vermöchten uns nur nicht, ein Nestlin zu schaffen; wir gäben ein ausgemachtes Bettelvölklin. Und wer weiß, das Glück ist kugelrund. Einmal ich lebe der guten Hoffnung« – – »Nun, wenn's so ist, was liegt mir dran«? fiel Aennchen ein. »Aber, gelt! du kommst noch e'nmal zu mir eh' du gehst«? »Ja freylich, warum nicht«? versetzt ich: »Das hätt' ich sonst gethan«! Itzt gieng ich, wie gesagt, wirklich, meinem Herzgen das letzte Lebewohl zu sagen. Sie stuhnd an der Thür – sah mein Reispäckgen, hüllte ihr hold gesenktes Köpfgen in ihre Schürze, und schluchzte ohne ein Wort zu sagen. Das Herz brach mir schier. Es machte mich wirklich schon wankend in meinem Vorhaben, bis ich mich wieder ein wenig erholt hatte. Da dacht' ich: In Gottes Namen! es muß dann doch seyn, so weh' es thut. Sie führt mich in ihr Kämmerlin, setzt sich aufs Bett, zieht mich wild an ihren Busen, und – Ach! ich muß einen Vorhang über diese Scene ziehn, so rein sie übrigens war, und so honigsüß mir noch Heute ihre Vergegenwärtigung ist. Wer nie geliebt, kann's und soll's nicht wissen – und wer geliebt hat, kann sich's vorstellen. Gnug, wir liessen nicht ab, bis wir beyde matt von Drücken – geschwollen von Küssen – naß von Thränen waren, und die andächtige Nonne in der Nachbarschaft Mitternacht läutete. Dann riß ich mich endlich los aus Aennchens weichen, holden Armen. »Muß es dann seyn«? sagte sie: »Ist auf Himmel und Erde nichts dafür? – Nein! Ich laß' dich nicht – geh mit dir so weit der Himmel blau ist. Nein, in Ewigkeit laß' ich dich nicht, mein Alles, Alles auf der Welt«! Und ich: »Sey doch ruhig, liebes, liebes Herzgen! Denk einmal ein wenig hinaus – was für Freude, wenn wir uns wiedersehen – und ich glücklich bin«! Und sie: »Ach! Ach! dann laßst du mich sitzen«! Und ich: »Ha! in alle Ewigkeit nicht – und sollt' ich der größte Herr werden, und bey Tausenden gewinnen – in alle Ewigkeit laß ich dich nicht aus meinem Herzen. Und wenn ich fünf, sechs, zehn Jahre wandern müßte, werd ich dir immer immer getreu seyn. Ich schwör dir's«! (wir waren itzt auf der Strasse nach dem Dorf, wo Laurenz mich erwartete, fest umschlungen, und gaben uns Kuß und Kuß) »Der blaue Himmel da ob uns mit allen seinen funkelnden Sternen, diese stille Mitternacht – diese Strasse da sollen Zeugen seyn«! Und sie: »Ja! Ja! Hier meine Hand und mein Herz – fühl' hier meinen klopfenden Busen – Himmel und Erde seyn Zeugen, daß du mein bist, daß ich dein bin; daß ich, dir unveränderlich getreu, still und einsam deiner harren will, und wenn's zehn und zwanzig Jahre dauern – und wenn unsre Haare drüber grau werden sollten; daß mich kein männlicher Finger berühren, mein Herz immer bey dir seyn, mein Mund dich im Schlaf küssen soll, bis« – – Hier erstickten ihr die Thränen alle Worte. Endlich kamen wir zu Laurenzens Haus; Ich klopfte an. Wir setzten uns vor's Haus auf's Bänkgen, bis er hinunterkam. Wir achteten seiner kaum. Wirklich fieng Aennchen itzt wieder aufs neue an; die Scheue vor einem lebendigen Zeugen gab uns selber den Muth, uns besser zu fassen. Wir waren beyde so beredt wie Landvögte. Aber freylich übertraf mich mein Schätzgen in der Redekunst, in Liebkosungen und Schwüren, noch himmelweit. Bald gieng's ein wenig Berg auf.

Nun wollte Laurenz Aennchen nicht weiter lassen: »Genug ist genug, ihr Bürschlin«! sagte er:
»Uche! so kämen wir ewig nicht fort. – Ihr klebt da aneinander, wie Harz. – Was hilft itzt das Brieggen? – Mädel es ist Zeit mit dir ins Dorf zurück: Es giebt noch der Knaben mehr als genug«! Endlich (freylich währt' es lange genug) mußt' ich Aennchen noch selber bitten, umzukehren: »Es muß – es muß doch seyn«! Dann noch einen eineinzigen Kuß – aber einen wie's in meinem Leben der erste und der letzte war – und ein Paar Dutzend Händedrück', und: Leb, lebwohl! Vergiß mein nicht! – Nein gewiß nicht – nie – in Ewigkeit nicht! – Wir giengen; sie stand still, verhüllte ihr Gesicht, und weinte überlaut – ich nicht viel minder. So weit wir uns noch sehen konnten, schweyten wir die Schnupftücher, und warfen einander Küsse zu. Itzt war's vorbey: Wir kamen ihr aus dem Gesicht. – O wie's mir da zu Muthe war! – Laurenz wollte mir Muth einsprechen, und fieng eine ganze Predigt an: Wie's in der Fremde auch schöne Engel gebe, gegen welche mein Aennchen nur ein Rotznäschen sey, u.d. gl. Ich ward böse auf ihn, sagte aber kein Wort dazu, gieng immer staunend hinter ihm her, sah wehmüthig ans Siebengestirn hinauf – zwey kleine Sternen gegen Mittag sah' ich, wie mir's deuchte, so nahe beysammen, als wenn sie sich küssen wollten, und der ganze Himmel schien mir voll liebender Wehmuth zu seyn. So gieng's denn fort, ohne meinerseits zu wissen wohin, und ohne den mindesten Gedanken an Gutes oder Böses, das mir etwa bevorstehen könnte. Laurenz plauderte beständig; ich hörte wenig, und betete in meinem Innwendigen fast unaufhörlich: Gott behüte meine liebe Anne! Gott segne meine lieben Eltern. Gegen Tages Anbruch kamen wir nach Herisau. Ich seufzte noch immer meinem Schätzgen nach: Aennchen, Aennchen, liebstes Aennchen! – und nun (vielleicht für lange das letztemal) schreib' ich's noch mit grossen Buchstaben: *AENNCHEN*.

36. Es geht langsam weiters

Es war ein Sonntag. Wir kehrten beym Hecht ein, und blieben da den ganzen Tag über. Alles gaffte mich an, als wenn sie nie einen jungen Tockenburger – oder Appenzeller gesehen hätten, der in die Fremde gieng – und doch nicht wußte wohin, und noch viel minder recht warum. An allen Tischen hört' ich da viel von Wohlleben und lustigen Tagen reden. Man setzte uns wacker zu

Trinken vor. Ich war des Weins nicht gewohnt, und darum bald aufgeräumt, und recht guter Dingen.

Wir machten uns erst bey anbrechender Nacht wieder auf den Weg. Ein fuchsrother Herisauer, und, wie Laurenz, ein Müller, war unser Gefährte. Es gieng auf Gossau und Flohweil zu. An letzterm Orte kamen wir bey einem Schopf vorbey, wo etliche Mädel beym Licht Flachs schwungen: »Laßt mich e'nmal«, sagt ich, »ich muß die Dinger sehn, ob keine meinem Schatz gleiche«? Damit setzt' ich mich unter sie hin, und spaßte ein wenig mit ihnen. Aber eben, da war wenig zu vergleichen. Indessen musterten mich meine Führer fort; sagten, ich werde derley Zeug noch genug bekommen, und machten allerley schmutzige Anmerkungen, daß ich roth bis über die Ohren ward. Dann kamen wir auf Rickenbach, Frauenfeld, Nünforn. Hier überfiel mich mit Eins eine entsetzliche Mattigkeit. Es war (des Marschierens und Trinkens nicht e'nmal zu gedenken) das erstemal in meinem Leben, daß ich zwo Nächte nach einander nicht geschlafen hatte. Allein die Kerls wollten nichts vom Rasten hören, preßirten gewaltig auf Schaffhausen zu, und gaben mir endlich, da ich schwur: Ich könnte nun einmal keinen Schritt weiter! ein Pferd. Das gefiel mir nicht unfein. Unterwegs gieng's an ein Predigen, wie ich mich in Schaffhausen verhalten, hübsch grad strecken, frisch antworten sollte, u.d.gl. Dann flismeten sie zwey mit einander (doch mit Fleiß so, daß ich's hören mußte) von galanten Herren, die sie kennten, deren Diener es so gut hätten, als die Größten im Tockenburg. »Sonderlich« sagte Laurenz, »kenn' ich einen Deutschländer der sich dort incognito aufhält, gar ein vornehmer Herr von Adel, der allerley Bediente braucht, wo's der geringste besser hat als ein Landammann«. »Ach«! sagt' ich, »wenn ich nur nicht zu ungeschickt wäre, mit solchen Herren zu reden«! – – »Nur gradzu geredt, wie's kömmt« sagten sie; »so habens dergleichen vornehme Leuth' am liebsten«.

37. Ein nagelneues Quartier

Wir kamen noch bey guter Zeit in Schaffhausen an, und kehrten beym Schiff ein. Als ich vom Pferd eher fiel als stieg, war ich halb lahm, und stuhnd da wie ein Hosendämpfer. Da gieng's von Seite meiner Führer an ein Mustern, das mich bald wild machte, da ich nicht begreifen konnte, was endlich draus werden sollte. Als wir die Stiege hinaufkamen, hiessen sie mich ein wenig auf der

Laube warten, traten in die Stube, und riefen mich dann nach wenigen Minuten auch hinein. Da sah ich einen grossen hübschen Mann der mich freundlich anlächelte. Sofort hieß man mich die Schuh' ausziehn, stellte mich an eine Saul unter ein Maaß, und betrachtete mich vom Kopf bis zun Füssen. Dann redten sie etwas Heimliches mit einander; und hier stieg mir armen Bürschgen der erste Verdacht auf, die zwey Kerls möchtens nicht am Beßten mit mir meynen; und dieser Argwohn verstärkte sich, als ich deutlich die Worte vernahm: »Hier wird nichts draus, wir müssen also weiter gehn«. »Heut setz' ich keinen Fuß mehr aus diesem Haus«, sagt' ich zu mir selber; »ich hab' noch Geld«! Meine Führer giengen hinaus. Ich saß am Tische. Der Herr spatzierte das Zimmer auf und ab, und guckte mich unterweilen an. Neben mir schnarchte ein grosser Bengel auf der Bank, der wahrscheinlich im Rausch in die Hosen geschwitzt, daß es kaum zu erleiden war. Als der Herr während der Zeit einmal aus der Stube gieng, nahm ich die Gelegenheit wahr, die Wirthsjungfer zu fragen: Wer denn wohl dieser Bursche seyn möchte: »Ein Lumpenkerl«, sagte sie: »Erst Heute hat ihn der Herr zum Bedienten angenommen, und schon sauft sich der H. blindstern voll, und macht e'n Gestank, Puh«! – »Ha«! sagt' ich, eben als der Herr wieder hereintrat, »so ein Bedienter könnt' ich auch werden«. Dieß hört' er, wandte sich gegen mir, und sprach: »Hätt'st du zu so was Lust«? »Nachdem es ist«, antwortet' ich. »Alle Tag 9. Batzen«, fuhr er fort, »und Kleider, so viel du nöthig hast«. »Und was dafür thun«? versetzt' ich. Er. Mich bedienen. Ich. Ja! wenn ich's könnte. Er. Will dich's schon lehren. Pursch du gefällst mir. Wir wollen's vierzehn Tag probiren. Ich. Es bleibt dabey. – Damit war der Markt richtig. Ich mußt' ihm meinen Namen sagen. Er ließ mir Essen und Trinken vorsetzen, und that allerley gutmüthige Fragen an mich. Unterdessen waren meine Gefärthen (wie ich nachwerts erfuhr) zu ein Paar andern preussischen Werboffizieren gegangen (es befanden sich damals 5. dergleichen auf einmal in Schaffhausen) und machten bey ihrer Zurückkonft grosse Augen, als sie mich so drauf loszechen sahen. »Was ist das«? sagte Laurenz: »Geschwind, komm! Itzt haben wir dir einen Herrn gefunden«. – »Ich hab' schon einen«, antwortet ich. Und Er: »Wie, was? Ohne Umständ« – – und wollten schon Gewalt brauchen. »Das geht nicht an, ihr Leute«! sagte mein Herr: »Der Bursch' soll bey mir bleiben«! »Das soll er nicht«, versetzte Laurenz: »Er ist uns von seinen Eltern anvertraut«. »Lyrum! Larum«! erwiederte der Herr: »Er hat nun einmal zu mir gedungen, und damit auf und Holla«! Nach einem ziemlich heftigen Wortwechsel giengen sie miteinander in ein Nebencabinet, wo Laurenz und der Herisauer, wie ich im Verfolg hörte, sich mit 3. Dukaten abspeisen liessen, von denen eine meinem Vater werden sollte – – der er aber nie ansichtig ward. Damit brachen sie ganz zornig auf, ohne nur mit einem Wort von mir Abschied zu nehmen. Anfangs sollen sie bis auf zwanzig Louisd'or für mich gefordert haben.

Den folgenden Tag ließ mein Herr einen Schneider kommen, und mir das Maaß von einer Montirung nehmen. Alle andern Beythaten folgten in Kurzem. Da stand ich nun gestiefelt und gespornt, nagelfunkelneu vom Scheitel bis an die Sohlen: Ein hübscher bordirter Hut, samtene Halsbinde, ein grüner Frack, weiß tüchterne Weste und Hosen, neue Stiefel, nebst zwey Paar Schuhen; alles so nett angepaßt – – Sackerlot! Da bildet' ich mir kein kaltes Kraut ein. Und mein Herr reitzte mich noch dazu, nur ein wenig stolz zu thun: »Ollrich«! sagte er: »Wenn du die Stadt auf und ab gehst, mußt du hübsch gravitätisch marschieren – – den Kopf recht in die Höhe, den Hut ein wenig aufs eine Ohr«. Mit eigner Hand gürtete er mir einen Ballast an die Seite. Als ich so das erstemal über die Strasse gieng, war's mir, als ob ganz Schaffhausen mein wäre. Auch rückte alles den Hut vor mir. Die Leuth' im Haus begegneten mir wie einem Herrn. Wir hatten in unserm Gasthof hübsch meublirte Zimmer, und ich selber ein ganz artiges. Ich sah aus meinem Fenster alle Stunden des Tags das frohe Gewimmel der durch's Schiffthor aus- und eingehnden Menschen, Pferdten, Wagen, Kutschen und Chaisen; und, was mir nicht wenig schmeichelte – man sah und bemerkte auch mich. Mein Herr, der mir bald so gut war als ob ich sein eigener Sohn wäre, lehrte mich frisiren; frisierte mich Anfangs selbst, und flocht mir einen tüchtigen Haarzopf. Ich hatte nichts zu thun, als ihn bey Tisch zu serviren, seine Kleider auszuklopfen, mit ihm spatzieren zu fahren, auf die Vögeljagd zu gehn, u.d.gl. Ha! Das war ein Leben für mich. Die meiste Zeit durft' ich vollends allein wandeln, wohin es mir beliebte. Alle Tag gieng ich bald durch alle Gassen in dem hübschen Schaffhausen; denn aussert Lichtensteig hatt ich bisher noch keine Stadt gesehn, und kein grösser Wasser als die Thur. Ich spatzierte also bald alle Abend am den Rhein hinaus, und konnte mich an diesem mächtigen Fluß kaum satt sehn. Als ich den Sturz bey Laufen das erstemal sah und hörte, ward mir's braun und blau vor den Augen. Ich hatte mir's, wie so viele, ganz anders, aber so furchtbar majestätisch nie eingebildet. Was ich mir da für ein klein winziges Ding schien! Nach einem stundenlangen Anstaunen kehrt' ich ordentlich wie beschämt nach Haus. Bisweilen gieng's auf den Bonenberg, der schönen Aussicht wegen. An der Lände half ich den Schiffleuthen, und fuhr bald selbst mit Plaisir hin und her.

38. Ein unerwarteter Besuch

So stuhnd's, und mir war himmelwohl, als, ohne Zweifel durch meine wackern Begleiter, das Gerücht in mein Heimath kam, man hätte mich aufs Meer verkauft; und namentlich sollte dieß ein Mann ausgesagt haben, der mich mit eignen Augen anschmieden, und den Rhein hinunterführen gesehn. Schon stellte man mich allen Kindern zum Exempel vor, daß sie fein bey Haus bleiben, und sich nicht in die böse Welt wagen sollten. Zwar glaubte mein Vater kein Wort hievon; weil aber die Mutter so grämlich that, ihm Vorwürf über Vorwürfe machte, und Tag und Nacht keine Ruhe ließ, entschloß er sich endlich, auf Schaffhausen zu kehren, und sich selbst nach dem Grund oder Ungrund dieser Mähre zu erkundigen. Also, an einem Abend, welche Freude für uns beyde, als mein innigstgeliebter Vater so ganz unerwartet, daß ich meinen Augen kaum trauen durfte, im meine Kammer trat; Er mir erzählte, was ihn hergeführt, und Ich ihm, wie glücklich ich sey; ihm meinen Kasten zeigte, die scharmanten Kleider darin, alles Stück vor Stück bis auf die Hemderknöpflin; dann ihn meinem guten Herrn vorstellte, der ihn freundlich bewillkommte, und beßtens zu traktiren befahl, u.s.f.u.f. – Nun aber traf's sich, daß man gerade den Abend nach dem Nachtessen in unserm Gasthof tanzte, und mein Herr, als ein Liebhaber von allen Lustbarkeiten, sich solches auch schmecken ließ – so wie mein Vater und ich, am Tischgen in einem Winkel der grossen Gaststube, unsern Braten. Ganz unversehns kam er auf mich zu: »Ollrich! komm, mußt auch Eins mit den jungen Leuthen da tanzen«. Vergebens entschuldigt' ich mich, und bezeugte auch mein Vater, daß ich mein Lebtag nie getanzt hätte. Da half alles nichts. Er riß mich hinterm Tisch hervor, und gab mir die Köchin im Haus, ein artiges Schwabenmeitlin, an die Hand. Der Schweiß tropfte mir von der Stirn, vor Schaam, daß ich in Gegenwart meines Vaters tanzen sollte. Das Mädchen inzwischen riß mich so vertummelt herum, daß ich in Kurzem sinnlos von einer Wand zu der andern platschte, und damit allen Zuschauern zum Spektakel ward. Mein lieber Aeti redte zwar bey dieser ganzen Scene kein Wort; aber von Zeit zu

Zeit warf er auf mich einen wehmütigen Blick, der mir durch die Seele gieng. Wir legten uns doch noch zeitig genug zu Bette. Ich ward nicht müde, ihm nochmals eine ganze Predigt zu machen, wie wohl ich mich befinde: was ich vor einen gütigen Herrn habe, wie freundlich und väterlich er mir begegne, u.s.f. Er gab mir nur mit abgebrochenen Worten Bescheid: Ja – So – es ist gut – und schlief ein – ziemlich unruhig, und ich nicht minder. Des Morgens nahm er Abschied, so bald mein Herr erwacht war. Derselbe zahlte ihm die Reiskosten, gab ihm noch einen Thaler auf den Weg, und versicherte ihn hoch und theuer, ich sollt' es gewiß gut bey ihm haben und wohl versorgt seyn, wenn ich mich nur weiter treu und redlich betragen würde. Mein redlicher Vater, der nun schon wieder Muth und Zutrauen faßte, dankte höflich, und empfahl mich auf's Beßte. Ich gab ihm das Geleit bis zum Kloster Paradies. Auf der Strasse sprachen wir so herzlich mit einander, als seit jener Krankheit in meiner Jugend sonst nie geschehn. Er gab mir vortreffliche Erinnerungen: »Vergiß deine Pflichten, deine Eltern und deine Heimath nicht, so wird dich Gottes Vaterhand gewiß auf gute Wege leiten, welche freylich weder ich noch du jetzt voraussehn«. Beym Abschied zerdrückten wir uns fast. Ich konnte vor Schluchzen kaum ein: Behüte, behüte Gott! herstammeln, und dachte nur immer: Ach! könnt' ich doch mein gegenwärtiges Glück, ungetrennt von meinem guten Aeti geniessen, jeden Bissen mit ihm theilen, u.d. gl.

39. Was weiters

Meines Diensts war ich bald gewohnt. Mein Herr hatte, ohne mein Wissen, etlichemal meine Treu auf die Probe gestellt, und hie und da im Zimmer Geld liegen lassen. Als bald nachher einem andern von den Preußischen Werboffizieren sein Bedienter mit dem Schelmen davon gieng, und ihm über 80. fl. enttrug, sagte mein Herr zu mir: »Willst du mir's auch e'nmal so machen, Ollrich«? Ich versetzte lachend: Wenn er mir so was zutraue, soll er mich lieber fortjagen. Ich hatte aber wirklich sein Vertrauen so sehr gewonnen, daß er mir den ganzen Winter durch die Schlüssel zu seiner Stube und Kammer ließ, wenn er etwa ohne Bedienten kleine Tours machte. Hinwieder ehrte und liebte ich ihn wie einen Vater. Aber er war auch freundlich und gütig darnach. Nur zu viel konnt' ich spatziren und müßig gehn; und fuhr ich, besonders im Herbst, oft über Rhein auf Feurthalen (denn die alte Brücke war kurz vorher eingefallen, und die neue mit H. Grubenmann in unserm Gasthof accordirt worden) in die Weinlese. Dort half ich dem jungen Volk Trauben – essen, bis ans Halszäpflin. Einmal bey einer solchen Ueberfahrt, sagte mir jemand: »Nun, wie geht's Ulrich? Weißt du auch, daß dein Herr ein Preußischer Offizier ist«? Ich. »Ja! meinetwegen, er ist ein herzguter Herr.« »Ja, ja«! sagte jener: »Wart' nur, bis d'enmal in Preussen bist; da mußt Soldat seyn, und dir den Buckel braun und blau gerben lassen. Um tausend Thaler möcht' ich nicht in deiner Haut stecken«. Ich sah dem Burschen starr ins Gesicht, und dachte bloß, der Kerl rede so aus Bosheit oder Neid; gieng dann geschwind nach Hause, und erzählte meinem Herrn alles harklein, worauf derselbe versetzte: »Ollrich, Ollrich! Du mußt nicht so einem jeden Narrn und Flegel dein Ohr geben. Ja! es ist wahr, ein Preußischer Offizier bin ich – und was ist's denn? – von Geburth ein Pohlnischer Edelmann; und, damit ich dir alles auf die Nase binde, heiß ich' Johann Markoni. Bisher nanntest du mich Herr Lieutenant! Aber eben dieser Grobiane wegen, sollst du mich könftig Ihr Gnaden! schelten. Uebrigens sey nur getrost und guten Muths, dir soll's, bey Edelmanns Parole! nie fehlen, wenn du anderst ein wackrer Bursche bleibst. Soldat solltest werden? Nein! bey meiner Seel' nicht! Ich konnt' dich ja haben; um ein Paar schlichtige Louisd'or wollten deine beyden saubern Landsleuth' dich verkaufen. Aber du warst mir dazu etwas zu kurz; von deiner Länge nimmt man noch keinen an, und ich behielt dir was besseres vor«. Nun, dacht' ich, bin ich Leibs und Guts sicher – Ha! der gute Herr! – Er hätt mich können haben – Die Schurken! – Ja wohl, mich verkaufen? – Der Henker lohn's ihnen! – Aber komm' mir mehr so einer, ich will ihm das Maul mit Erde stopfen. Ja wohl! – Was für ein vornehmer Herr muß nicht Markoni seyn, und dabey so gut! Kurz, ich glaubte von nun an ihm alles, wie ein Evangelium.

40. O die Mütter, die Mutter

Markoni machte bald hernach eine Reise auf Rothweil am Neckar, zwölf Stunden von Schaffhausen entlegen. Ich mußte mit, und zwar in der Chaise. In meinem Leben war ich in keinem solchen Ding gesessen. Der Kutscher sprengte die Stadt hinauf bis ans Schwaben-Thor, daß es donnerte. Ich meinte alle Augenblick', es müsse umschlagen, und wollt' mich an allen Wänden halten. Markoni lachte sich die Haut voll: »Du fällst nicht, Ollrich! Nur hübsch gerade«! Ich war's bald gewohnt, und das Fuhrwerk, so wie überhaupt diese ganze Tour, machte mir viel Vergnügen. Indessen begegnete mir während der Zeit ein fataler Streich. Meine Mutter war wenige Tage nach unsrer Abreise gen Schaffhausen gekommen, und mußte, da ihr der Wirth nicht sagen konnte, wenn wir zurückkämen, noch welchen Weg wir genommen, wieder nach Haus kehren, ohne ihr liebes Kind gesehen zu haben. Sie hatte mir mein N. Testament und etliche Hembder gebracht, und dem Wirth befohlen mir's nachzuschicken, falls ich nicht wieder auf Schaffhausen käme. O die gute Mutter! Es war eine kleine Busse für ihren Unglauben; sie wollte dem Vater nicht trauen, daß er mich angetroffen, sondern mit eignen Augen sehen, und erst dann glauben. Ganz trostlos, und unter tausend Thränen soll sie wieder von Schaffhausen heimgegangen seyn. Dieß schrieb mir, auf ihr Ansuchen, bald darauf, Herr Schulmeister Am Bühl zu Wattweil, mit dem Beyfügen: Sie lasse mir, da sie keine Hoffnung habe mich jemals wieder zu sehen, hiemit ihr letztes Lebewohl sagen, und gebe mir den Segen. Es war ein sehr schöner Brief, er rührte mich innig. Unter anderm stand auch darinn: Als das Gerücht in meine Heimath gekommen, ich müsse über Meer, hätten meine jungen Schwesterchen all' ihr armes Gewändlin dahingeben wollen, mich loszukaufen, die Mutter deßgleichen. Damals waren ihrer neun Geschwisterte bey Hause. Man sollte denken, das wären ihrer doch noch genug. Aber eine rechte Mutter will keins verlieren, denn keins ist das andre. Wirklich war sie drey Wochen vorher noch im Kindbeth gelegen, und kaum aufgestanden, als sie meinetwegen auf Schaffhausen kam. O die Mütter, die Mütter!

41. Hin und her, her und hin

Da wir uns einstweilig in Rothweil im Gasthof zum Armbrust niederliessen, schrieb mein Herr auf Schaffhausen wo er wäre, damit wenn seine Wachtmeisters Rekruten machten, man ihm solche nachschicken könnte. Er bekam bald Antwort. Derselben war auch das Geschenk meiner Mutter, das Schreiben des Herrn Am Bühls, und – ich sprang hoch auf! eines von Aennchen beygebogen: Dieses letzte offen; denn es sollte ein Zürchgulden zum Grüßchen drinn stecken, und der war fort. Was schierte mich das? Die süssen Fuchswörtlin in dem Briefgen entschädigten mich reichlich. Meiner unverschobnen ausführlichen Antworten auf diese Zuschriften will ich nicht gedenken. Die an Aennchen zumal war lang wie ein Nestelwurm. – Dießmal blieben wir nur kurze Zeit zu Rothweil, giengen wieder nach dem lieben Schaffhausen zurück, und machten dann von Zeit zu Zeit kleine Tours auf Diessenhofen, Stein am Rhein, Frauenfeld u.s.f. Alle Wochen kamen Säumer aus dem Tockenburg herunter. Schon als Landskraft waren sie mir lieb, und ich freute mich immer, sobald ich nur die Schellen ihrer Thiere hörte. Itzt machte ich noch nähere Bekanntschaft mit ihnen, und gab ihnen ein paarmal Briefe und kleine Geschenke an mein Liebchen und an meine Geschwister mit, erhielt aber keine Antwort. Ich wußte nicht wo es fehlte? Das drittemal bat ich einen solchen Kerl, mir doch alles richtig zu bestellen. Er guckte das Päckgen an, runzelte die Stirn, und wollte weder Ja noch Nein sagen. Ich gab ihm einen Batzen. »So, so« sprach jetzt mein Herr Landsmann: »Das Ding soll richtig bestellt werden«. Und wirklich bekam ich nun bald ordentliche Empfangscheine. Meine ältern Brief und schweren Sachen hingegen waren natürlich nach Holland geschwommen.

In Schaffhausen lagen damals fünf preußische Werboffiziers in verschiedenen Wirthshäusern. Alle Tag traktirte einer die andern. So kam's auch je den fünften Tag an uns. Das kostete jedesmal einen Louisd'or; dafür gab's denn freylich Burgunder und Champanier gnug zu trinken. Aber bald hernach wurde ihnen ihr Handwerk niedergelegt; wie die Sag' gieng, weil ein junger Schaffhauser, der in Preussen seine Jahre ausgedient, keinen Abschied kriegen konnte. Und kurz, sie mußten alle fort, und neue Nester suchen. Mein Herr hatte ohnehin hier schlechte Beute gemacht; drey einzige Erzschurken ausgenommen, die sich Verbrechen wegen auf flüchtigen Fuß setzen mußten. Wir begaben uns wieder nach Rothweil. Hier kriegten wir in etlichen Wochen vollends einen einzigen Kerl, einen Deserteur aus Piemont, der aber Markoni viel Freude machte, weil er sein Landsmann war, und mit ihm Pohlnisch parlen konnte. Sonst war's in Rothweil ein lustig Leben. Besonders giengen wir oft mit einem andern Werboffizier, nebst unserm braven Wirth, und etlichen Geistlichen, in die Nachbarschaft aufs Jagen. Im Hornung 1756 machten wir eine Reise nach Straßburg. Auf dem Weg nahmen wir zu Haßlach im Kinzinger-Thal unser Schlafquartier. In derselben Nacht war das entsetzliche Erdbeben, welches man durch ganz Europa verspürte. Ich aber empfand nichts davon; denn ich hatte mich Tags vorher auf einem Karrngaul todmüd geritten. Am Morgen aber sah' ich alle Gassen voll Schorsteine; und im nächsten Wald war die Strasse mit umgeworfenen Bäumen in die Kreutz und Queer so verhackt, daß wir mehrmals Umwege nehmen mußten. – In Straßburg mußt' ich Maul und Augen aufsperren; denn da sah' ich: 1.) Die erste grosse Stadt. 2.) Die erste Festung. 3.) Die erste Garnison. 4.) Am dortigen Münster das erste Kirchengebäud', bey dessen Anblick ich nicht lächeln mußte wenn man es einen Tempel nannte. Wir brauchten acht Tag' zu dieser Tour. Mein Herr hielt mich auch dießmal gastfrey, und zahlte mir gleich meinen Sold. Da hätt' ich Geld machen können wie Heu, wär' ich nicht ein liederlicher Tropf gewesen. Er selbst indessen hielt nicht viel besser Haus. Bey unsrer Rückkehr hatten wir zu Rothweil alle Tag Ball, bald in diesem bald in jenem Wirthshause. Fast alle Hochzeiten richtete man, Markoni zu Gefallen, in dem unsrigen an. Der beschenkte alle Bräute, und trillerte dann eins mit ihnen herum. Auch für mich war dieß jetzt ein ganzes Fressen. Zwar hatt' ich mir's fest vorgenommen, meinem Aennchen treu zu bleiben, und hielt wirklich mein Wort; gleichwohl aber macht' ich mir auch kein Gewissen daraus, hie und da mit einem hübschen Kind zu schäckern; wie mich denn auch die Dinger recht wohl leiden mochten. Mein Herr, der war nun vollends gar ein Liebhaber des schönen Geschlechts bis zum Entsetzen, und im Nothfall jede Köchin ihm gut genug. Mich bewahre Gott dafür! dacht' ich oft, so ein armes bisher ehrliches Mädchen zu besudeln, und dann Heut oder Morgens wegzureisen, und es sitzen zu lassen. Eine von den beyden Köchinnen im Wirthshause, Mariane, dauerte mich innig. Sie liebte mich heftig, gab und that mir, was sie mir in den Augen ansah. Ich hingegen bezeigte mich immer schnurrig; sie ließ sich's aber nicht anfechten, und blieb gegen mich stets dieselbe. Schön war sie nicht, aber herzlich gut. Die andere Köchin, Hanne, machte mir schon mehr Anfechtungen. Diese war zierlich hübsch, und ich, vermuthlich darum, eine zeitlang sterblich verliebt in sie. Hätt' sie meine Aufwart williger angenommen, wär' ich wirklich an ihr zum Narren worden. Aber ich sah bald, daß sie gut mit Markoni stuhnd. Ich merkte, daß sie alle Morgen zu ihm aufs Zimmer schliech. Damit that sie mir einen doppelten Dienst: Erstlich verwandelte sich meine Liebe in Haß: Zweytens stand nun mein Herr nicht mehr so frühe als gewöhnlich auf; also konnt' auch ich hinwieder um so viel länger schlafen. Bisweilen kam er schon gestiefelt und gesporrnt auf meine Kammer, und traf mich noch im Bett' an, ohne mir Vorwürf' zu machen; denn er merkte, daß ich wußte, wo die Katz im Stroh lag. Nichts desto weniger warnte er mich, nach solcher

Herren Weise, oft vor seinen eignen Sünden mit grossem Ernst. »Ollrich«! hieß es da: »Hörst, mußt dich mit den Mädels nicht zu weit einlassen; du könnt'st die schwere Noth kriegen«! Uebrigens hatt' ich's in allen Dingen bey und mit ihm, wie von Anfang; viel Wohlleben für wenig Geschäfte, und meist einen Patron wie die liebe Stunde, zwey einige Mal ausgenommen; einmal da ich den Schlüssel zum Halsband seines Pudels nicht auf der Stell' finden konnte, das andremal da ich einen Spiegel sollte zerbrochen haben. Beydemal war ich unschuldig. Aber das hätt' mir wenig geholfen; sondern nur durch demüthiges Schweigen entgieng ich der zumal des Schlüssels wegen schon über mir gezogenen Fuchtel. Derley Geschichtgen, kurz alles was mir Süsses oder Sauers wiederfuhr, (meine Liebesmücken ausgenommen) schrieb ich dann fleißig nach Haus, und predigte bey solchen Anlässen meinen Geschwistern ganze Litaneyen voll: Wie sie Vater, Mutter und andern Fürgesetzten ja nie wiederbefzgen, sondern, auch wo sie Unrecht zu leiden vermeynen, sich fein hübsch gewöhnen sollten das Maul zu halten, damit sie's nicht von fremden Leuthen erst zu späth lernen müssen. Alle meine Briefe ließ ich meinen Herrn lesen; nicht selten klopfte er mir während der Lektur auf die Schulter: Bravo, Bravo! sagte er dann, verpittschierte sie mit seinem Siegel, und hielt mich hinwieder in Ansehung aller an mich eingehnden Depeschen portfrey.

42. Noch mehr dergleichen Zeug

Mir ist so wohl beym Zurückdenken an diese glücklichen Tage – Heute noch schreib' ich mit so viel innigem Vergnügen davon – bin jetzt noch so wohl zufrieden mit meinem damaligen Ich – so geneigt mich über alles zu rechtfertigen, was ich in diesem Zeitraum that und ließ. Freylich vor dir nicht, Allwissender! aber vor Menschen doch darf ich's sagen: Damals war ich ein guter Bursch' ohne Falsch – vielleicht für die arge Welt nur gar zu redlich. Harmlos und unbekümmert bracht' ich meine Tage hin, Heut' wie Gestern, und Morgens wie Heute. Nur kein Gedanke stieg in mir auf, daß es mir jemals anderst als gut gehen könnte. In allen Briefen schrieb ich meinen Eltern, sie sollten zwar für mich beten, aber nicht für mich sorgen; der Himmel und mein guter Herr sorgten schon für mich. Man glaube mir's oder nicht, der einzige Kummer der mich bisweilen anfocht, war dieser: Es dürft' mir noch zu wohl werden, und dann möcht' ich Gottes vergessen.

Aber, nein! (beruhigte ich mich bald wieder) das werd' ich nie: War Er's nicht, der mir, durch Mittel die nur seine Weisheit zum Beßten lenken konnte, zu meinem jetzigen erwünschten Loos half? Mein erster Schritt in die Welt gerieth unter seiner leitenden Fürsorge so gut; warum sollten die folgenden nicht noch besser gelingen? Auf irgend einem Fleck der Erde werd' ich vollends mein Glück bau'n. Dann hohl' ich Aennchen, meine Eltern und Geschwister zu mir, und mache sie des gleichen Wohlstands theilhaft. Aber, durch welche Wege? – Dieß fragt' ich mich nie; und hätt' ich daran gedacht, so wär's mir nicht schwer gewesen, drauf zu antworten – denn damals war mir Alles leicht. Zudem kam mein Herr tagtäglich mit allerley Exempeln von Bauern die zu Herren worden, und andern Fortunaskindern angestochen (der Herren die zu Bettlern werden, that er keine Meldung) und versprach selber, an meinem fernern Fortkommen wie ein treuer Vater zu arbeiten u.d. gl. Was hätt' ich weiter befürchten sollen – oder vielmehr, was nicht alles hoffen dürfen? Von einem Herrn, wie Markoni – einem so grossen Herrn, dacht' ich Esel – dem zweyt- oder drittnächsten vielleicht auf den König, der Länder und Städte, geschweige Gelds zu vergeben hat, so viel er will. Aus seiner jetzigen Güte zu schliessen, was wird er erst für mich in der Zukonft thun? Oder warum sollt' er auf mich groben ungeschliffenen Flegel jetzt schon so viel wenden, wenn er nicht grosse Dinge mit mir im Sinn hätte? Konnt' er mich nicht, gleich andern Rekruten, geradezu nach Berlin transportiren lassen, wenn er je im Sinn hätte, mich zum Soldaten zu machen, wie mirs ehemals ein Paar böse Mäuler aufbinden wollten? Nein! Das wird in Ewigkeit nicht geschehn, darauf will ich leben und sterben. So dacht' ich, wenn ich vor lauter Wohlbehagen je Zeit zu denken hatte. Gesund war ich wie ein Fisch. Die Tracktament konnt' ich nach meinem Geschmack wählen, und Mariane ließ mir's per se an guten Bissen nie fehlen. Tanz und Jagd beförderten die Dauung; denn ohne das hätt's mir freylich an Bewegung gefehlt. Markoni besuchte, bald hie bald da, alle Edelleuth' in der Runde. Ich mußte überall mit; und es that mir freylich in der Seele wohl, wenn ich sah, wie er ordentlich Hoffarth mit mir trieb. Sonst waren solche Ausritte zu diesen meist armen Schmalzgrafen seinem Geldbeutel eben wenig nutz. Dann kostete ihn das Tarocspiel mit Pfaffen und Layen auch schöne Batzen. Einst mußt' ich darum die Karten vor seinen Augen in kleine Stück zerreissen, und dem Vulkan zum Opfer bringen – aber Morgens drauf ihm schon wieder neue hohlen. Ein andermal hatt' er auch eine ziemliche

Summ' verloren, und kam Abends um neun Uhr, mit einem tüchtigen Räuschgen ganz verdrüßlich nach Haus. »Ollrich«! sagte er, »geh, schaff mir Spielleuth', es koste was es will«. »Ja Ihr Gnaden«! antwortet' ich, »wenn ich dergleichen wüßte; und dann ist's schon so späth, und stockfinster«, »Fort Racker«! fuhr er fort, »oder« – und machte ein fürchterlich wildes Gesicht. Ich mußte mich packen, stolperte nun im Dunkeln durch alle Strassen, und spitzte die Ohren, ob ich nirgends keine Geige höre? Als ich endlich zu oberst im Städtgen an die Mühler- und Beckenherberg kam, merkt' ich, daß es da etwas Herumspringens absetzen wollte; schliech mich hinauf, und ließ einen Spielmann hinausrufen. Die Bursch' in der Stube schmeckten den Braten; ein Paar von ihnen kamen ihm auf dem Fuß nach – und Husch! mit Fäusten über mich her. Dem Wirth hatt' ich's zu danken, daß sie mich nicht fast zutodgeschlagen. Der Apollossohn hatte mir zwar ins Ohr geraunt: Sie wollten bald aufwarten. Jetzt aber zweifelt' ich, ob er mir Wort halten könnte? Dennoch war ich Tropfs genug, sobald ich nach Haus kam, mit den Worten in's Zimmer zu treten: »Ihr Gnaden! innert einer Viertelstund' werden sie da seyn«! – Die Furcht vor neuen Prügeln, eh' noch die alten versaust hätten, verführten mich zu diesem Wagestück. Aber nun stand ich vollends Höllenangst aus, bis ich wußte, ob ich nicht aus Uebel Aerger gemacht? Mittlerweile erzählt' ich Markoni, was ich seinetwegen gelitten – um per Avanzo sein Mitleid rege zu machen, wenn der Guß fehlen sollte. Die tausendlieben Leuthe kamen, eh' wir's uns versahen. Unser Wirth hatte inzwischen etliche lustige Brüder und ein Paar Jungfern rufen lassen. Jetzt kommandirte Markoni Essen und Trinken, was Küche und Keller vermochten, warf den Musikanten zum voraus einen Dukaten hin, und tanzte einen Menuet und einen Pohlnischen. Bald aber fieng er auf seinem Stuhl an zu schnarchen; dann erwacht' er wieder, und rief: »Ollrich! mir ist's so hundsf**«! – Ich mußt' ihn also zu Bett' bringen. Im Augenblick schlief er ein wie ein Stock. Das war uns übrigen recht gekocht. Wir machten uns lustig wie die Vögel im Hanfe – alles so durcheinander, Herren und Dienstboten. Es währte bis Morgens um vier Uhr. Mein Herr erwachte um Fünfe: Seine ersten Worte waren: »Ollrich! Sein Tage trau' er keinem Menschen nicht; 's ist alles falsch wie'n Teufel. Wenn der Cujon von R*** kömmt, so sag' er, ich sey nicht zu Hause«.

43. Noch einmal, und dann: Adieu Rothweil!

Adieu auf ewig!

Dieser von R*** war einer von Markonis faulen Debitoren, wie er deren viele hatte. Nun fürchtete er zwar nicht, daß derselbe ihm Geld bringen, aber wohl, daß er noch mehr bey ihm hohlen möchte; denn mein Herr konnte keinem Menschen nichts abschlagen. Indessen wollt' er mich von Zeit zu Zeit dazu brauchen, ihm dergleichen Schulden wieder einzutreiben; dazu aber taugt' ich in Grundsboden nicht: Die Kerls gaben mir gute Wort'; und ich gieng zufrieden nach Haus. Aber länger mocht' eine solche Wirthschaft nicht dauern. Dazu kam, daß Markoni am End das Aergste befürchten mußte, wenn er bedachte, wie wenig Bursche er für so viel Geldverzehrens seinem König geliefert hatte; denn der Grosse Friedrich, wußt' er wohl, war zugleich der genaueste Rechenmeister seiner Zeit. Er strengte darum mich, unsern Wirth, und alle seine Bekannten an, uns doch umzusehn, ob wir ihm nicht noch ein Paar Kerls ins Garn bringen könnten? Aber alles vergebens. Auch die beyden Wachtmeisters Hevel und Krüger, langten um die gleiche Zeit, ebenfalls mit lären Händen wieder zu Rothweil an. Nun mußten wir uns sämtlich reisfertig machen. Vorher aber gab's noch ein Paar lustige Tägel. Hevel war ein Virtuos' auf der Cithar, Krüger eine gute Violine; beyde feine Herren, so lang sie auf der Werbung lagen, beym Regiment aber magere Korporals. Ein dritter endlich, Labrot, ein grosser handvester Kerl, ließ ebenfalls jetzt seinen Schnurrbart wieder wachsen, den er als Werber geschoren trug. Diese drey Bursche belustigten noch zu guter Letze ganz Rothweil mit ihren Sprüngen. Es war eben Faßnacht, wo die sogenannte Narrenzunft (ein ordentliches Institut in dieser Stadt, bey welchem über zweyhundert Personen von allen Ständen eingeschrieben sind) ohnehin ihre Gauckeleyen machte, die meinen Herrn schwer Geld kosteten. Und kurz, es war hohe Zeit, den Fleck zu räumen. Jetzt giengs an ein Abschiednehmen. Mariane flocht mir einen zierlichen Strauß von kostbaren künstlichen Blumen, den sie mir mit Thränen gab, und den ich eben so wenig mit trockenem Aug' abnehmen konnte. – Und nun Ade! Rothweil, liebes friedsames Städtchen! liebe, tolerante katholische Herren und Bürger! Wie war's mir so tausendswohl bey euern vertrauten brüderlichen Zechen! – Ade! ihr wackern Bauern, die ich an den Markttagen in unserm Wirthshaus so gern' von ihren Geschäften plaudern hörte, und so vergnügt auf ihren Eseln heimreiten sah! Wie treflich schmeckten mir oft Milch und Eyer in euern Strohhütten! Wie manche Lust genoß ich auf euern schönen Fluren, wo Markoni so viel Dutzend singende Lerchen aus der Luft schoß, die mich in die Seele dauerten! Wie entzückt war ich, so oft mein Herr mirs vergönnte, in euern topfebnen Wäldern, an des Neckars reitzenden Ufern, auf und nieder zu schlentern, wo ich ihm Hasen ausspähen sollte – aber lieber die Vögel behorchte, und das Schwirren des Wests in den Wipfeln der Tannen! – Nochmal also Ade! Rothweil, werthes, theures Nestgen! Ach! vielleicht auf ewig! Ich hab' seit der Zeit so viel Städte gesehn, zehnmal grösser, und zwanzigmal saubrer und netter als du bist! Aber mit aller deiner Kleinheit, und mit allen deinen Miststöcken, warst du mir zehn und zwanzigmal lieber als sie! Adie, Marianchen! Tausend Dank für deine innige, und doch so unverdiente Liebe zu mir! Adie! Sebastian Zipfel, lieber guter Armbrustwirth! und deine zarte Mühle desgleichen! Lebt alle alle wohl!

44. Reise nach Berlin

Den 15. Merz 1756. reisten wir in Gottes Namen, Wachtmeister Hevel, Krüger, Labrot, ich und Kaminski, mit Sack und Pack, und, den letztern ausgenommen, alle mit Unter- und Uebergewehr, von Rothweil ab. Marianchen nähete mir den Strauß auf'n Hut, und schluchzte; ich drückte ihr einen Neunbätzner in die Hand, und konnt's auch kaum vor Wehmuth. Denn so entschlossen ich zu dieser Reis' war, und so wenig Arges ich vermuthete, fiel's mir doch ungewohnt schwer auf die Brust, ohne daß ich eigentlich wußte warum? War's Rothweil, oder Marianchen, oder daß ich ohne meinen Herrn reisen sollte, oder die immer weitere Entfernung vom Vaterland und Aennchen – ich hatte allen zu Hause mein letztes Lebewohl geschrieben – oder ich denke wohl, ein Bißchen von allem? Markoni gab mir 20 fl. auf den Weg; was ich mehr brauche, sagte er, werde mir Hevel schiessen. Dann klopfte er mir auf die Schulter: »Gott bewahre dich mein Sohn, mein lieber, lieber Ollrich! auf allen deinen Wegen. In Berlin sehn wir uns bald wieder«. Dieß sprach er auch sehr wehmüthig; denn er hatte gewiß ein weiches Herz. Unsre erste Tagreise gieng 7. Stunden weit, bis ins Städgen Ebingen, meist über schlechte Wege durch Koth und Schnee. Die zweyte bis auf Obermarkt 9. St. Auf der erstgenannten Station logirten wir beym Rehe; auf der zweyten weiß ich selbst nicht mehr, was es vor ein Thier war. An beyden Orten gabs nur kalte Küche, und ein Gesöff ohne Namen. Den dritten Abend bis Ulm wieder 9. St. Diesen Tag fieng ich an, die Beschwerlichkeiten der Reise zu fühlen; schon hatt' ich Schwielen an den Füssen, und war mir's sonst sterbensübel. Im Städtgen Egna setzten wir uns ein Stück Wegs auf einen Bauernwagen, da denn das gewaltige Schütteln dieses Fuhrwerks, zumal bey mir, seine gewohnte herzbrechende Wirkung that. Als wir unweit Ulm abstiegen, ward's mir schwarz und blau vor den Augen. Ich sank zu Boden: »Um Gottes Barmherzigkeit willen«, sagt' ich: »Weiter kann ich nicht; lieber laßt mich auf der Gasse liegen«. Ein barmherziger Samariter lud mich endlich auf seine nackte Mähre, auf der ich mich vollends bis ins Städtgen so lahm ritt, daß ich weder mehr stehen noch gehen konnte. Zu Ulm logirten wir beym Adler, und hatten dort unsern ersten Rasttag. Meine Cameraden besorgten da ihre alten Herzensangelegenheiten; Ich legte mich lieber auf die faule Haut. Nur sah ich an diesem Ort einen Leichenzug, der mir sehr wohl gefiel. Das Weibsvolk gieng ganz weiß bis auf die Füsse. Den fünften Tag marschierten wir bis auf Gengen 7. St. Den sechsten auf Nördlingen, wieder 7. St. und hielten da den zweyten Rasttag. Hevel hatte dort beym Wilden Mann ein liebs Lisel. Sie spielte artig die Cithar; Er sang Lieder dazu. Sonst weiß ich von diesem und so vielen andern Orten wo wir durchkamen eben nichts zu erzählen. Meist erst Nachts langten wir müd und schläfrig an, und Morgens früh mußten wir wieder fort. Wer wollte da etwas recht sehen und beobachten können? Ach Gott! dacht' ich oft, wenn ich nur einmal an Ort und Stell' wäre; mein Lebtag wollt' ich nicht mehr eine so lange Reis' antreten. Kaminski war, wie ich schon einmal verdeutet, ein lustiger Polacke, ein Mann wie ein Baum, ein Paar Beine wie zwo Säulen, und lief wie ein Elephant. Labrot hatte auch seinen tüchtigen Schritt. Krüger, Hevel und ich hingegen schonten ihrer Füsse; und bald alle sechs Tage mußte man uns flicken oder versolen. Am achten Tag gieng's nach Gonzenhausen 8. St. Gegen Mittag sahen wir Hevels Lisgen über ein Feld dahertrippeln: Das arme Ding rannte ihm durch andre Wege bis hieher nach, und wollte sich nicht abweisen lassen, ihn wenigstens bis auf unsre Station zu begleiten. Den neunten auf Schwabach 8. St. Den zehnten über Nürnberg bis Bayersdorf 9. St. Den eilften bis Tropach 10. St. Den zwölften über Bareuth bis Bernig 7. St. Den dreyzehnten bis Hof 8. St. Den vierzehnten bis Schletz 7. St. Hier hielten wir wieder einmal Rasttag, und es war hohe Zeit. Von Gonzenhausen an hatten wir in keinen Bethen gelegen, sondern, wenn's gut gieng, auf elendem Stroh. Und überhaupt, obschon wir viel Denari verzehrten, war's ein miserabel Leben; meist schlecht Wetter, und oft abscheuliche Wege. Krüger und Labrot fluchten und pestirten den ganzen Tag; Hevel hingegen war ein feiner sittlicher Mann, der uns immer Geduld und Muth einsprach. Den sechszehnten gieng's bis Cistritz 12. St. Darauf wieder ein Rasttag. Den achtzehnten bis Weissenfeld 7. St. Den neunzehnten über die Elbe bis auf Halle. Als wir den breiten Strohm paßirt hatten, bezeugten die Sergeanten grosse Freude; denn nun betraten wir Brandenburger-Boden. Zu Halle logirten wir bey Hevels Bruder, einem Geistlichen, der aber nichts desto minder den ganzen Abend mit uns spielte und haselirte, so daß ich glaube, sein Bruder Sergeant war frömmer als er. Inzwischen war mein Geld alle; Hevel mußte mir noch 10. fl. herschiessen. Den zwanzigsten bis vier und zwanzigsten gieng's über Zerbst, Dessau, Görz, Ustermark, Spandau. Charlottenburg u.s.f. auf Berlin 44. St. An den drey letztern Orten zumal wimmelte es von Militair aller Gattungen und Farben, daß ich mich nicht satt gucken konnte, die Thürme von Berlin zeigte man uns schon eh' wir nach Spandau kamen. Ich dachte, wir hätten's in einer Stunde erreicht; wie erstaunt' ich darum, als es hieß, wir gelangten erst Morgens hin. Und nun, wie war ich so herzlich froh, als wir endlich die grosse herrliche Stadt erreicht. Wir giengen zum Spandauer-Thor ein, dann durch die melancholisch angenehme Lindenstrasse, und noch ein Paar Gassen durch. Da, dacht' ich Einfaltspinsel, bringt man dich dein Lebtag nicht mehr weg. Da wirst du dir dein Glück bauen. Dann schickst du einen Kerl mit Briefen ins Tockenburg; der muß dir dann deine Eltern und Aennchen zurückbringen; da werden sie die Augen aufsperren u.s.f. Nun bat ich meinen Führer, sie sollten mich zu meinem Herrn führen. »Ey«! erwiederte mir Krüger, »wir wissen ja nur nicht, ob er schon angelangt ist, und noch viel minder, wo er Quartier nimmt«! »Der Henker«! sagt' ich, »hat er denn kein eigen Haus hier«? Ueber diese Frage lachten sie sich die Haut voll. Mögen sie immer lachen, dacht' ich: Markoni wird doch, will's Gott! ein eigen Haus haben.

45. 's giebt ander Wetter!

Es war den 8. Aprill da wir zu Berlin einmarschierten, und ich vergebens nach meinem Herrn fragte, der doch, wie ich nachwerts erfuhr, schon acht Tage vor uns dort angelangt war – als Labrot (denn die andern verloren sich nach und nach von mir, ohne daß ich wußte wo sie hinkamen) mich in die Krausenstrasse in Friedrichsstadt transportirte, mir ein Quartier anwies, und mich dann kurz mit den Worten verließ: »Da, Mußier! bleib' Er, bis auf fernere Ordre«! Der Henker! dacht' ich, was soll das? Ist ja nicht einmal ein Wirthshaus. Wie ich so staunte, kam ein Soldat, Christian Zittemann, und nahm mich mit sich auf seine Stube, wo sich schon zwey andre Martissöhne befanden. Nun gieng's an ein Wundern und Ausfragen: Wer ich sey, woher ich komme, u.d. gl. Noch konnt' ich ihre Sprache nicht recht verstehen. Ich antwortete kurz: Ich komme aus der Schweitz, und sey Sr. Excellenz, des Herrn Lieutenant Markonis, Laquai: Die Sergeanten hätten mich hieher gewiesen; ich möchte aber lieber wissen, ob mein Herr schon in Berlin angekommen sey, und wo er wohne. Hier fiengen die Kerls ein Gelächter an, daß ich hätte wainen mögen; und keiner wollte das geringste von einer solchen Excellenz wissen. Mittlerweile trug man eine stockdicke Erbsekost auf. Ich aß mit wenigem Appetit davon. Wir waren kaum fertig, als ein alter hagerer Kerl ins Zimmer trat, dem ich doch bald ansah, daß er mehr als Gemeiner seyn müsse. Es war ein Feldweibel. Er hatte eine Soldatenmontur auf dem Arm, die er über den Tisch auspreitete, ein Sechsgroschenstück dazu legte, und sagte: »Das ist vor dich, mein Sohn! Gleich werd' ich dir noch ein Commißbrodt bringen«. »Was? vor mich«, versetzt ich: »Von wem, wozu«? »Ey! Deine Montirung und Traktament, Bursche! Was gilt's da Fragens? Bist ja ein Recrute«. »Wie, was? Rekrute«? erwiedert' ich: »Behüte Gott! da ist mir nie kein Sinn daran kommen. Nein! in meinem Leben nicht. Markonis Bedienter bin ich. So hab' ich gedungen, und anderst nicht. Da wird mir kein Mensch anders sagen können«! »Und ich sag' dir, du bist Soldat, Kerl! Ich steh' dir dafür. Da hilft itzt alles nichts«. *Ich.* Ach! wenn nur mein Herr Markoni da wäre. *Er.* Den wirst du sobald nicht zu sehen kriegen. Wirst doch lieber wollen unsers Königs Diener seyn, als seines Lieutenants. – Damit gieng er weg. »Um Gottes willen, Herr Zittemann«! fuhr ich fort: »Was soll das werden«? »Nichts, Herr«! antwortete dieser, »als daß Er, wie ich und die andern Herren da, Soldat, und wir folglich alle Brüder sind; und daß Ihm alles Widersetzen nichts hilft, als daß man Ihn auf Wasser und Brodt nach der Hauptwache führt, kreutzweis schließt, und Ihn fuchtelt daß ihm die Rippen krachen, bis Er content ist«! *Ich.* Das wär' beym Sacker! unverschämt, gottlos! *Er.* Glaub' Er mir's auf mein Wort, anderst ist's nicht, und geht's nicht, *Ich.* So will ich's dem Herr König klagen. – Hier lachten alle hoch auf. – *Er.* Da kömmt Er sein Tage nicht hin. *Ich.* Oder, wo muß ich mich sonst denn melden? *Er.* Bey unserm Major, wenn Er will. Aber das ist alles alles umsonst. *Ich.* Nun so will ich's doch probieren, ob's – ob's so gelte? – Die Bursche lachten wieder; ich aber entschloß mich wirklich, Morgens zum Major zu gehn, und meinem treulosen Herrn nachzufragen.

Sobald also der Tag an Himmel brach, ließ ich mir dessen Quartier zeigen. Potz Most! das dünkte mich ein königlicher Pallast – und der Major der König selbst zu seyn, so majestätisch kam er mir vor; ein gewaltig grosser Mann, mit einem Heldengesicht und ein Paar feurigen Augen wie Sternen. Ich zitterte vor ihm, stotterte: »Herr ... Major! Ich bin .... Herrn Lieutenant Markonis Be ... Bedienter. Fü ... fü ... für das bi ... bi ... bin ich angewo ... worben, und sonst wei ... weiters für ni ... ni ... nichts. Si ... Si ... Sie können ihn selbst fra ... gen. I ... Ich weiß nicht wo er i ... i ... ist. Itzt sagen's da, ich müsse So ... o ... oldat sey ... ey ... eyn, ich wolle o ... der wolle nicht«. – »So«! unterbrach er mich: »So ist er das saubre Bürschgen! Sein feiner Herr, der hat uns gewirthschaftet, daß es eine Lust ist; und Er wird wohl auch Seinen Theil gezogen haben. Und kurz, itzt soll Er dem König dienen; da ist's aus und vorbey«. – *Ich.* Aber, Herr Major' – *Er.* Kein Wort, Kerl! oder die Schwernoth! *Ich.* Aber ich hab' ja weder Kapitulation noch Handgeld! Au! Könnt' ich doch mit meinem Herrn reden! – *Er.* Den wird Er sobald nicht zu sehen kriegen; und Handgeld hat Er mehr gekost't als zehn andre. Sein Lieutenant hat eine saubere Rechnung, und Er steht darin oben an. Eine Kapitulation hingegen, die soll Er haben. – *Ich.* Aber – – *Er.* Fort, Er ist ja ein Zwerg, daß – – *Ich.* Ich bi ... bi ... bitte. – – *Er.* Canaille! scheer' Er sich zum Teufel. – Damit zog er die Fuchtel – Ich zum Haus hinaus wie ein Dieb, und nach meinem Quartier hin, das ich vor Angst und Noth kaum finden konnte. Da klagt' ich Zittemann mein Elend in den allerhöchsten Tönen. Der gute Mann sprach mir Muth ein: »Geduld, mein Sohn! Noch wird schon alles besser gehn. Itzt mußt' dich leiden; viel hundert brave Bursche aus guten Häusern müssen das gleiche thun. Denn, gesetzt auch, Markoni könnte und wollte dich behalten, so müßt' er dich doch unter sein Regiment abgeben, so bald es hieß': Ins Feld, Marsch! Aber wirklich einstweilig würd' er kaum einen Bedienten zu nähren im Stand seyn, da er auf der Werbung ungeheure Summen verzehrt, und dafür so wenig Kerls eingschickt haben soll, wie ich unsern Oberst und Major schon oft drüber lamentiren gehört; und wird man ihn gewiß nicht mehr so geschwind zu derley Geschäften brauchen«. So tröstete mich Zittemann; und ich mußt's wohl annehmen, da mir kein besserer Trost übrig blieb. Nur dacht' ich dabey: Die Grössern richten solche Suppen an, und die Kleinern müssen sie aufessen.

46. So bin ich denn wirklich Soldat?

Des Nachmittags brachte mir der Feldweibel mein Commisbrodt, nebst Unter- und Uebergewehr, u.s.f. und fragte: Ob ich mich nun eines Bessern bedacht? »Warum nicht«? antwortete Zittemann für mich: »Er ist der beßte Bursch' von der Welt«. Itzt führte man mich in die Montirungskammer, und paßte mir Hosen, Schuh' und Stiefeletten an; gab mir einen Hut, Halsbinde, Strümpfe u.s.f. Dann mußt' ich mit noch etwa zwanzig andern Recrutten zum Herrn Oberst Latorf. Man führte uns in ein Gemach, so groß wie eine Kirche, brachte etliche zerlöcherte Fahnen herbey, und befahl jedem einen Zipfel anzufassen. Ein Adjutant, oder wer er war, las' und einen ganzen Sack voll Kriegsartikel her, und sprach uns einige Worte vor, welche die mehrern nachmurmelten; Ich regte mein Maul nicht – dachte dafür was ich gern wollte – ich glaube an Aennchen; schwung dann die Fahne über unsre Köpfe, und entließ uns. Hierauf gieng ich in eine Garküche, und ließ mir ein Mittagessen, nebst einem Krug Bier, geben. Dafür mußt' ich 2. Groschen zahlen. Nun blieben mir von jenen sechsen noch viere übrig; mit diesen sollt' ich auf vier Tage wirthschaften – und sie reichten doch blos für zweene hin. Bey dieser Ueberrechnung fieng ich gegen meine Kameraden schrecklich zu lamentiren an. Allein Cran, einer derselben, sagte mir mit Lachen: »Es wird dich schon lehren. Itzt thut es nichts; hast ja noch allerley zu verkaufen! Per Exempel deine ganze Dienermontur. Dann bist du gar itzt doppelt armirt; das läßt sich alles versilbern. Dann kriegen solch junge Bursche oft noch eine Tracktaments-Zulage, und kannst dich deswegen nur beym Obrist melden«. »Oh oh! Da geh' ich mein Tage nicht mehr hin«, sagt' ich. »Potz Velten«! antwortete

Cran: »Du mußt 'mal des Donnerns gewohnt werden, sey's itzt ein wenig früher oder späther. Und dann des Menage wegen, nur fein aufmerksam zugesehn, wie's die andern machen. Da heben's drey, vier bis fünf mit einander an; kaufen Dinkel, Erbsen, Erdbirrn u.d. gl. und kochen selbst. Des Morgens um e'n Dreyer Fusel und e'n Stück Commisbrodt: Mittags hohlen sie in der Garküche um e'n andern Dreyer Suppe, und nehmen wieder e'n Stück Commis: Des Abends um zwey Pfenning Kovent oder Dünnbier, und abermals Commis.« »Aber, das ist beym Strehl ein verdammtes Leben«, versetzt ich; und Er: Ja! So kommt man aus, und anderst nicht. Ein Soldat muß das lernen; denn es braucht noch viel andre Waar: Kreide, Puder, Schuhwar, Oehl, Schmiergel, Seife, und was der hundert Siebensachen mehr sind. – Ich. Und das muß einer alles aus den 6. Groschen bezahlen? Er. Ja! und noch viel mehr; wie z.B. den Lohn für die Wasche, für das Gewehrputzen u.s.f. wenn er solche Dinge nicht selber kann. – Damit giengen wir in unser Quartier; und ich machte alles zurecht, so gut ich konnte und mochte.

Die erste Woche indessen hatt' ich noch Vacanz; gieng in der Stadt herum auf alle Exercierplätze; sah, wie die Offiziere ihre Soldaten musterten und prügelten, daß mir schon zum voraus der Angstschweiß von der Stirne troff. Ich bat daher Zittemann, mir bey Haus die Handgriffe zu zeigen. »Die wirst du wohl lernen«! sagte er: »Aber auf die Geschwindigkeit kömmt's an.« »Da geht's dir wie e'n Blitz«! Indessen war er so gut, mir wirklich alles zu weisen; wie ich das Gewehr rein halten, die Montur anpressen, mich auf Soldatenmanier frisieren sollte, u.s.f. Nach Crans Rath verkaufte ich meine Stiefel und kaufte dafür ein hölzernes Kästgen für meine Wäsche. Im Quartier übte ich mich stets im Exerciren, las' im Hallischen Gesangbuch, oder betete. Dann spatzirt' ich etwa an die Spree, und sah' da hundert Soldatenhände sich mit Aus- und Einladen der Kaufmannswaaren beschäftigen: Oder auf die Zimmerplätze; da steckte wieder alles voll arbeitender Kriegsmänner. Ein andermal in die Casernen u.s.f. Da fand' ich überall auch dergleichen, die hunderterley Handthierungen trieben – von Kunstwerken an bis zum Spinnrocken. Kam ich auf die Hauptwache, so gab's da deren die spielten, soffen und haselierten; andre welche ruhig ihr Pfeigen schmauchten und discurirten; etwa auch einer der in einem erbaulichen Buch las', und's den andern erklärte. In den Garküchen und Bierbrauereyen gieng's eben so her. Kurz in Berlin hat's unter dem Militair – wie, denk' ich freylich, in grossen Staaten überall – Leuthe aus allen vier Welttheilen, von allen Nationen und Religionen, von allen Charackern, und von jedem Berufe, womit einer noch nebenzu sein Stücklein Brodt gewinnen kann. Das dachte auch ich zu verdienen – wenn ich nur erst recht exerciren könnte – Etwa an der Spree? – Doch nein! da lermt's gar zu stark – Aber z.E. auf einem Zimmerplatz, da ich mich so ziemlich auf die Art verstuhnd. So war ich wieder fix und fertig, neue Plane zu machen, ungeachtet ich mit meinem erstern so schändlich gescheitert hatte. Giebt's doch hier (damit schläferte ich mich immer ein) selbst unter den gemeinen Soldaten ganze Leuthe, die ihre hübschen Kapitalien haben, Wirthschaft, Kaufmannschaft treiben, u.s.f. Aber dann erwog ich nicht, daß man vor Zeiten ganz andere Handgelder gekriegt als heut zu Tag; daß dergleichen Bursche bisweilen ein Namhaftes mochten erheurathet haben, u.d. gl. Besonders aber, daß sie ganz gewiß mit dem Schilling gut hausgehalten, und nur darum den Gulden gewinnen konnten – Ich hingegen weder mit dem Schilling noch mit dem Gulden umzugehen wisse. – Und endlich, wenn alles fehlen sollte, fand' ich auch da noch einen elenden Trost in dem Gedanken: Geht's einmal zu Felde, so schont das Bley jenen Glückskindern so wenig, als dir armen Hudler! – Also – bist du so gut wie sie.

47. Nun geht der Tanz an

Die zweyte Woche mußt' ich mich schon alle Tage auf dem Paradeplatz stellen, wo ich unvermuthet drey meiner Landleuthe, Schärer, Bachmann und Gästli fand, die sich zumal alle mit mir unter gleichem Regimente (Itzenblitz) die beyden erstern vollends unter der nämlichen Compagnie (Lüderitz) befanden. Da sollt' ich vor allen Dingen, unter einem mürrischen Korporal mit einer schiefen Nase (Mengke mit Namen) marschieren lernen. Den Kerl nun mocht' ich vor den Tod nicht vertragen; wenn er mich gar auf die Füsse klopfte, schoß mir das Blut in den Gipfel. Unter seinen Händen hätt' ich mein Tage nichts begreifen können. Dieß bemerkte einst Hevel, der mit seinen Leuthen auf dem gleichen Platze manövrirte, tauschte mich gegen einen andern aus, und nahm mich unter sein Plouton. Das war mir eine Herzensfreude. Itz capiert' ich in einer Stund' mehr als sonst in zehn Tagen. Von diesem guten Manne vernahm ich auch bald, wo Markoni wohne, aber, bat er um Gottswillen, ich soll ihn nicht verrathen. Des folgenden Tags, sobald das Exercitium vorbey war, flog ich nach dem Quartier, das mir Hevel verdeutet hatte, und murmelte immer vor mir her: Ja, ja, Markoni! wart' nur, ich will dir deinen an mir verübten Lumpenstreich, deine verfluchte Verrätherey so unter die Nase reiben, daß es dich gereuen soll! Nun weiß ich schon, daß du hier nur Lieutenant, und nirgends ihr Gnaden bist! – Bey geringer Nachfrage fand ich das mir benannte Haus. Es war eben eins von den geringsten in ganz Berlin. Ich pochte an; ein kleines, magres, fuchsrothes Bürschgen öffnete mir die Thüre, und führte mich eine Treppe hinauf in das Zimmer meines Herrn. Sobald er mich erblickte, kam er auf mich zu, drückte mir die Hand, und sprach zu mir mit einem so holden Engelsgesicht, das in einem Nu allen meinen Grimm entwafnete, und mir die Thränen in die Augen trieb: »Ollrich! mein Ollrich! mach mir keine Vorwürf'. Du warst mir lieb, bist's noch, und wirst mir's immer bleiben. Aber ich mußte nach meinen Umständen handeln. Gieb dich zufrieden. Ich und du dienen nun Einem Herrn«. – »Ja, Ihr Gnaden« – – »Nichts Gnaden«! sagte er: »Beym Regiment heißt es nur: ›Herr Lieutenant‹! Itzt klagt' ich ihm, nach aller Ausführlichkeit, meine gegenwärtige grosse Noth.« Er bezeugte mir sein ganzes Mitleid. »Aber«, fuhr er fort: »Hast ja noch allerley Sachen, die du versilbern kannst; wie z.E. die Flinte von mir, die Reisemütze die dir Lieutenant Hofmann in Offenburg verehrt, u.d. gl. Bring sie nur mir, ich zahl dir dafür, so viel sie je werth sind. Dann könnt'st du dich, wie andre Rekrutten, um Gehaltserhöhung beym Major« – »Potz Wetter«! fiel ich ein: »Nein den sah' ich einmal, und nimmermehr«! Drauf erzählt' ich ihm, wie dieser Sir mir begegnet habe. »Ha«! versetzte er: »Die Lümmels meinen, man könn' auf Werbung von Luft leben, und Kerle im Strick fangen«. »Ja«! sagt' ich, »hätt' ich's gewußt, wollt' ich mir wenigstens in Rothweil auch einen Nothpfenning erspart haben«. »Alles hat seine Zeit, Ollrich«! erwiederte er: »Halt' dich nur brav! Wenn einmal die Exercitien vorbey sind, kannst du wohl was verdienen. Und wer weiß – vielleicht gehts bald ins Feld, und dann« – – Weiter sagte er nichts; ich merkte aber wohl, was er damit wollte, und gieng vergnügt, als ob ich mit meinem Vater geredet hätte, nach Haus. Nach etlichen Tagen trug ich Flinte, Ballast, und die sammtene Mütze wirklich zu ihm hin; er zahlte mir etwas weniges dafür; aber von Markoni war ich alles zufrieden. Bald darauf verkauft ich auch meinen Tressenhut, den grünen Frack, u.s.f.u.f. und ließ mir nichts mangeln, so lang ich was anzugreifen hatte. Schärer war eben so arm als ich: Allein er bekam ein Paar Groschen Zulage, und doppelte Portion Brodt; der Major hielt ein gut Stück mehr auf ihm, als auf mir. Indessen waren wir Herzensbrüder; so lang einer etwas zu brechen hatte, konnte der andere mitbeissen. Bachmann hingegen, der ebenfalls mit uns hauste, war ein filziger Kerl, und harmonierte nie recht mit uns; und doch schien immer die Stunde ein Tag lang, wo wir nicht beysammen seyn konnten. G. mußten wir in den H...häusern suchen wenn wir ihn haben wollten; er kam bald hernach ins Lazareth. Ich und Schärer waren auch darinn völlig gleichgesinnt, daß uns das Berliner-Weibsvolk eckelhaft und abscheulich vorkam; und wollt' ich für ihn so gut wie für mich einen Eid schwören, daß wir keine mit einem Finger berührt. Sondern sobald das Exerziren vorbey war, flogen wir miteinander in Schottmanns Keller, tranken unsern Krug Ruhiner- oder Gottwitzer-Bier, schmauchten ein Pfeifgen, und trillerten ein Schweitzerlied. Immer horchten uns da die Brandenburger und Pommeraner mit Lust zu. Etliche Herren sogar ließen uns oft expreß in eine Garküche rufen, ihnen den Kuhreihen zu singen: Meist bestand der Spielerlohn bloß in einer schmutzigen Suppe; aber in einer solchen Lage nimmt man mit noch weniger vorlieb.

48. Nebst anderm meine Beschreibung von Berlin

Berlin ist der größte Ort in der Welt, den ich gesehen; und doch bin ich bey weitem nie ganz darinn herumgekommen. Wir drey Schweizer machten zwar oft den Anschlag zu einer solchen Reise; aber bald gebrach's uns an Zeit, bald an Geld, oder wir waren von Strapazzen so marode, das wir uns lieber der Länge nach hinlegten.

Die Stadt Berlin – doch viele sagen, sie bestehe aus sieben Städten – Aber unser einem hat man nur drey genennt: Berlin, Neustadt und Friedrichsstadt. Alle drey sind in der Bauart verschieden. In Berlin – oder Cöl, sagt man auch – sind die Häuser hoch, wie in den Reichsstädten, aber die Gassen nicht so breit, wie in Neu- und Friedrichsstadt, wo hingegen die Häuser niedriger aber egaler gebauen sind; denn da sehen auch die kleinsten derselben, oft von sehr armen Leuthen bewohnt, doch wenigstens sauber und nett aus. An vielen Orten giebt es ungeheuer grosse läre Plätze, die theils zum Exerciren und zur Parade, theils zu gar nichts gebraucht werden; ferners Aecker, Gärten, Alleen, alles in die Stadt eingeschlossen. – Vorzüglich oft giengen wir auf die lange Brücke, auf deren Mitte ein alter Markgraf von Brandenburg, zu Pferd in Lebensgrösse, von Erzt gegossen steht, und etliche Enackssöhne mit krausen Haaren zu seinen Füssen gefesselt sitzen – dann der Spree nach, aufs Weidendamm, wo's gar lustig ist – dann ins Lazareth, zu G* und B*. – um dort das traurigste Specktakel unter der Sonne zu sehn, wo einem, der nicht gar ein Unsinniger ist, die Lust zu Ausschweifungen bald vergehen muß: In diesen Gemächern, so geräumig wie Kirchen, wo Beth an Beht gereihet steht, in deren jedem ein elender Menschensohn auf seine eigene Art den Tod, und nur wenige ihre Genesung erwarten: Hier ein Dutzend, die unter den Händen der Feldscheerer ein erbärmliches Zettergeschrey erheben; dort andre, die sich unter ihren Decken krümmen, wie ein halb zertretener Wurm; viele mit an- und weggefaulten Gliedern, u.s.f. Meist mochten wir's da nur wenige Minuten aushalten, und giengen dann wieder an Gottes Luft, setzten uns auf einen Rasenplatz; und da führte unsre Einbildungskraft uns fast immer, unwillkührlich, in unser Schweitzerland zurück, und erzählten wir einander unsre Lebensart bey Hause; wie wohl's uns war, wie frey wir gewesen, was es hingegen hier vor ein verwünschtes Leben sey, u.d.gl. Dann machten wir Plane zu unsrer Entledigung. Bald hatten wir Hofnung, daß uns heut oder morgens einer derselben gelingen möchte; bald hingegen sahen wir vor jedem einen unübersteiglichen Berg; und noch am meisten schreckte uns die Vorstellung der Folgen eines allenfalls fehlschlagenden Versuches. Bald alle Wochen hörten wir nämlich neue ängstigende Geschichten von eingebrachten Deserteurs, die, wenn sie noch so viele List gebraucht, sich in Schiffer und andre Handwerksleuthe, oder gar in Weibsbilder verkleidet, in Tonen und Fässer versteckt, u.d.gl. dennoch ertappt wurden. Da mußten wir zusehen, wie man sie durch 200. Mann, achtmal die lange Gasse auf und ab Spißruthen laufen ließ, bis sie athemlos hinsanken – und des folgenden Tags aufs neue dran mußten; die Kleider ihnen vom zerhackten Rücken heruntergerissen, und wieder frisch drauf losgehauen wurde, bis Fetzen geronnenen Bluts ihnen über die Hosen hinabhingen. Dann sahen Schärer und ich einander zitternd und todtblaß an, und flüsterten einander in die Ohren: »Die verdammten Barbaren«! Was hiernächst auch auf dem Exerzierplatz vorgieng, gab uns zu ähnlichen Betrachtungen Anlaß. Auch da war des Fluchens und Karbatschens von prügelsüchtigen Jünkerlins, und hinwieder des Lamentierens der Geprügelten kein Ende. Wir selber zwar waren immer von den ersten auf der Stelle, und tummelten uns wacker. Aber es that uns nicht minder in der

Seele weh, andre um jeder Kleinigkeit willen so unbarmherzig behandelt, und uns selber so, Jahr ein Jahr aus, coujoniert zu sehn; oft ganzer fünf Stunden lang in unsrer Montur eingeschnürt wie geschraubt stehn, in die Kreutz und Querre pfahlgerad marschieren, und ununterbrochen blitzschnelle Handgriffe machen zu müssen; und das alles auf Geheiß eines Offiziers, der mit einem furiosen Gesicht und aufgehobnem Stock vor uns stuhnd, und alle Augenblick wie unter Kabisköpfe drein zu hauen drohete. Bey einem solchen Traktament mußte auch der starknervigste Kerl halb lahm, und der geduldigste rasend werden. Und kamen wir dann todmüde ins Quartier, so giengs schon wieder über Hals und Kopf, unsre Wäsche zurecht zu machen, und jedes Fleckgen auszumustern; denn bis auf den blauen Rock war unsre ganze Uniform weiß. Gewehr, Patrontasche, Kuppel, jeder Knopf an der Montur, alles mußte spiegelblank geputzt seyn. Zeigte sich an einem dieser Stücke die geringste Unthat, oder stand ein Haar in der Frisur nicht recht, so war, wenn er auf den Platz kam, die erste Begrüßung eine derbe Tracht Prügel. Das währte so den ganzen May und Juni fort. Selbst den Sonntag hatten wir nicht frey; denn da mußten wir auf das properste Kirchenparade machen. Also blieben uns zu jenen Spaziergängen nur wenige zerstreute Stunden übrig, und wir hatten kurz und gut zu nichts Zeit übrig – als zum Hungerleiden. – Wahr ist's, unsre Offiziere erhielten gerade damals die gemessenste Ordre, uns über Kopf und Hals zu mustern; aber wir Rekruten wußten den Henker davon, und dachten halt, das sey sonst so Kriegsmanier. Alte Soldaten vermutheten wohl so etwas, schwiegen aber mausstill. – Indessen waren Schärer und ich blutarm geworden; und was uns nicht an den Hintern gewachsen war, hatten wir alles verkauft. Nun mußten wir mit Brodt und Wasser (oder Covent, das nicht viel besser als Wasser ist) vorlieb nehmen. Mittlerweile war ich von Zittemann weg, zu Wolfram und Meevis ins Quartier kommen, von denen der erstre ein Zimmermann, der andre ein Schuster war, und beyde einen guten Verdienst hatten. Mit diesen macht' ich Anfangs ebenfalls Menage. Sie hatten so ihren Bauerntisch: Suppen und Fleisch, mit Erdapfeln und Erbsen. Jeder schoß zu einem Mittagsmahl zwey Dreyer: Abends und zum Frühstück lebte jeder für sich. Ich aß besonders gern einen Ochsenpfoten, einen Häring, oder ein Dreyerkäsgen. Nun aber konnt' ich's nicht mehr mit ihnen halten; zu verkaufen hatt' ich nichts mehr, und mein Sold gieng meist für Wäsche, Puder, Schuhwar, Kreide, Schmirgel, Oel und anderes Plunderzeug auf. Jetzt fieng ich erst recht an Trübsal zu blasen, und keinem Menschen konnt' ich so recht von Herzensgrund meine Noth klagen. Des Tags gieng ich umher wie der Schatten an der Wand. Des Nachts legt' ich mich ins Fenster, guckte wainend in den Mond hinauf, und erzählte dem mein bitteres Elend: »Du, der jetzt auch überm Tockenburg schwebt, sag' es meinen Leuthen daheim, wie armselig es um mich stehe – meinen Eltern, meinen Geschwisterten – meinem Aennchen sag's, wie ich schmachte – wie treu ich ihr bin – daß sie alle Gott für mich bitten. Aber du schweigst so stille, wandelst so harmlos deinen Weg fort? Ach! könnt' ich ein Vöglein seyn, und dir nach in meine Heimath fliegen! Ich armer, unbesonnener Mensch! Gott erbarm' sich mein! Ich wollte mein Glück bauen, und baute mein Elend! Was nützt mir dieser herrliche Ort, worinn ich verschmachten muß! Ja, wenn ich die Meinigen hier hätte, und so ein schön Häusgen, wie dort grad gegenüber steht – und nicht Soldat seyn müßte, dann wär's hier gut wohnen; dann wollt' ich arbeiten, handeln, wirthschaften, und ewig mein Vaterland meiden! – Doch nein! Denn auch so müßt' ich den Jammer so vieler Elenden täglich vor Augen sehn! Nein, geliebtes, liebes Tockenburg! Du wirst mir immer vorzüglich werth bleiben! – Aber, Ach! Vielleicht seh' ich dich in meinem Leben nicht wieder – verliere so gar den Trost, von Zeit zu Zeit an die Lieben zu schreiben, die in dir wohnen! Denn jedermann erzählt mir von der Unmöglichkeit, wenn's einmal ins Feld gehe, auch nur eine Zeile fortzubringen, worinn ich mein Herz ausschütten könnte. Doch, wer weiß? Noch lebt mein guter Vater im Himmel; dem ist's bekannt, wie ich nicht aus Vorsatz oder Lüderlichkeit dies Sklavenleben gewählt, sondern böse Menschen mich betrogen haben. Ha! Wenn alles fehlen sollte – Doch, nein! desertiren will ich nicht. Lieber sterben, als Spießruthe laufen. Und dann kann sich's ja auch ändern. Sechs Jahre sind noch – wohl auszuhalten. Freylich eine lange, lange Zeit; wenn's zumal wahr seyn sollte, daß auch dann kein Abscheid zu hoffen wäre! – Doch, was? Kein Abscheid? Hab' ich doch eine, und zwar mir aufgedrungene Capitulation? – Ha! Dann müßten sie mich eher tödten! Der König müßte mich hören! Ich wollte seiner Kutsche nachrennen, mich anhängen bis er mir sein Ohr verliehn. Da wollt' ich ihm alles sagen, was der Brief ausweist. Und der gerechte Friedrich wird nicht gegen mich allein ungerecht seyn«, u.s.f. – Das waren damals so meine Selbstgespräche.

49. Nun geht's bald weiters

In diesen Umständen flogen Schärer und ich zusammen wo wir konnten; klagten, überlegten, beschlossen, verwarfen. Schärer zeigte mehr Standhaftigkeit als ich, hatte aber auch mehr Sold. Ich gab jetzt, wie so viele andre, den letzten Dreyer um Genevre, meinen Kummer zu vertreiben. Ein Mecklenburger, der nahe bey mir im Quartier, und mit mir in gleichen Umständen war, machte es eben so. Aber wenn der seinen Brand im Kopf hatte, setzte er sich in der Abenddämmerung vor's Haus hin, fluchte und haselirte da mutterseels allein; schimpfte auf seine Offiziere, und sogar auf den König, wünschte Berlin und allen Brandenburgern tausend Millionen Schwernoth auf den Hals, und fand (wie der arme Teufel, so oft er wieder nüchtern ward, behauptete) in diesem unvernünftigen Rasen seinen einzigen Trost im Unglück. Wolfram und Meewis warnten ihn oft; denn sonst war er noch vor Kurzem ein recht guter umgänglicher Bursche: »Kerl«! sagten sie dann zu ihm, »gewiß wirst du noch ins Tollhaus wandern«. Dieses war nicht weit von uns. Oft sah' ich dort einen Soldat vor dem Gegitter auf einem Bänkgen sitzen, und fragte einst Meevis, wer er wäre? Denn ich hatte ihn nie bey der Compagnie gesehn: »Just so einer, wie der Mecklenburger«, antwortete Meewis; »darum hat man ihn hier versorgt, wo er Anfangs brüllte wie ein ungarscher Stier. Aber seit etlichen Wochen soll er so geschlacht wie ein Lamm seyn«. Diese Beschreibung machte mich lüstern, den Menschen näher kennen zu lernen. Er war ein Anspacher. Anfangs gieng ich nur so wie verstohlen bey ihm hin und wieder, sah mit wehmüthigem Vergnügen, wie er seinen Blick bald zum Himmel gerichtet, bald auf den Boden geheftet, melancholisch da saß, bisweilen aber ganz vor sich sanft lächelte, und übrigens meiner nicht zu achten schien. Schon aus der Physiognomie war mir ein solcher Erdensohn in seiner Lage recht heilig. Endlich wagt' ich es, mich zu ihm hinzusetzen. Er sah mich starr und ernst an, und schwatzte zuerst lange meist unverständiges Zeug, das ich doch gerne hörte, weil mitunter immer etwas höchst vernünftiges zum Vorschein kam. Was ihm am meisten Mühe zu machen schien, war, so viel ich merken mochte, daß er von gutem Haus, und nur durch Verdruß in diese Umstände gekommen seyn mußte, jetzt aber von Nachreu und Heimweh' erbärmlich litt. Nun entdeckt' ich ihm so durch Umwege auch meine Gemüthsstimmung, hauptsächlich in der Absicht, zu horchen was er allenfalls zu meiner Entweichung sagen würde; denn der Mann schien mir ordentlich einen Geist der Weissagung zu haben: »Brüderchen«! sprach er, aus Veranlassung eines solchen Diskurses, einst zu mir: »Brüderchen, halt du still! Deine Schuld ist's sicher, daß du leidest, und was du leidest also gewiß mehr oder minder wohl verdiente Züchtigung. Durch Zappeln machst du's wahrlich nur ärger. Es wird schon noch anders, und immer anders kommen. Der König allein ist König; seine Generals, Oberstern, Majoren sind selber seine Bedienten – und wir, ach! wir – so hingeworfene verkaufte Hunde – zum Abschmieren im Frieden, zum Todstechen und Todschiessen im Krieg bestimmt. Aber all' eins, Brüderchen! Vielleicht kömmst du nahe an eine Thüre; geht sie dir auf – so thu' was du willst. Aber halt still, Brüderchen! – nur nichts erfrettet oder erzwungen – sonst ist's mit einmal aus«! Dergleichen, und noch viel anderes Aehnliches sagte er öfters zu mir. Aller Welt Priester und Leviten hätten mir nicht so gut predigen, und mich zugleich so gut trösten können wie er.

Indessen murmelte es immer stärker vom Kriege. In Berlin kamen von Zeit zu Zeit neue Regimenter an; wir Rekrutten wurden auch unter eins gesteckt. Da gieng's nun alle Tag vor die Thore zum Manövriren; links und rechts avanziren, attaquiren, retiriren, ploutons und divisionsweise schargiren, und was der Gott Mars sonst alles lehrte. Endlich gedieh es zur Generalrevüe; und da gieng's zu und her, daß dieß ganze Büchelgen nicht klecken würde, das Ding zu beschreiben; und wenn ich's wollte, so könnt ich's nicht. Erstlich wegen der schweren Menge aller Arten Kriegsgrümpel, die ich hier grossentheils zum erstenmal sah. Zweytens hatt' ich immer Kopf und Ohren so voll von dem entsetzlichen Lerm der knallenden Büchsen, der Trommeln und Feldmusick, des Rufens der Commandeurs u.s.f. daß ich oft hätte bersten mögen. Drittens war mir das Exercitz seit einiger Zeit so widerlich geworden, daß ich nur nicht mehr bemerken mochte, was all die Corps zu Fuß und zu Pferde für Millionszeug machten. Freylich kam mich hernach manchmal grosser Reuen an, daß ich diese Dinge nicht besser in Obacht genommen: Denn allen meinen Freunden, und allen Leuthen hier zu Lande wünscht' ich, daß sie solches nur einen Tag sehen möchten; es würde ihnen zu hundert und aber hundert vernünftigen Betrachtungen Anlaß geben. Also nur dieß Wenige. Da waren unübersehbare Felder mit Kriegsleuthen bedeckt; viele tausend Zuschauer an allen Ecken und Enden. Hier stehen zwey grosse Armeen in künstlicher Schlachtordnung; schon brüllt von den Flanken das grobe Geschütz auf einander los. Sie avanziren, kommen zum Feuer, und machen ein so entsetzliches Donnern, daß man seinen nächsten Nachbar nicht hören und vor Rauch nicht mehr sehen kann: Dort versuchen etliche Bataillons ein Heckenfeuer; hier fallen's einander in die Flanke, da blokiren sie Batterien, dort formiren sie ein doppeltes Kreutz. Hier marschieren sie über eine Schiffbrücke, dort hauen Kürassiers und Dragoner ein, und sprengten etliche Schwadrons Husaren von allen Farben auf einander los, daß Staubwolken über Roß und Mann emporwallen. Hier überrumpeln's ein Lager; die Avantgarde, unter deren ich zu manövriren die Ehre hatte, bricht Zelten ab, und flieht. – Doch noch einmal: Ich müßte ein Narr seyn, wenn ich glaubte, hier eine Preußische Generalrevüe beschrieben zu haben. Ich hoffe also, man nimmt mit diesem Wenigen vorlieb – oder, vielmehr, verzeiht's mir, um der Freude willen, mein Gewäsch nicht länger anzuhören.

50. Behüte Gott Berlin! – Wir sehen einander nicht mehr

Endlich kam der erwünschte Zeitpunkt, wo es hieß: Allons, ins Feld! Schon im Heumonath marschierten etliche Regimenter von Berlin ab, und kamen hinwieder andre aus Preussen und Pommern an. Jetzt mußten sich alle Beurlaubten stellen, und in der grossen Stadt wimmelte alles von Soldaten. Dennoch wußte noch niemand eigentlich, wohin alle diese Bewegungen zielten. Ich horchte wie ein Schwein am Gatter. Einiche sagten, wenn's ins Feld gehe, könnten wir neue Rekrutten doch nicht mit, sondern würden unter ein Garnisonsregiment gesteckt. Das hätte mir himmelangst gemacht; aber ich glaubte es nicht. Indessen bot ich allen meinen Leibs- und Seelenkräften auf, mich bey allen Manövers als einen fertigen dapfern Soldaten zu zeigen (denn einige bey der Compagnie, die älter waren als ich, mußten wirklich zurückbleiben). Und nun den 21. Aug. erst Abends späth, kam die gewünschte Ordre, uns auf Morgen marschfertig zu halten. Potz Wetter! wie gieng es da her mit Putzen und Packen! Einmal wenn's mir auch an Geld nicht gebrochen, hätt' ich nicht mehr Zeit gehabt, einem Becker zwey geborgte Brodte zu bezahlen. Auch hieß es, in diesem Fall dürfte kein Gläubiger mehr ans Mahnen denken: Doch ich ließ mein Wäschkistgen zurück; und wenn es der Becker nicht abgefodert hat, hab ich heutigen Tages noch einen Creditor in

Berlin – auch etliche Debitoren für ein Paar Batzen – und geht's ungefehr so wettauf. – Denn 22. Aug. Morgens um 3. Uhr ward Allarm geschlagen; und mit Anbruch des Tages stuhnd unser Regiment (Isenblitz, ein herrlicher Name! Sonst nannten's die Soldaten im Scherz auch Donner und Blitz, wegen unsers Obristen gewaltiger Schärfe) in der Krausenstrasse schon Parade. Jede seiner zwölf Compagnien war 150. Mann stark. Die in Berlin nächst um uns einquartierte Regimenter, deren ich mich erinnere, waren Vokat, Winterfeld, Meyring, und Kalstein; dann vier Prinzenregimenter: Prinz von Preussen, Prinz Ferdinand, Prinz Carl, und Prinz von Würtenberg, die alle theils vor, theils nach uns abmarschierten, nachwerts aber im Feld meist wieder zu uns gestossen sind. Itzt wurde Marsch geschlagen; Thränen von Bürgern, Soldatenweibern, H ... u.d. gl. flossen zu Haufen. Auch die Kriegsleuthe selber, die Landskinder nämlich, welche Weiber und Kinder zurückliessen, waren ganz niedergeschlagen, voll Wehmuth und Kummers; die Fremden hingegen jauchzten heimlich vor Freuden, und riefen: Endlich Gottlob ist unsre Erlösung da! Jeder war bebündelt wie ein Esel, erst mit einem Degengurt umschnallt; dann die Patrontasche über die Schulter mit einem fünf Zoll langen Riemen; über die andre Achsel den Dornister, mit Wäsche u.s.f. bepackt; item der Habersack, mit Brodt und andrer Fourage gestopft. Hiernächst mußte jeder noch ein Stück Feldgeräth tragen; Flasche, Kessel, Hacken, oder so was; alles an Riemen; dann erst noch eine Flinte, auch an einem solchen. So waren wir alle fünfmal übereinander kreutzweis über die Brust geschlossen, daß anfangs jeder glaubte, unter solcher Last ersticken zu müssen. Dazu kam die enge gepreßte Montur, und eine solche Hundstagshitze, daß mir's manchmal däuchte, ich geh' auf glühenden Kohlen, und wenn ich meiner Brust ein wenig Luft machte, ein Dampf herauskam wie von einem siedenden Kessel. Oft hatt' ich keinen trockenen Faden mehr am Leib, und verschmachtete bald vor Durst.

51. Marschroute bis Pirna

So marschierten wir den ersten Tag (22. Aug.) zum Köppeniker Thor aus, und machten noch 4. Stunden bis zum Städchen Köppenik, wo wir zu 30–50. zu Burgern einquartirt waren, die uns vor einen Groschen traktiren mußten. Potz Plunder, wie giengs da her! Ha! da wurde gefressen. Aber denk' man sich nur so viele grosse hungrige Kerls! Immer hieß es da: Schaff her, Canaille! was d' im hintersten Winkel hast. Des Nachts wurde die Stube mit Stroh gefüllt; da lagen wir alle in Reihen, den Wänden nach. Wahrlich eine curiose Wirthschaft! In jedem Haus befand sich ein Offizier, welcher auf guter Mannszucht halten sollte; sie waren aber oft die Fäulsten. – Den zweyten Tag (23.) giengs 10. St. bis auf Fürstenwald; da gab's schon Marode, die sich auf Wagen mußten packen lassen; das auch kein Wunder war, da wir diesen ganzen Tag nur ein einzig Mal haltmachen, und stehnden Fusses etwas Erfrischung zu uns nehmen durften. An letztgedachtem Orte gieng es wie an dem erstern; nur daß hier die meisten lieber soffen als frassen, und viele sich gar halb todt hinlegten. Den dritten Tag (24.) giengs 6. St. bis Jacobsdorf, wo wir nun (25. 26. u. 27.) drey Rasttage hielten, aber desto schlimmer handthiert, und die armen Bauern bis aufs Blut ausgesogen wurden. Den siebenten Tag (28.) marschierten wir bis Mühlrosen 4. St. Den achten (29.) bis Guben, 14. St. Den neunten (30.) hielten wir dort Rasttag. Den zehnten (31.) bis Forste 6. St. Den eilften (1. Sept.) bis Spremberg 6. St. Den zwölften (2.) bis Hayerswerde 6. St. und da wieder Rasttag. Den vierzehnten (4.) bis Camenz, dem letzten Oertchen, wo wir einquartirt wurden. Denn von da an campirten wir im Felde, und machten Märsche und Contremärsche, daß ich selbst nicht weiß, wo wir all durchkamen, da es oft bey dunkeler Nacht geschah. Nur so viel erinnr' ich mich noch, daß wir am fünfzehnten (5.) 4. St. marschiert und bey Bilzem ein Lager aufgeschlagen, worinn wir zwey Tage (6. u. 7.) Rasttag hielten; dann den achtzehnten (8.) wieder 6. St. machten, uns bey Stolp lagerten, und dort einen Tag (9.) blieben; endlich am zwanzigsten Tag (10.) noch 4. St. bis Pirna zurücklegten, wo noch etliche Regimenter zu uns stiessen, und nun ein weites fast unübersehbares Lager aufgeschlagen, und das über Pirna gelegene Schloß Königstein dieß- und Lilienstein jenseits der Elbe besetzt wurden. Denn in der Nähe dieses letztern befand sich die Sächsische Armee. Wir konnten gerade übers Thal in ihr Lager hinübersehn; und unter uns im Thal an der Elbe lag Pirna, das jetzt ebenfalls von unserm Volke besetzt ward.

52. Muth und Unmuth

Bis hieher hat der Herr geholfen! Diese Worte waren der erste Text unsers Feldpredigers bey Pirna. O ja! dacht' ich: Das hat er, und wird ferner helfen – und zwar hoffentlich mir in mein Vaterland – denn was gehen mich eure Kriege an?

Mittlerweile gieng's – wie's bey einer marschierenden Armee zu gehen pflegt – bunt übereck und kraus, daß ich alles zu beschreiben nicht im Stand, auch solches, wie ich denke, zu wenig Dingen nütz wäre. Unser Major Lüderiz (denn die Offiziere gaben auf jeden Kerl besonders Achtung) mag mir oft meinen Unmuth aus dem Gesicht gelesen haben. Dann drohete er mir mit dem Finger: »Nimm dich in Acht, Kerl«! Schärern hingegen klopfte er bey den nämlichen Anlässen auf die Schulter, und nannte ihn mit lächelnder Mine einen braven Bursch; denn der war immer lustig und wohlgemuths, und sang bald seine Mäurerlieder, bald den Kühreih'n, obschon er im Herzen dachte wie ich, aber es besser verbergen konnte. Ein andermal freylich faßt' ich dann wieder Muth, und dachte: Gott wird alles wohl machen! Wenn ich vollends Markoni – der doch keine geringe Schuld an meinem Unglück war – auf dem Marsch oder im Lager erblickte, war's mir immer, ich sehe meinen Vater oder meinen beßten Freund; wenn er mir zumal vom Pferd herunter seine Hand bot, die meinige traulich schüttelte – mir mit liebreicher Wehmuth gleichsam in die Seele 'nein guckte: »Wie geht's, Ollrich! wie geht's? 's wird schon besser kommen«! zu mir sagte, und, ohne meine Antwort zu erwarten, dieselbe aus meinem thränenschimmernden Aug' lesen wollte. O! ich wünsche dem Mann, wo er immer todt oder lebendig seyn mag, noch auf den heutigen Tag alles Gute; denn von Pirna weg ist er mir nie mehr zu Gesicht gekommen. – Mittlerweile hatten wir alle Morgen die gemessene Ordre erhalten, scharf zu laden; dieses veranlaßte unter den ältern Soldaten immer ein Gerede: »Heute giebt's was! Heut setzt's gewiß was ab«! Dann schwitzten wir Jungen freylich an allen Fingern, wenn wir irgend bey einem Gebüsch oder Gehölz' vorbeymarschierten, und uns verfaßt halten mußten. Da spitzte jeder stillschweigend die Ohren, erwartete einen feurigen Hagel und seinen Tod, und sah, so bald man wieder ins Freye kam, sich rechts und links um, wie er am schicklichsten entwischen konnte; denn wir hatten immer feindliche Küraßiers, Dragoner und Soldaten zu beyden Seiten. Als wir einst die halbe Nacht durch marschierten, versuchte Bachmann den Reißaus zu nehmen, und irrte etliche Stunden im Wald herum; aber am Morgen war er wieder hart bey uns, und kam noch eben recht mit der Ausflucht weg: Er habe beym Hosenkehren in der Dunkelheit sich von uns verloren. Von da an sahen wir andern die Schwierigkeit, wegzukommen, alle Tag' deutlicher ein – und doch hatten wir fest im Sinn, keine Bataille abzuwarten, es koste auch was es wolle.

53. Das Lager zu Pirna

Eine umständliche Beschreibung unsers Lagers zwischen Königstein und Pirna sowohl als des gerade vor uns überliegenden Sächsischen bey Lilienstein wird man von mir nicht erwarten. Die kann man in der Helden-Staats- und Lebensgeschichte des Grossen Friedrichs suchen. Ich schreibe nur, was ich gesehen, was allernächst um mich her vor- und besonders was mich selbst angieng. Von den wichtigsten Dingen wußten wir gemeine Hungerschlucker am allerwenigsten, und kümmerten uns auch nicht viel darum. Mein und so vieler andrer ganzer Sinn war vollends allein auf: Fort, fort! Heim, ins Vaterland! gerichtet.

Von 11–22. Sept. sassen wir in unserm Lager ganz stille; und wer gern Soldat war, dem mußt' es damals recht wohl seyn. Denn da gieng's vollkommen wie in einer Stadt zu. Da gab's Marquetenter und Feldschlächter zu Haufen. Den ganzen Tag, ganze lange Gassen durch, nichts als Sieden und Braten. Da konnte jeder haben was er wollte, oder vielmehr was er zu bezahlen vermochte: Fleisch, Butter, Käs, Brodt, aller Gattung Baum- und Erdfrüchte, u.s.f. Die Wachten ausgenommen, mochte jeder machen was ihm beliebte: Kegeln, Spielen, in und ausser dem Lager spatzieren gehn, u.s.f. Nur wenige hockten müssig in ihren Zelten: Der eine beschäftigte sich mit Gewehrputzen, der andre mit Waschen; der dritte kochte, der vierte flickte Hosen, der fünfte Schuhe, der sechste schnifelte was von Holz und verkauft' es den Bauern. Jedes Zelt hatte seine 6. Mann und einen Uebercompleten. Unter diesen sieben war immer einer gefreyt; dieser mußte gute Mannszucht halten. Von den sechs übrigen gieng einer auf die Wache, einer mußte kochen, einer Proviant herbeyholen, einer gieng nach Holz, einer nach Stroh, und einer machte den Seckelmeister, alle zusammen aber Eine Haushaltung, Ein Tisch und Ein Beth aus. Auf den Märschen stopfte jeder in seinen Habersack, was er – versteht sich in Feindes Land – erhaschen konnte: Mähl, Rüben, Erdbirrn,

Hühner, Enten, u.d. gl. und wer nichts aufzutreiben vermochte, ward von den übrigen ausgeschimpft, wie denn mir das zum öftern begegnete. Was das vor ein Mordiogeschrey gab, wenn's durch ein Dorf gieng, von Weibern, Kindern, Gänsen, Spanferkeln u.s.f. Da mußte alles mit was sich tragen ließ. Husch! den Hals umgedreht und eingepackt. Da brach man in alle Ställ' und Gärten ein, prügelte auf alle Bäume los, und riß die Aeste mit den Früchten ab. Der Hände sind viel, hieß es da; was einer nicht kann, mag der ander. Da durfte keine Seel' Mux machen, wenn's nur der Offizier erlaubte, oder auch bloß halb erlaubte. Da that jeder sein Devoir zum Ueberfluß. Wir drey Schweitzer, Schärer, Bachmann und ich (es gab unsrer Landsleuthe beym Regiment noch mehr, wir kannten sie aber nicht) kamen zwar keiner zum andern ins Zelt, auch nie zusammen auf die Wache. Hingegen spazierten wir oft miteinander ausser das Lager bis auf die Vorposten, besonders auf einen gewissen Bühel, wo wir eine weite zierliche Aussicht über das Sächsische und unser ganzes Lager, und durchs Thal hinab bis auf Dresden hatten. Da hielten wir unsern Kriegsrath: Was wir machen, wo hinaus, welchen Weg wir nehmen, wo wir uns wieder treffen sollten? Aber zur Hauptsache, zum hinaus fanden wir alle Löcher verstopft. Zudem wären Schärer und ich lieber einmal an einer schönen Nacht allein, ohne Bachmann davon geschlichen; denn wir trauten ihm nie ganz, und sahen dabey alle Tag' die Husaren Deserteurs einbringen, hörten Spißruthenmarsch schlagen, und was es solcher Aufmunterungen mehr gab. Und doch sahen wir alle Stunden einem Treffen entgegen.

54. Einnahme des Sächsischen Lagers u.s.f.

Endlich den 22. Sept. ward Allarm geschlagen, und erhielten wir Ordre aufzubrechen. Augenblicklich war alles in Bewegung; in etlichen Minuten ein stundenweites Lager – wie die allergrößte Stadt – zerstört, aufgepackt, und Allons, Marsch! Itzt zogen wir ins Thal hinab, schlugen bey Pirna eine Schiffbrücke, und formierten oberhalb dem Städchen, dem Sächsischen Lager en Front, eine Gasse, wie zum Spißruthenlaufen, deren eines End bis zum Pirnaer-Thor gieng, und durch welche nun die ganze Sächsische Armee zu vieren hoch spatzieren, vorher aber das Gewehr ablegen, und – man kann sich's einbilden – die ganze lange Strasse durch Schimpf- und Stichelreden genug anhören mußten. Einiche giengen traurig, mit gesenktem Gesicht daher, andre trotzig und wild, und noch andre mit einem Lächeln, das den Preußischen Spottvögeln gern' nichts schuldig bleiben wollte. Weiter wußten ich, und so viele Tausend andre, nichts von den Umständen der eigentlichen Uebergabe dieses grossen Heers. – An dem nämlichen Tage marschierten wir noch ein Stück Wegs fort, und schlugen jetzt unser Lager bey Liljenstein auf. – Den 23. mußte unser Regiment die Proviantwagen decken. – Den 24. machten wir einen Contremarsch, und kamen bey Nacht und Nebel an Ort und Stelle hin, daß der Henker nicht wußte wo wir waren. – Den 25. früh gieng's schon wieder fort, 4. Meilen bis Außig. Hier schlugen wir ein Lager, blieben da bis auf den 29. und mußten alle Tag auf Fourage aus. Bey diesen Anlässen wurden wir oft von den Kaiserlichen Panduren attaquirt, oder es kam sonst aus einem Gebüsch ein Karabinerhagel auf uns los, so daß mancher todt auf der Stelle blieb, und noch mehrere blessiert wurden. Wenn dann aber unsre Artilleristen nur etliche Kanonen gegen das Gebüsch richteten, so flog der Feind über Kopf und Hals davon. Dieser Plunder hat mich nie erschreckt; ich wäre sein bald gewohnt worden, und dacht' ich oft: Poh! wenn's nur denweg hergeht, ist's so übel nicht. – Den 30. marschierten wir wieder den ganzen Tag, und kamen erst des Nachts auf einem Berg an, den ich und meinesgleichen abermals so wenig kannten, als ein Blinder. Inzwischen bekamen wir Ordre, hier kein Gezelt aufzuschlagen, auch kein Gewehr niederzulegen, sondern immer mit scharfer Ladung parat zu stehn, weil der Feind in der Nähe sey. Endlich sahen und hörten wir mit anbrechendem Tag unten im Thal gewaltig blitzen und feuern. – In dieser bangen Nacht desertirten viele; neben andern auch Bruder Bachmann. Für mich wollt' es sich noch nicht schicken, so wohl's mir sonst behagt hätte.

55. Die Schlacht bey Lowositz

(1. Oktobr. 1756.)

Früh Morgens mußten wir uns rangiren, und durch ein enges Thälchen gegen dem grossen Thal hinuntermarschieren. Vor dem dicken Nebel konnten wir nicht weit sehen. Als wir aber vollends in die Plaine hinunterkamen, und zur grossen Armee stiessen, rückten wir in drey Treffen weiter vor, und erblickten von Ferne durch den Nebel, wie durch einen Flor, feindliche Truppen auf einer Ebene, oberhalb dem Böhmischen Städtchen Lowositz. Es war Kaiserliche Kavallerie; denn die Infanterie bekamen wir nie zu Gesicht, da sich dieselbe bey gedachtem Städchen verschanzt hatte. Um 6. Uhr gieng schon das Donnern der Artillerie sowohl aus unserm Vordertreffen als aus den Kaiserlichen Batterien so gewaltig an, daß die Kanonenkugeln bis zu unserm Regiment (das im mittlern Treffen stuhnd) durchschnurrten. Bisher hatt' ich immer noch Hofnung, vor einer Bataille zu entwischen; jetzt sah' ich keine Ausflucht mehr weder vor noch hinter mir, weder zur Rechten noch zur Linken. Wir rückten inzwischen immer vorwärts. Da fiel mir vollends aller Muth in die Hosen; in den Bauch der Erde hätt' ich mich verkriechen mögen, und eine ähnliche Angst, ja Todesblässe, las' man bald auf allen Gesichtern, selbst deren, die sonst noch so viel' Herzhaftigkeit gleichsneten. Die gelärten Branzfläschgen (wie jeder Soldat eines hat) flogen untern den Kugeln durch die Lüfte; die meisten soffen ihren kleinen Vorrath bis auf den Grund aus, denn da hieß es: Heute braucht es Courage, und Morgens vielleicht keinen Fusel mehr! Itzt avanzierten wir bis unter die Kanonen, wo wir mit dem ersten Treffen abwechseln mußten. Potz Himmel! wie sausten da die Eisenbrocken ob unsern Köpfen weg – fuhren bald vor bald hinter uns in die Erde, daß Stein und Rasen hoch in die Luft sprang – bald mitten ein, und spickten uns die Leuthe aus den Gliedern weg, als wenn's Strohhälme wären. Dicht vor uns sahen wir nichts als feindliche Cavallerie, die allerhand Bewegungen machte; sich bald in die Länge ausdehnte, bald in einem halben Mond, dann in ein Drey- und Viereck sich wieder zusammenzog. Nun rückte auch unsre Kavallerie an; wir machten Lücke, und liessen sie vor, auf die feindliche losgalloppieren. Das war ein Gehagel, das knarrte und blinkerte, als sie nun einhieben! Allein kaum währte es eine Viertelstunde, so kam unsere Reuterey, von der Oestereichischen geschlagen, und bis nahe unter unsre Kanonen verfolgt zurücke. Da hätte man das Specktackel sehen sollen: Pferde die ihren Mann im Stegreif hängend, andre die ihr Gedärm der Erde nachschleppten. Inzwischen stuhnden wir noch immer im feindlichen Kanonenfeuer bis gegen 11. Uhr, ohne daß unser linke Flügel mit dem kleinen Gewehr zusammentraf, obschon es bereits auf dem rechten sehr hitzig zugieng. Viele meinten, wir müßten noch auf die Kaiserlichen Schanzen sturmlaufen. Mir war's schon nicht mehr so bange, wie anfangs, obgleich die Feldschlangen Mannschaft zu beyden Seiten neben mir wegraffeten, und der Wallplatz bereits mit Todten und Verwundeten übersäet war – als mit Eins ungefehr um 12. Uhr die Ordre kam, unser Regiment, nebst zwey andern (ich glaube Bevern und Kalkstein,) müßten zurückmarschieren. Nun dachten wir, es gehe dem Lager zu, und alle Gefahr sey vorbey. Wir eilten darum mit muntern Schritten die gähen Weinberge hinauf, brachen unsre Hüte voll schöne rothe Trauben, assen vor uns her nach Herzenslust; und mir, und denen welche neben mir stuhnden, kam nichts arges in Sinn, obgleich wir von der Höhe herunter unsre Brüder noch in Feuer und Rauch stehen sahen, ein fürchterlich donnerndes Gelerm hörten, und nicht entscheiden konnten auf welcher Seite der Sieg war. Mittlerweile trieben unsre Anführer uns immer höher den Berg hinan, auf dessen Gipfel ein enger Paß zwischen Felsen durchgieng, der auf der andern Seite wieder hinunterführte. Sobald nun unsre Avantgarde den erwähnten Gipfel erreicht hatte, gleng ein entsetzlicher Musketenhagel an; und nun merkten wir erst wo der Haas im Stroh lag. Etliche Tausend Kaiserliche Panduren waren nämlich auf der andern Seite den Berg hinauf beordert, um unsrer Armee in den Rücken zu fallen; dieß muß unsern Anführern verrathen worden seyn, und wir mußten ihnen darum zuvorkommen: Nur etliche Minuten späther, so hätten sie uns die Höhe abgewonnen, und wir wahrscheinlich den Kürzern gezogen. Nun setzte es ein unbeschreibliches Blutbad ab, ehe man die Panduren aus jenem Gehölz vertreiben konnte. Unsre Vordertruppen litten stark, allein die hintern drangen ebenfalls über Kopf und Hals nach, bis zuletzt alle die Höhe gewonnen hatten. Da mußten wir über Hügel von Todten und Verwundeten hinstolpern. Alsdann gieng's Hudri, Hudri, mit den Panduren die Weinberge hinunter, sprungweise über eine Mauer nach der andern herab, in die Ebene. Unsre geborne Preussen und Brandenburger packten die Panduren wie Furien. Ich selber war in Jast und Hitze wie vertaumelt, und, mir weder Furcht noch Schrecken bewußt, schoß ich Eines Schiessens fast alle meine 60. Patronen los, bis meine Flinte halb glühend war, und ich sie am Riemen nachschleppen mußte; indessen glaub' ich nicht, daß ich eine lebendige Seele traf, sondern alles gieng in die freye Luft. Auf der Ebene am Wasser vor dem Städtchen Lowositz postirten sich die Panduren wieder, und pülferten tapfer in die Weinberge hinauf, daß noch mancher vor und neben mir ins Gras biß. Preussen und Panduren lagen überall durcheinander; und wo sich einer von diesen letztern noch regte, wurde er mit der Kolbe vor den Kopf geschlagen, oder ihm ein Bajonett durch den Leib gestossen. Und nun gieng in der Ebene das Gefecht von neuem an. Aber wer wird das beschreiben wollen, wo jetzt Rauch und Dampf von Lowositz ausgieng; wo es krachte und donnerte, als ob Himmel und Erde hätten zergehen wollen; wo das unaufhörliche Rumpeln vieler hundert Trommeln, das herzzerschneidende und herzerhebende Ertönen aller Art Feldmusik, das Rufen so vieler Commandeurs und das Brüllen ihrer Adjutanten, das Zetter- und Mordiogeheul so vieler tausend elenden, zerquetschten, halbtodten Opfer dieses Tages alle Sinnen betäubte! Um diese Zeit – es mochte etwa 3. Uhr seyn – da Lowositz schon im Feuer stand, viele hundert Panduren, auf welche unsre Vordertruppen wieder wie wilde Löwen einbrachen, ins Wasser sprangen, wo es dann auf das Städtgen selber losgieng – um diese Zeit war ich freylich nicht der Vorderste sondern unter dem Nachtrapp noch etwas im Weinberg droben, von denen indessen mancher, wie gesagt, weit behender als ich von einer Mauer über die andere hinuntersprang, um seinen Brüdern zu Hülf' zu eilen. Da ich also noch ein wenig erhöht stand, und auf die Ebene wie in ein finsteres Donner- und Hagelwetter hineinsah – in diesem Augenblick deucht' es mich Zeit, oder vielmehr mahnte mich mein Schutzengel, mich mit der Flucht zu retten. Ich sah mich deswegen nach allen Seiten um. Vor mir war alles Feuer, Rauch und Dampf; hinter mir noch viele nachkommende auf die Feinde loseilende Truppen, zur Rechten zwey Hauptarmeen in voller Schlachtordnung. Zur Linken endlich sah ich Weinberge, Büsche, Wäldchen, nur hie und da einzelne Menschen, Preussen, Panduren, Husaren, und von diesen mehr Todte und Verwundete als Lebende. Da, da, auf diese Seite, dacht' ich; sonst ist's pur lautere Unmöglichkeit!

56. Das heißt – wo nicht mit Ehren gefochten – doch glücklich entronnen

Ich schlich also zuerst mit langsamem Marsch ein wenig auf diese linke Seite, die Reben durch. Noch eilten etliche Preussen bey mir vorbey: »Komm', komm', Bruder«! sagten sie: »Viktoria«! Ich rispostirte kein Wort, that nur ein wenig blessirt, und gieng immer noch allgemach fort, freylich mit Furcht und Zittern. Sobald ich mich indessen so weit entfernt hatte, daß mich niemand mehr sehen mochte, verdoppelte- verdrey- vier- fünf- sechsfachte ich meine Schritte, blickte rechts und links wie ein Jäger, sah noch von Weitem – zum letzten Mal in meinem Leben – morden und todtschlagen; strich dann in vollem Galopp ein Gehölze vorbey, das voll todter Husaren, Panduren und Pferde lag; rannte Eines

Rennens gerade dem Fluß nach herunter, und stand jetzt an einem Tobel. Jenseits desselben kamen so eben auch etliche Kaiserliche Soldaten angestochen, die sich gleichfalls aus der Schlacht weggestohlen hatten, und schlugen, als sie mich so daherlaufen sahen, zum drittenmal auf mich an, ungeachtet ich immer das Gewehr streckte, und ihnen mit dem Hut den gewohnten Wink gab. Doch brannten sie niemals los. Ich faßte also den Entschluß, gerad' auf sie zuzulaufen. Hätt' ich einen andern Weg genommen, würden sie, wie ich nachwerts erfuhr, unfehlbar auf mich gefeuert haben. Ihr H … dacht' ich, hättet ihr euer Courage bey Lowositz gezeigt! Als ich nun zu ihnen kam, und mich als Deserteur angab, nahmen sie mir das Gewehr ab, unterm Versprechen, mir's nachwerts schon wieder zuzustellen. Aber der, welcher sich dessen impatronirt hatte, verlor sich bald darauf, und nahm das Füsil mit sich. Nun so sey's! Alsdann führten sie mich ins nächste Dorf, Scheniseck (es mochte eine starke Stunde unter Lowositz seyn). Hier war eine Fahrt über das Wasser, aber ein einziger Kahn zum Transporte. Da gab's ein Zettermordiogeschrey von Männern, Weibern und Kindern. Jedes wollte zuerst in dem Teich seyn, aus Furcht vor den Preussen; denn alles glaubte sie schon auf der Haube zu haben. Auch ich war keiner von den letzten, der mitten unter eine Schaar von Weibern hineinsprang. Wo nicht der Fährmann etliche derselben hinausgeworfen, hätten wir alle ersaufen müssen. Jenseits des Flusses stand eine Panduren-Hauptwache. Meine Begleiter führten mich auf dieselbe zu, und diese rothen Schnurrbärte begegneten mir auf's manierlichste; gaben mir, ungeachtet ich sie und sie mich kein Wort verstuhnden, noch Toback und Branntwein, und Geleit bis auf Leutmeritz, glaub' ich, wo ich, unter lauter Stockböhmen übernachtete, und freylich nicht wußte ob ich da mein Haupt sicher zur Ruhe legen konnte – aber – und dieß war das Beßte – von dem Tumult des Tags noch einen so vertaumelten Kopf hatte, daß dieser Kapitalpunkt mir am allermindesten betrug. Morgens darauf (2. Okt.) gieng ich mit einem Transport ins Kaiserliche Hauptlager nach Budin ab. Hier traf ich bey 200. andrer Preußischer Deserteurs an, von denen so zu reden jeder seinen eigenen Weg, und sein Tempo in Obacht genommen hatte; neben andern auch unsern Bachmann. Wie sprangen wir beyde hoch auf vor Entzücken, uns so unerwartet wieder in Freyheit zu sehn! Da gieng's an ein Erzählen und Jubiliren, als wenn wir schon zu Haus hinterm Ofen sässen. Einzig hieß es bisweilen: Ach! wäre nur auch der Schärer von Weil bey uns! Wo mag der doch geblieben seyn? Wir hatten die Erlaubniß, alles im

Lager zu besichtigen. Offiziers und Soldaten stuhnden dann bey Haufen um uns her, denen wir mehr erzählen sollten, als uns bekannt war. Etliche indessen wußten Winds genug zu machen, und, ihren dießmaligen Wirthen zu schmeicheln, zur Verkleinerung der Preussen hundert Lügen auszuhecken. Da gab's denn auch unter den Kaiserlichen manchen Erzprahler, und der kleinste Zwerge rühmte sich, wer weiß wie manchen Brandenburger – auf seiner eignen Flucht in die Flucht geschlagen zu haben. Drauf führte man uns zu etwa 50. Mann Gefangener von der Preussischen Cavallerie; ein erbärmlich Specktackel! Da war kaum einer von Wunden oder Beulen lär ausgegangen; etliche über's ganze Gesicht heruntergehauen, andre ins Genick, andre über die Ohren, über die Schultern, die Schenkel u.s.f. Da war alles ein Aechzen und Wehklagen! Wie priesen uns diese armen Wichte selig, einem ähnlichen Schicksal so glücklich entronnen zu seyn; und wie dankten wir selber Gott dafür! Wir mußten im Lager übernachten, und bekamen jeder seinen Duckaten Reisgeld. Dann schickte man uns mit einem Cavallerietransport, es waren unser an die 200., auf ein Böhmisches Dorf, wo wir, nach einem kurzen Schlummer, folgenden Tags auf Prag abgiengen. Dort vertheilten wir uns, und bekamen Pässe, je zu 6. 10. bis 12. hoch welche einen Weg giengen; denn wir waren ein wunderseltsames Gemengsel von Schweitzern, Schwaben, Saxen, Bayern, Tyrolern, Welschen, Franzosen, Polacken und Türken. Einen solchen Paß bekamen unser 6. zusammen bis Regenspurg. In Prag selber war indessen ebenfalls ein Zittern und Beben vor den Preussen, ohne seinesgleichen. Man hatte dort den Ausgang der Schlacht bey Lowositz bereits vernommen, und glaubte nun den Sieger schon vor den Thoren zu sehn. Auch da stuhnden ganze Truppen Soldaten und Bürger um uns her, denen wir sagen sollten, was der Preuß' im Sinn habe? Einige von uns trösteten diese neugierigen Haasen; andre hingegen hatten noch ihre Freude daran, sie dapfer zu schrecken, und sagten ihnen: Der Feind werde späthstens in vier Tagen anlangen, und sey ergrimmt wie der Teufel. Dann schlugen viele die Händ' überm Kopf zusammen; Weiber und Kinder wälzten sich gar heulend im Koth herum.

57. Heim! Heim! Nichts als Heim!

Den 5. Okt. traten wir nun unsre wirkliche Heimreise an. Es war schon Abends, als wir von Prag ausmarschierten. Es gieng bald über eine Anhöhe, von welcher wir eine unvergleichliche Aussicht über das ganze schöne königliche Prag hatten. Die liebe Sonne vergüldete seine mit Blech bedeckten zahllosen Thurmspitzen zum Entzücken. Wir stuhnden eine Weile dort still, unter allerhand Gesprächen und mannigfaltigen Empfindungen dieses herrlichen Anblicks zu geniessen. Einige bedauerten den prächtigen Ort, wenn er sollte bombardiert werden; andre hätten mögen dabey seyn, wenigstens währendem Plündern. Ich konnte mich kaum satt sehn; sonst aber war mein einziges Sehnen wieder nach Haus, zu den Meinigen, zum Anneli. Wir kamen noch bis auf Schibrack; den 6. bis Pilsen. Dort hatte der Wirth eine Tochter, das schönste Mädchen, das ich in meinem Leben gesehn. Mein Herr Bachmann wollte mit ihr hübsch thun, und fast einzig ihr zu lieb hielten wir da Rasttag. Aber der Wirth verdeutete ihm: Sein Kind sey keine Berlinerin! Den 8. bis 12. gieng's über Stab, Lensch, Kätz, Kien u.s.f. auf Regenspurg, wo wir zum zweytenmal rasteten. Bisher hatten wir nur kurze Tagreisen von zwey bis drey Meilen gemacht, aber desto längere Zechen. Mein Dukaten Reisgeld war schon dünn wie ein Laub worden, sonst hatt' ich keinen Heller in der Fiecke, und ward also genöthigt auf den Dörfern zu fechten. Da bekam ich oft beyde Taschen voll Brodt, aber nie keinen Heller baar. Bachmann hingegen hatte noch von seinem Handgeld übrig, gieng in die Schenke, und ließ sich's wohl schmecken; nur etwa zu vornehmen Häusern, Pfarrhöfen und Klöstern, kam er auch mit. Da mußten wir oft halbe Stunden dastehn, und den Herren alle Hergangenheit erzählen; deß wurde besonders Bachmann meist überdrüßig, sonderlich wo denn für die Geschichte einer ganzen Schlacht, deren er nicht beygewohnt, nur ein Paar Pfenninge flogen. Er gab immer für, daß er bey Lowositz auch dabey gewesen, und ich mußt' ihm diese Lüge noch frisiren helfen; dafür hätt' er mir die ganze Reis' über nur keinen Krug Bier bezahlt. In den Klöstern indessen gab's Suppen, oft auch Fleisch. Zu Regenspurg, oder vielmehr im Bayerschen Hof vertheilten wir uns wieder. Bachmann und ich erhielten dort einen Paß nach der Schweitz. Die andern, ein Bayer, zween Schwaben und ein Franzose, von denen ich nichts weiter zu sagen weiß, als daß sie alle vier rüstige Kerls, und uns Tölpeln weit überlegen waren, nahmen jeder auch seine Strasse. Die unsrige gieng den 14. bis 24. Okt. der kleinern Orte nicht zu gedenken, über Ingolstadt, Donauwerth, Dillingen, Buxheim, Wangen, Hohentwiel, Bregenz, Rheineck, Roschach (40 Meilen). Oberhalb Rheineck begegnete mir bald ein trauriger Spaß. Bisher waren wir unter lauter muntern Gesprächen über unsre glückliche Flucht, über unsre ältern und neuern Schicksale und unsre Aussichten vor die Zukunft, ganz brüderlich gereist. Bachmann, dem, von vorigen Zeiten her, fast alle Tag Hünd' und Hasen wieder in den Sinn stiegen, hatte sich, sobald wir von Prag weg waren, eine Jagdflinte gekauft, die er nun mit sich trug. Ich war seiner ewigen Discurse von Hetzen und Treiben schon längst müde geworden, als wir, wie gesagt, oberhalb Rheineck in den Weinbergen Hunde jagen hörten. Hier machte mein Urian vor Entzücken ordentliche Purzelsprünge, und behauptete, es wären, beym Himmel! seine alten Bekannten; er kenne sie noch am Bellen! Ich lachte ihn aus. Hierüber ward er böse, befahl mir stillzustehn, und der schönen Musick zuzuhorchen. Jetzt spottete ich vollends seiner, und stampfte mit den Füssen. Das hätt' ich freylich sollen bleiben lassen. Er war rasend, stand ganz schäumend mit aufgehaltener Flinte vor mich hin, und setzte sie mir zähnknirschend vor den Kopf, als wenn er mich den Augenblick tödten wollte. Ich erschrack; Er war bewaffnet, ich nicht; und auch dieß und seine Wuth ungerechnet, glaub' ich kaum, daß ich dem ohnehin verzweifelt wilden, handfesten Kerl, der beynahe zwey Zoll höher als ich war, hätte gewachsen seyn können. Doch, ich weiß nicht ob aus Muth oder Furcht, stand ich ihm bockstill, und guckte indessen auf alle Seite herum, ob ich niemand zu Hülf rufen konnte? Aber – es war an einem einsamen Ort, auf einer Allmend – ich sah' kein Mäusgen. »Sey kein Narr«! sagt' ich zu ihm: »Wirst wohl auch Spaß verstehn«. Damit legte sich seine Wuth schon um ein ziemliches. Wir giengen stillschweigend weiters, und ich war froh, als wir so unvermerkt ins Städtgen Rheineck traten. Jetzt flattirte er mich wieder, eines Thalers wegen, den ich auf dem Weg von ihm geborgt hatte; und ich dachte oft, dieß Lumpenstück Geld hab' mir das Leben gerettet. Aber von diesem Augenblick an schwand auch alles Vertrauen unter uns. Doch hab' ich mich nie gerochen, obgleich's der Anlässen viele gab; und mein Vater zahlte ihm den Thaler willig, als er wenig Tage nach meiner Heimkunft in unser Haus kam. Wir kamen noch bis Roschach, und des folgenden Tags (25. Okt.) auf Herisau; denn mein Herr Bachmann mochte nicht eilen, und ich merkte wohl, daß er sich nicht recht nach Haus getraute, bis er sich erkundigt hätte, wie, seiner vorigen Frevel wegen, der Wind blies.

58. O des geliebten süssen Vaterlands!

Länger konnt' ich dem Burschen nicht abpassen; denn so nahe bey meiner Heimath, brannt' ich vor Begierde, dieselbe völlig zu erreichen. Also den 26. Okt. Morgens früh' nahm ich den Weg zum letztenmal unter die Füsse, rannte wie ein Reh über Stock und Stein', und die lebhafte Vorstellung des Wiedersehns von Eltern, Geschwisterten, und meinem Liebchen, gieng mir einstweilig für Essen und Trinken. Als ich nun dergestalt meinem geliebten Wattweil immer näher und näher, und endlich auf die schöne Anhöhe kam, von welcher ich seinen Kirchthurm ganz nahe unter mir erblickte, bewegte sich alles in mir, und grosse Thränen rollten haufenweis über meine Wangen herab. O du erwünschter, gesegneter Ort! so hab' ich dich wieder, und niemand wird mich weiter von dir nehmen, dacht' ich so ihm Heruntertrollen wohl hundertmal; und dankte dabey immer Gottes Vorsehung, die mich aus so vielen Gefahren, wo nicht wunderbar doch höchstgütig gerettet hat. Auf der Brücke zu Wattweil, redte mich ein alter Bekannter, Gämperle, an, der vor meinem Weggehn um meine Liebesgeschichte gewußt hatte; und dessen erstes Wort war: »Je gelt! deine Anne ist auch verplempert; dein Vetter Michel war so glückselig, und sie hat schon ein Kind«. – Das fuhr mir ja durch Mark und Bein; indessen ließ ich's den argen Unglücksboten nicht merken: »Eh' nun« sagt' ich, »hin ist hin«! Und in der That, zu meinem größten Erstaunen faßt' ich mich sehr bald, und dachte wirklich: »Nun freylich, das hätt' ich nicht hinter ihr gesucht! Aber, wenn's so seyn muß, so sey's, und hab' sie eben ihren Michel«! Dann eilt' ich unserm Wohnort zu. Es war ein schöner Herbstabend. Als ich in die Stube trat, (Vater und Mutter waren nicht zu Hause) merkt' ich bald, daß auch nicht eines von meinen Geschwisterten mich erkannte, und sie über dem ungewohnten Specktackel eines Preußischen Soldaten nicht wenig erschracken, der so in seiner vollen Montirung, den Dornister auf dem Rücken, mit 'runter gelaßnem Zottenhut und einem tüchtigen Schnurrbart sie anredte. Die Kleinen zitterten; der größte griff nach einer Heugabel, und – lief davon. Hinwieder wollt' auch ich mich nicht zu erkennen geben, bis meine Eltern da wären. Endlich kam die Mutter. Ich sprach sie um Nachtherberg an. Sie hatte viele Bedenklichkeiten;

der Mann sey nicht da, u.d.gl. Länger konnt' ich mich nicht halten, ergriff ihre Hand, und sagte: »Mutter, Mutter! kennst mich nicht mehr«? O da gieng's zuerst an ein lermendes, von Zeit zu Zeit mit Thränen vermengtes Freudengeschrey von Kleinen und Grossen, dann an ein Bewillkommen, Betasten und Begucken, Fragen und Antworten, daß es eine Tausendslust war. Jedes sagte, was es gethan und gerathen, um mich wieder bey ihnen zu haben. So wollte z.E. meine älteste Schwester ihr Sonntagskleid verkaufen, und mich daraus heimholen lassen. Mittlerweile langte auch der Vater an, den man ziemlich aus der Ferne rufen mußte. Dem guten Mann rannten auch Tropfen die Backen herunter: »Ach! Willkomm, willkomm, mein Sohn! Gottlob, daß du gesund da bist, und ich einmal alle meine Zehne wieder beysammen habe. Obschon wir arm sind, giebt's doch alleweil Arbeit und Brodt«. Jetzt brannte mein Herz lichterloh, und fühlte tief die selige Wonne, so viele Menschen auf einmal – und zwar die Meinigen – zu erfreuen. Dann erzählt' ich ihnen noch denselben, und etlich folgende Abende haarklein meine ganze Geschichte. Da war's mir wieder so ungewohnt herzlich wohl! Nach ein Paar Tagen kam Bachmann, holte wie gesagt seinen Thaler, und bestäthigte alle meine Aussagen. Sonntags frühe putzt' ich meine Montur, wie in Berlin zur Kirchenparade. Alle Bekannten bewillkommten mich; die andern gafften mich an wie einen Türken. Auch nicht mehr meine, sondern Vetter Michels Anne that es, und zwar ziemlich frech, ohne zu erröthen. Ich hinwieder dankte ihr hohnlächelnd und trocken. Dennoch besucht' ich sie eine Weile hernach, als sie mir sagen ließ, sie wünschte allein mit mir zu reden: Da machte sie freylich allerley kahle Entschuldigungen: Z.E. Sie hab' mich auf immer verloren geglaubt, der Michel hab' sie übertölpelt, u.d.gl. Dann wollte sie gar meine Kupplerinn abgeben. Aber ich bedankte mich schönstens, und gieng.

59. Und nun, was anfangen

Graben mag ich nicht; doch schäm' ich mich zu betteln. – Nein! vor mein Brodt war ich nie besorgt, und itzt am allerwenigsten. Denn, dacht' ich: Nun bist du wieder an deines Vaters Kost; und arbeiten willst du nun auch wieder lernen. Doch merkt' ich, daß mein Vater meinetwegen ein Bißchen verlegen war, und vielleicht obige Texteswworte auf mich anwandte, obschon er nichts davon sagte. In der That war mir auch die schwarze und gefährliche

Kunst eines Pulvermacher höchst zuwider; denn dergleichen Spezerey hatt' ich nun genug gerochen. Itzt sollt' ich auch wieder Kleider haben, und der gute Aeti strengte alles an, mir solche zu verschaffen. Den Winter über konnt' ich Holz zügeln, und Baumwollen kämmen. Allein im Frühjahr

1757.

beorderte mich mein Vater zum Salpetersieden; da gab's schmutzige und zum Theil auch strenge Arbeit. Doch blieb mir immer so viel Zeit übrig, meinen Geist wieder in die weite Welt fliegen zu lassen. Da dacht' ich dann: »Warst doch als Soldat nicht so ein Schweinskerl, und hattest bey aller deiner Angst und Noth manch lustiges Tägel«! Ha! wie veränderlich ist das Herz des Menschen. Denn itzt gieng ich wirklich manche Stunde mit mir zu Rath, ob ich nicht aufs neue den Weg unter die Füsse nehmen wollte; stuhnden doch Frankreich, Holland, Piemont, die ganze Welt – ausser Brandenburg, vor mir offen. Mittlerweile wurde mir ein Herrndienst im Johanniterhaus Bubickheim, Zürcher-Gebiets, angetragen. Ich gieng zwar hin mich zu erkundigen. Allein, ich gefiel, oder, was weiß ich, man gefiel mir nicht; und so blieb ich wieder bey meinem Salpeter, war ein armer Tropf, hatte kein Geld, und mochte gleichwohl auch gern mit andern Burschen laichen. Mein Vater gab mir zwar bisweilen, wenn ein Trinktag, oder andrer Ehrenanlaß einfiel, etliche Batzen in den Sack; allein die waren bald über die Hand geblasen. Der ehrliche Kreutztrager hatte eben sonst immer mehr auszugeben als einzunehmen, und Kummer und Sorgen machten ihn lange vor der Zeit grau. Denn, die Wahrheit zu sagen: Keins von allen seinen zehn Kindern wollten ihm recht ans Rad stehn. Jedes sah vor sich, und doch mochte keines was vor sich bringen. Die einten waren zu jung. Von den zwey Brüdern, die nächst auf mich folgten, gab sich der ältere mit Baumwollen-Kämmen ab, und zahlte dem Aeti das Tischgeld; der andere half ihm zwar in der Pulvermühle: Ueberhaupt aber ließ der liebe Mann jedes, so zu sagen, machen was es wollte, ertheilte uns viel guter Lehren und Ermahnungen, und las uns aus gottseligen Büchern allerley vor; aber dabey ließ er's dann bewenden, und brauchte kurz keinen Ernst. Die Mutter mit den Töchtern machte es eben so, und war gar zu gut; so gerade davon, was 's giebt, so giebt's. O! wie wenig Eltern verstehen die rechte Erziehungskunst – und wie unbesonnen ist die Jugend! Wie späth kömmt der Verstand! Bey mir sollte er damals schon längst gekommen, und ich meines Vaters beßte Stütze geworden seyn. Ja! Ja! wenn das sinnliche Vergnügen nicht so anziehend wäre. An guten Vorsätzen fehlte es nie. Aber da hieß es:

Zwar billig' ich nicht mehr das Böse das ich thue –
Doch thu' ich nicht das Gute das ich will.

Und so stolpert' ich immer meinem wahren Glück vorbey.

60. Heurathsgedanken

(1758.)

Schon im vorigen Jahre gerieth ich bey meinem Herumpatrouilliren hie und da an eine sogenannte Schöne; und es gab deren nicht wenig die mir herzlich gut waren, aber meist ohne Vermögen. Ich nichts, Sie nichts, dacht' ich dann, ist doch auch zu wenig; denn so unbedachtsam war ich doch nicht mehr, wie im zwanzigsten. Auch sprach der Vater immer zu uns: »Buben! seyt doch nicht so wohlfeil. Seht Euch wohl für. Ich will's Euch zwar nicht wehren; aber werft den Bengel nur ein Bißlin hoch, er fällt schon von selbst wieder tief; in diesem Punkt darf sich einer alleweil was rechtes einbilden«. Nun, das war schön und gut; aber es muß einer denn doch durch wo's ihm geschaufelt ist. Gleichwohl dacht' ich etwas zu erhaschen, und glaubte mich eigentlich zum Ehestand bestimmt, sonst wär' ich um diese Zeit sicher in die weite Welt gegangen. Inzwischen war, aller meiner obenbelobten Bedächtlichkeit ungeachtet, der Geitz wirklich nicht meine Sache. Ein Mädchen, ganz nach meinem Herzen, hätt' ich nackend genommen. Aber da leuchtete mir eben keine vollkommen recht ein, wie weiland mein Aennchen. Mit einem gewissen Lisgen von K. war ich ein Paarmal auf dem Sprung. Erst machte das Ding Bedenklichkeiten; nachwerts bot es sich selber an. Aber meine Neigung zu ihr war zu schwach; und doch glaub' ich nicht, daß ich unglücklich mit ihr gefahren wäre. Aber zu stockig, ist zu stockig. Bald darauf kam ich fast ohne mein Wissen und Willen mit der Tochter einer catholischen Witwe in einen Handel, welcher ziemliches Aufsehen machte, obschon ich nur ein Paarmal mit ihr spaziren gegangen, ein Glas Wein mit ihr getrunken, u.d. gl. alles ohne sonderliche Absicht, und vornehmlich ohne sonderliche Liebe. Aber da blies man meinem Vater ein, ich wolle catholisch, und Marianchens Mutter, sie wolle reformirt werden; und doch hatte keins von uns nur nicht an den Glauben, geschweige an eine Aenderung desselben gedacht. Das arme Ding kam wirklich darüber in eine Art geheimer Inquisition von Geist- und Weltlichen; erzählte mir dann alles haarklein, und ihr ward himmelangst. Ich hingegen lachte im Herzen des dummen Lerms; um so viel mehr da mein Vater solider zu Werk gieng, mich zwar freundernstlich examinierte, aber mir dann auch auf mein Wort glaubte, da ich ihm sagte, daß ich so steif und fest auf meinem Bekenntniß leben und sterben wollte als Lutherus, oder unsre Landskraft, Zwinglin. Inzwischen wurde die Sach doch auf Marianchens Seite ernsthafter als ich glaubte. Das gute Kind ward so vernarrt in mich wie ein Kätzgen, und befeuchtete mich oft mit seinen Thränen. Ich glaube, daß Närrchen wär' mit mir ans End der Welt gelaufen; und wenn ihm schon sein mütterlicher Glaube sehr ans Herz gewachsen war, meint' ich doch fast, ich hätt' in der Waagschal' überwogen. Auch setzte mir itzt das Mitleid fast mehr zu, als je zuvor die Liebe. Und doch mußt' ich, wenn ich alles und alles überdachte, durchaus allmählich abbrechen; und that es wirklich. Hier falle eine mitleidige Thräne auf das Grab dieses armen Töchtergens! Es zehrte sich nach und nach ab, und starb nach wenig Monathen im Frühling seines zarten Lebens. Gott verzeihe mir meine grosse schwere Sünde, wenn ich je an diesem Tod einige Schuld trug. Und wie sollt' ich mir dieß verbergen wollen?

61. Itzt wird's wohl Ernst gelten

Indem ich so hin und wieder meinen Salpeter brannte, sah' ich eines Tags ein Mädchen so mit einem Amazonengesicht vorbeygehn, das mir als einem alten Preussen nicht übel gefiel, und das ich bald nachher auch in der Kirche bemerkte. Dieser fragte ich erst nur ganz verstohlen nach; und was ich von ihr vernahm, benagte mir ziemlich; Einen Kapitalpunkt ausgenommen, daß es hieß, sie sey verzweifelt böse – doch im bessern Sinn; und dann glaubten einiche, sie habe schon einen Liebhaber. Nun, mit alle dem, dacht' ich: 's muß doch einmal gewagt seyn! Ich sucht' ihr also näher zu kommen, und mit ihr bekannt zu werden. Zu dem End kauft' ich im Eggberg, wo meine Dulcinee daheim war, etwas Salpetererde, und zugleich ihres Vaters Gaden – ihr zu lieb viel zu theuer; denn es war fast verloren Geld; und schon bey diesem Handel merkt' ich, daß sie gern den Herr und Meister spiele; aber der Verstand, womit sie's that, war mir denn doch nicht zuwider. Nun hatt' ich alle Tag' Gelegenheit, sie zu sehen; doch ließ ich ihr lange meine Absichten unentdeckt, und dachte: Du mußt sie erst recht ausstudieren. Die Böse, wovon man mir so viel Wesens gemacht, konnt' ich eben nicht an ihr finden. Aber der Henker hol' ein lediges Mädchen aus! Meine Besuche wurden indessen immer häufiger. Endlich lärt ich den Kram aus, und gewahrte bald, daß ihr mein Antrag nicht unerwartet fiel. Dennoch hatte sie viele Bedenken, und ihr Ziel gieng offenbar dahin, mich auf eine lange Probe zu setzen. Setz' du nur! dacht' ich, wanderte unterdessen mit meinem Salpeterplunder von einem Ort zum andern, und machte noch mit verschiedenen andern Mädchen Bekanntschaft, welche mir, die Wahrheit zu gestehen, vielleicht besser gefielen, von denen aber denn doch keine so gut für mich zu taugen schien als sie – begriff' aber endlich, oder vielmehr gab mir's mein guter Genius ein, daß ich nicht bloß meiner Sinnlichkeit folgen sollte. Inzwischen setzte es itzt schon bald allemal, wenn ich meine Schöne sah, irgend einen Strauß oder Wortwechsel ab, aus denen ich leicht wahrnehmen konnte, daß unsre Seelen eben nicht gleichgestimmt waren; aber selbst diese Disharmonie war mir nicht zuwider, und ich bestärkte mich immer mehr in einer gewissen Ueberzeugung: Diese Person wird dein Nutzen seyn – wie die Arztney dem Kranken. Einst ließ sie sich gegen mir heraus, daß ihr meine dreckeligte Handthierung mit dem Salpetersieden gar nicht gefalle; und mir war's selber so. Sie rieth mir darum, ein kleines Händelchen mit Baumwollengarn anzufangen, wie's ihr Schwager W. gethan, dem's auch nicht übel gelungen. Das leuchtete mir so ziemlich ein. Aber, wo's Geld hernehmen? war meine erste und letzte Frage. Sie gab mir wohl etwas an; aber das kleckte nicht. Nun gieng' ich mit meinem Vater zu Rath; der hatte ebenfalls nichts dawider, und verschafte mir 100. fl. die er noch von der Mutter zu beziehen hatte.

Um diese Zeit hatt' ich eine gefährliche Krankheit, da mir nämlich ein solches Geschwür tief im Schlund wuchs, das mich beynahe das Leben gekostet hätte. Endlich schnitten's mir die Herren Doktors Mettler Vater und Sohn, mit einem krummen Instrumente so glücklich auf, daß ich gleichsam in einem Nu wieder schlucken und reden konnte.

(1759.)

Im Merz des folgenden Jahrs fieng ich nun wirklich an, Baumwollengarn zu kaufen. Damals' mußt' ich noch den Spinnern auf ihr Wort glauben, und also den Lehrbletz theuer genug bezahlen. Indessen gieng ich den 5. Aprill das erstemal mit meinem Garn auf St. Gallen, und konnt' es so mit ziemlichem Nutzen absetzen. Dann schafte ich mir von Herrn Heinrich Hartmann 76. Pfund Baumwollen, das Pfund zu 2. fl. an, ward nun in aller Form ein Garnjuwelier, und bildete mir schon mehr ein, als der Pfifferling werth war. Ungefehr ein Jahr lang trieb ich nebenbey noch mein Salpetersieden fort; und da meine Baarschaft eben gering war, mußt' ich sie um so viel öfter umzusetzen suchen, wanderte deswegen einmal übers andere auf St. Gallen, und befand mich dabey nicht übel: Doch betrug mein Vorschlag in diesem Jahr nicht über 12. fl. Aber das deuchte mir damals schon ein Grosses.

62. Wohnungsplane

1760.

Als ich nun so den Handelsherr spielte, dacht' ich: Liebchen sollte nun keine Einwendung mehr gegen meine Anträge machen können. Aber, weit gefehlt! Das verschmitzte Geschöpf wollte meine Ergebenheit noch auf andre Weise probiren. Nun, was ohnehin in meinen eigenen Planen stuhnd, mochte schon hingehn. Als ich ihr daher eines Tags mit grossem Ernst vom Heurathen redete, hieß es: Aber wo hausen und hofen? Ich schlug ihr verschiedene Wohnungen vor, die damals eben zu vermiethen stuhnden: »Das will ich nicht«, sagte sie; »in meinem Leben nehm' ich keinen, der nicht sein eigen Haus hat«! »Ganz recht«! erwiedert' ich – Aber hätt's nicht auch in meinem Kopf gelegen, ich wollt's probirt haben. Von der Zeit an also fragt' ich jedem feilgebotenen Häusgen nach; aber es wollte sich nirgends fügen. Endlich entschloß ich mich, selber eins zu bauen, und sagte es meiner Schönen. Sie war's zufrieden, und bot mir wieder Geld dazu an. Dann eröffnete ich meine Absicht auch meinem Vater; der versprach ebenfalls, mir mit Rath und That beyzustehn, wie er's denn auch redlich hielt. Nun erst sah' ich mich nach einem Platz um, und kaufte einen Boden um ungefehr 100. Thaler; dann hie und da Holz. Einiche

Tännchen bekam ich zum Geschenke. Nun bot ich allen meinen Kräften auf, fällte das Holz, das meist in einem Bachtobel stuhnd, und zügelte es (der gute Aeti half mir wacker) nach der Säge; dann auf den Zimmerplatz. Aber Sagen und Zimmern kostete Geld. Alle Tag' mußt ich dem Seckel die Riemen ziehn, und das war dann doch nur der Schmerzen ein Anfang. Doch bisher gieng alles noch gut von statten; der Garnhandel ersetzte die Lücken. Meiner Dulcinee rapportirt' ich alles fleissig, und sie trug an meinem Thun und Lassen meist ein gnädiges Belieben.

Den Sommer, Herbst und Winter durch macht' ich alle nöthige Zubereitungen mit Holz, Stein, Kalk, Ziegel und s.f. um im künftigen Frühjahr mit meinem Bau zeitig genug anfangen, und je eher je lieber mit meiner jungen Hausehre einziehen zu können. Nebst meinem kleinen Handel pfuscht' ich, zumal im Winter, allerley Mobilien, Werkgeschirr, u.d. gl. Denn ich dachte, in ein Haus würde auch Hausrath gehören; von meiner Liebste werd' ich nicht viel zu erwarten haben, und von meinem Vater, dem ich itzt ein, freylich geringes, Kostgeld bezahlen mußte, noch minder. Ueberhaupt war also wohl nichts unüberlegter, als dergestalt, blos einem Weibsbild, und – ich will es gern gestehen – dann auch meiner Eitelkeit zu lieb, um eine eigene Hofstätte zu haben, mich in ein Labyrinth zu vertiefen, aus welchem nur Gott und Glück mich wieder herausführen konnten. Auch lächelten mich ein Paar meiner Nachbarn immer schalkhaft an, so oft ich nur bey ihnen vorübergieng. Andre waren offenherziger, und sagten mir's rund ins Gesicht: »Ulrich, Ulrich! du wirst's schwerlich aushalten können.« Einige indessen hatten vollends die Gutheit, mir nach dem Maaß ihrer Kräfte, bloß auf mein und des Aetis Ehrenwort, thätlich unter die Arme zu greifen.

Uebrigens war dieß Tausend Siebenhundert und Sechzig ein vom Himmel ausserordentlich gesegnetes rechtes Wunderjahr, durch ein seltenes Gedeihen der Erdfrüchte, und namhaften Verdienst, bey äusserst geringem Preiß aller Arten von Lebensmitteln. Ein Pfund Brodt galt 10. Pf. ein Pfund Butter 10. Kr. Das Viertel Apfel, Birn und Erdäpfel konnt' ich beym Haus um 12. Kr. haben, die Maaß Wein um 6. Kr. und die Maaß Branz um 7. Bz. Alles, Reich und Arm, hatte vollauf. Mit meinem Bauelgewerb wär's mir um diese Zeit gewiß recht gut gegangen, wenn ich ihn nur besser verstanden, und mehr Geld und Zeit darein zu setzen gehabt hätte. – So floß mir dieses Jahr ziemlich schnell dahin. Mit meiner Schönen gab's wohl manchmal ein Zerwürfnis, wenn sie etwa meine Lebensart tadelte, mir Verhaltungsbefehle vorschreiben wollte, und ich mich dann – wie noch heut zu Tag – rebellisch stellte; aber der Faden war allemal bald wieder angesponnen – und bald wieder zerbrochen. Kurz wir waren schon dazumal miteinander zufrieden, bald unzufrieden – wie itzt.

63. Das allerwichtigste Jahr

(1761.)

Nachdem ich nun, wie gesagt, den Winter über alle nur mögliche Anstalten zu meinem Bauen gemacht, das Holz auf den Platz geschleift, und der Frühling nun herbeyrückte, langten auch meine Zimmerleuthe an, auf den Tag, wie sie mir's versprochen hatten. Es waren, ausser meinem Bruder Georg, den ich ebenfalls dazu gedinget, und darum meinem Vater itzt für ihn das Kostgeld entrichten mußte, 7. Mann, deren jedem ich alle Tag vor Speis und Lohn 7. Bz. dem Meister aber, Hans Jörg Brunner von Krynau, 9. Bz. bezahlte; und darüber hinaus täglich ein halbe Maaß Branz, Sell- Beschluß- und Firstwein noch aparte. Es war den 27. Merz, da die Selle zu meiner Hütte gelegt wurde, bey sehr schönem Wetter, das auch bis Mitte Aprills dauerte, da die Arbeit durch eingefallnen grossen Schnee einige Tage unterbrochen ward. Indessen kam doch, Mitte May, also in circa 7. Wochen, alles unter Tach. Noch vorher aber, End Aprills, spielte mir das Schicksal etliche so fatale Streiche, die mir, so unbedachtsam ich sonst alles dem Himmel anheimstellen wollte – der doch nirgends für den Leichtsinn zu sorgen versprochen hat, beynahe allen meinen Muth zu Boden warf. Es hatten sich nämlich drey oder vier Unsterne mit einander vereinigt, meinen Bau zu hintertreiben. Der einte war, daß ich noch viel zu wenig Holz hatte, ungeachtet Mstr. Brunner mir gesagt, es sey genug, und es erst itzt einsah, als er an die oberste oder Firstkammer kam. Also mußt' ich von neuem in den Wald, Bäum' kaufen, fällen, und sie in die Säge und auf den Zimmerplatz führen. Der zweyte Unstern war, daß, als bey dem ebengedachten Geschäfte mein Fuhrmann mit einem schweren Stück zwischen zwey Felsen durch, und ich nebenein galoppiren wollte, mir der Baum im Renken den rechten Fuß erwischte, Schuh' und Strümpf' zerriß, und mir Haut, Fleisch und Bein zerquetschte, so daß ich ziemlich miserabel auf dem einten Roß heimreiten, und unter grossem Schmerzen viele Tag' inliegen mußte, bis ich nun wieder zu meinen Leuthen hinken konnte.

Nebendem vereinigten sich, während dieser meiner Niederlage noch zwey andre Fatalitäten mit den erstern. Die eine: Einer meiner Landsmänner, dem ich 120 fl. schuldig war, schickte mir ganz unversehens den Boten, daß er zur Stund wolle bezahlt seyn. Ich kannte meinen Mann und wußte, daß da Bitten und Beten umsonst sey. Also dacht ich hin und her, was denn sonst anzufangen wäre. Endlich entschloß ich mich, meinen Vorath an Garn aus allen Winkeln zusammenzulesen, nach St. Gallen zu schicken, und fast um jeden Preis loszuschlagen, Aber, o Weh! das vierte Ungeheuer! Mein Abgesandter kam statt mit Baarschaft, mit der entsetzlichen Nachricht, mein Garn liege im Arrest wegen allzukurzen Häspeln; ich müsse selber auf St. Gallen gehn, und mich vor den Herren Zunftmeistern stellen. Was sollt' ich nun anfangen? Itzt hatt' ich weder Garn noch Geld; so zu sagen keinen Schilling mehr meine Arbeiter zu bezahlen, die indessen drauf loszimmerten, als ob sie Salomonis Tempel bauen müßten. Und dann mein unerbittlicher Gläubiger! Aufs neue zu Borgen? Gut! Aber wer wird mir armen Buben trauen? – Mein Vater sah meine Angst – und mein Vater im Himmel sah sie noch besser. Sonst fanden der Aeti und ich noch immer Credit. Aber sollten wir den mißbrauchen? – Ach! – Kurz er rannte in seinem und meinem Namen, und fand endlich Menschen die sich unser erbarmten – Menschen und keine Wucherer! Gott Vergelt' es ihnen in Ewigkeit!

Sobald ich wieder aushoppen, und meinen Sachen nachgehen konnte, war meine Noth – vielleicht nur zu bald vergessen. Mein Schatz besuchte mich während meiner Krankheit oft. Aber von allen jenen Unsternen ließ ich ihr nur keinen Schein sehn; und mein guter Engel verhütete, daß sie auch nichts davon erfuhr; denn ich merkte wohl, daß sie, noch unschlüßig, nur mein Verhalten, und den Ausgang vieler ungewisser Dinge erwarten wollte. Unser Umgang war daher nie recht vertraut. – Zu St. Gallen kam ich mit 15. fl. Buß davon. – Als die Zimmerleuth' fertig waren, giengs ans Mauern. Dann kam der Hafner, Glaser, Schlosser, Schreiner, einer nach dem andern. Dem letzten zumal half ich aus allen Kräften, so daß ich dieß Handwerk so ziemlich gelernt, und mir mit meiner Selbstarbeit manchen hübschen Schilling erspart. Mit meinem Fuß war's indessen noch lange nicht recht, und ich mußte bey Jahren daran bayern; sonst wäre alles noch viel hurtiger vonstatten gegangen. Endlich konnt' ich doch den 17. Jun. mit dem Bruder in mein neues Haus einziehn, der nun einzig, nebst mir, unsern kleinen Rauch führte; so daß wir Herr, Frau, Knecht und Magd, Koch und Keller, alles an einem Stiel vorstellten. Aber es fehlte mir eben noch an Vielem. Wo ich herumsah, erblickt' ich meist heitre und sonnenreiche, aber läre Winkel. Immer mußt' ich die Hand in Beutel stecken; und der war klein und dünn; so daß es mich itzt noch Wunder nimmt, wie die Kreutzer, Batzen und Gulden alle heraus, oder vielmehr hereingekrochen. Aber freylich am End erklärte sich manches – durch einen Schuldenlast von beynahe 1000. fl. Tausend Gulden! und die machten mir keinen Kummer? O du liebe, heilige Sorglosigkeit meiner Jugendzeit!

Inzwischen war ich nun schon beynahe vier Jahre lang einem stettigen Mädchen nachgelaufen; und sie mir, doch etwas minder. Und wenn wir uns nicht sehen konnten, mußten bald alle Tage gebundene und ungebundene Briefe gewechselt seyn, wie mich denn über diesen Punkt meine verschmitzte Dulcinee meisterlich zu betriegen wußte. Sie schrieb mir nämlich ihre Briefe meist in Versen, so nett, daß sie mich darinn weit übertraf. Ich hatte darum eine grosse Freude mit dem gelehrten Ding, und glaubte bald eine vortreffliche Dichterinn an ihr zu haben. Aber am End kams heraus, daß sie weder schreiben noch Geschriebenes lesen konnte, sondern alles durch einen vertrauten Nachbar verrichten ließ. »Nun Schatz«! sagt' ich eines Tags: »Itzt ist unser Haus fertig, und ich muß doch einmal wissen woran ich bin«. Sie brachte noch einen ganzen Plunder von Entschuldigungen herfür. Zuletzt wurden wir darüber einig: Ich müß' ihr noch Zeit lassen, bis im Herbst. Endlich ward im Oktober unsre Hochzeit öffentlich verkündet. Itzt (so schwer war's kaum Rom zu bauen) spielte mir ein niederträchtiger Kerl noch den Streich, daß er im Namen seines Bruders, der in piemontesischen Diensten stand, Ansprachen auf meine Braut machte, die aber bald vor ungültig erkannt wurden. An Aller Seelen Tag (3. Nov.) wurden wir copulirt. Herr Pfarrer Seelmatter hielt uns eine schöne Sermon, und knüpfte uns zusammen. So nahm meine Freyheit ein Ende, und das Zanken gleich den ersten Tag seinen Anfang – und währt noch bis auf den heutigen. Ich sollte mich unterwerfen, und wollte nicht, und will's noch itzt nicht. Sie sollt' es auch, und will's noch viel minder. Auch darf ich noch einmal nicht verhehlen, daß mich eigentlich bloß politische Absichten zu meiner Heurath bewogen haben; und ich nie jene zärtliche Neigung zu ihr verspürt, die man Liebe zu nennen gewohnt ist. Aber das erkannt' ich wohl, und war davon überzeugt, und bin es noch in der gegenwärtigen Stunde, daß sie für meine Umstände, unter allen die ich bekommen hätte, weit weit die tauglichste war; meine Vernunft sieht es ein, daß mir keine nützlicher seyn konnte, so sehr sich auch ein gewisser Muthwill gegen diese ernste Hofmeisterinn sträuben will; und kurz, so sehr mir die einte Seite meiner treue Hälfte itzt noch bisweilen widrig ist, so aufrichtig ehr' ich ihre andre schöne Seite im Stillen. Wenn also meine Ehe schon nicht unter die glücklichsten gehört, so gehört sie doch gewiß auch nicht unter die unglücklichen, sondern wenigstens unter die halbglücklichen, und sie wird mich niemals gereuen. Mein Bruder Jakob hatte ein Jahr vor mir, und meine älteste Schwester ein Jahr nach mir sich verheurathet; und keins von beyden traf's noch so gut wie ich. Nicht zu gedenken, daß die Familie meiner Frau weit besser war, als die worein gedachte meine beyde Geschwisterte sich hinein gemannet und geweibet – sind die andern auch immer ärmer geblieben. Bruder Jakob zumal mußte in den theuern Siebenziger-Jahren vollends von Weib und Kindern weg, in den Krieg laufen.

64. Tod und Leben

Das Jahr 1762. war mir besonders um des 26. Merzens und 10. Sept. willen merkwürdig. An dem erstem starb nämlich mein geliebter Vater eines schnellen und gewaltsamen Todes, den ich lange nicht verschmerzen konnte. Er gieng am Morgen in den Wald, etwas Holz zu suchen. Gegen Abend kam Schwester Anne Marie mit Thränen in den Augen zu mir, und sagte: Der Aeti sey in aller Frühe fort, und noch nicht heimgekommen; sie fürchten alle, es sey ihm was Böses begegnet; ich soll doch fort, und ihn suchen. Sein Hündlein sey etlichemal heimgekommen, und dann wieder weggelaufen. Mir gieng ein Stich durch Mark und Bein. Ich rannte in aller Eil dem Gehölze zu; das Hündlein trabte vor mir her, und führte mich gerade zu dem vermißten Vater. Er saß neben seinem Schlitten, an ein Tännchen gelehnt, die Lederkappe auf der Schooß, und die Augen sperroffen. Ich glaubte, er sehe mich starr an. Ich rief: Vater, Vater! Aber keine Antwort. Seine Seele war ausgefahren; gestabet und kalt waren seine lieben Hände, und ein Ermel hieng von seinem Futterhemd herunter, den er mag ausgerissen haben, als er mit dem Tode rang. Voll Angst und Verwirrung fieng ich ein Zettergeschrey an, welches in Kurzem meine Geschwister herbeybrachte. Eins nach dem andern legte sich auf den erblaßten Leichnam. Unser Geheul ertönte durch den ganzen Wald. Man zog ihn auf seinem Schlitten nach Haus, wo noch die Mutter samt den Kleinen ihr Wehklagen mit dem unsrigen vereinten. Ein armer Bube aß die Suppe, die auf den guten Herzensvater gewartet hatte. Zehn Tage vorher hatt' ich das letztemal (o hätt' ich's gewußt, daß es das letztemal wäre!) mit ihm gesprochen, und sagte er mir unter anderm: Er möchte sich die Augen ausweinen, wenn er bedenke, wie oft er den lieben Gott erzörnt. O welch einen guten Vater hatten wir, welch einen zärtlichen Ehemann unsre Mutter, welch eine redliche Seele und braven Biedermann alle die ihn kannten, an ihm verloren. Gott tröste seine Seele in alle Ewigkeit! Er hatte eine mühsame Pilgrimmschaft. Kummer und Sorgen aller Art, Krankheiten, drückende Schuldenlast u.s.f. folgten ihm kehrum stets auf der Ferse nach. Sonntags den 28. Merz, wurde er unter einem zahlreichen Gefolge zu seiner Ruhestatt begleitet, und in unser aller Mutter Schooß hingelegt. Herr Pfarrherr Bösch ab dem Ebnet hielt ihm die Leichenrede, die für seine betrübten Hinterlaßnen ungemein tröstlich ausfiel, und von den verborgnen Absichten Gottes handelte. Der Selige mag sein Alter auf 54–55. Jahre gebracht haben. O wie oft besucht' ich seither das Plätzgen, wo er den letzten Athem ausgehaucht. Die sicherste Vermuthung über seine eigentliche Todesart, gab mir der Ort selbst an die Hand. Es war gähe hinab, wo er mit seinem Füderchen Holz hinunterfuhr. Der Schnee trug den Schlitten; aber mit den Füssen mußte er an einer lockern Stelle, die ich noch gar wohl wahrnehmen konnte, unter den letztern gekommen, und derselbe mit ihm gegen eine Tann geschossen seyn, die ihm den Herzstoß gab. Doch muß er noch eine Weile gelebt, sich frey machen wollen, und eben über dieser Bemühung sein Futterhemd zerrissen haben.

Nach diesem traurigen Hinschied fiel eine schwere Last auf mich. Da waren noch vier unerzogene Kinder, bey welchen ich Vaterstelle vertreten sollte. Unsre Mutter war so immer geradezu, und sagte zu Allem: Ja, ja! Ich that was ich konnte, wenn ich gleich mit mir selbst schon genug zu schaffen hatte. Bruder Georg nahm den eigentlichen Haushalt über sich. Aus den 100 fl. die mir der Selige gegeben hatte, tilgte ich seine Schulden. In meinem eigenen Häusgen machte ich einen Webkeller zurecht, lernte selbst weben, und lehrte es nach und nach meine Brüder, so daß zuletzt alle damit ihr Brot verdienen konnten. Die Schwestern hinwieder verstuhnden gut, Löthligarn zu spinnen; die Jüngste lernte nähen.

Der 10. Sept. war wieder der erste frohe Tag für mich, an welchem meine Frau mir einen Sohn zur Welt brachte, den ich nach meinem und meines Schwehers Namen Uli nannte. Seine Taufpathen waren Herr Pfarrer Seelmatter, und Frau Hartmännin. Ich hatte eine solche Freude mit diesem Jungen, daß ich ihn nicht nur allen Leuthen zeigte die ins Haus kamen, sondern auch jedem vorübergehnden Bekannten zurief: Ich hab' einen Buben; obgleich ich schon zum voraus wußte, daß mich mancher darüber auslachen, und denken werde: Wart' nur! Du wirst noch des Dings genug bekommen; wie's denn auch wirklich geschah. – Inzwischen kam mein gutes Weib dieß erstemal wahrlich nicht leicht davon, und mußte viele Wochen das Beth hüten. Das Kind hingegen wuchs, und nahm recht wunderbar zu.

Bald nachher erzeugten die Angelegenheiten der Meinigen manchen kleinern und grössern Ehestreit zwischen mir und meiner Hausehre. Die letzte mochte nämlich nach Gewohnheit die erstern nie recht leiden, und meinte immer, ich dächt' und gäb' ihnen zu viel. Freylich waren meine Brüder ziemlich ungezogene Bursche – aber immer meine Brüder, und ich also verbunden, mich ihrer anzunehmen. Endlich kamen sie einer nach dem andern unter die Fremden, Georg ausgenommen, der ein ziemlich lüderliches Weib heurathete; die andern alle verdienten, meines Wissens, ihr Brod mit Gott und mit Ehren.

65. Wieder drey Jahre

(1763.–1765.)

Die Flitterwochen meines Ehestands waren nun längstens vorbey, obgleich ich eben wenig von ihrem Honig zu sagen weiß. Mein Weib wollte immer gar zu scharfe Mannszucht halten; und wo viel Gebote sind, da giebt's auch mehr Uebertretung. Wenn ich nur ein Bischen ausschweifte, so waren alle T.. los. Das machte mich dann bitter und launigt, und verführte mich zu allerley eiteln Projekten. Mein Handel gieng inzwischen bald gut, bald schlecht. Bald kam mir ein Nachbar in die Quere, und verstümmelte mir meinen schönen Gewerb; bald betrogen mich arge Buben um Baumwolle und Geld, denn ich war gar zu leichtgläubig. Ich hatte mir eines der herrlichsten Luftschlösser gemacht, meine Schulden in wenig Jahren zu tilgen; aber die Ausgaben mehrten sich auch von Jahr zu Jahre. Im Winter 63. gebar mir meine Frau eine Tochter, und Ao. 65. noch eine. Ich bekam wieder das Heimweh nach Geißen; auf der Stelle mußten deren etliche herbeygeschaft seyn. Die Milch stuhnd mir und meinen drey Jungens treflich an; aber die Thiere gaben mir viel zu schaffen. Andremal hielt ich eine Kuh; oft gar zwey und drey. Ich pflanzte Erdapfel und Gemüse, und probirte alles, wie ich am leichtesten zurechtkommen möchte. Aber ich blieb immer so auf auf dem alten Fleck stehn, ohne weit vor – doch auch nicht hinterwerts zu rücken.

66. Zwey Jahre

(1766. u. 1767.)

Ueberhaupt vertrödelte ich diese Sechzigerjahre, daß ich nicht recht sagen kann, wie? und so, daß sie meinem Gedächtniß weit entfernter sind, als die entferntesten Jugendjahre. Nur etwas Weniges also von meiner damaligen Herzens- und Gemüthslage. Schon mehrmals hab' ich bemerkt, wie ich in meiner Bubenhaut ein lustiger, leichtsinniger, kummer- und sorgenloser Junge war, der dann aber doch von Zeit zu Zeit manche gute Regungen zur Busse, und manche angenehme Empfindung, wenn er in der Besserung auch nur einen halben Fortschritt that, bey sich verspürte. Nun war die Zeit längst da, einmal mit Ernst ein ganz anderes Leben anzufangen. Gerade von meiner Verheurathung an wollt' ich mit nichts geringerm beginnen, als – der Welt völlig abzusagen, und das Fleisch mit allen seinen Gelüsten zu kreutzigen. Aber o ich einfältiger Mensch! Was es da für ein Gewirre und für Widersprüche in meinem Innwendigen absetzte. Vor meinem Ehstand bildete ich mir ein, wenn ich nur erst meine Frau und eigen Haus und Heimath hätte, würden alle andern Begierden und Leidenschaften, wie Schuppen, von meinem Herzen fallen. Aber, Potz Tausend! welch' eine Rebellion gab's nicht da. Lange Zeit wendete ich jeden Augenblick, den ich nur immer entbehren – aber eben bald auch manchen den ich nicht entbehren konnte, auf's Lesen an; schnappte jedes Buch auf, das mir nur zu erhaschen stuhnd; hatte itzt wirklich 8. Foliobände von der Berlenburger-Bibel vollendet; nahm dann, wie es sich gebührt, eine scharfe Kinderzucht vor, gieng dann und wann in die Versammlung etlicher Heiligen und Frommen – und ward darüber, wie es mir itzt vorkömmt, ein unerträglicher, eher gottloser Mann, der alle andern Menschen um ihn her für bös, sich selber allein für gut hielt, und darum jene – kurz jedes Bein nach seiner Pfeife wollte tanzen lehren. Jede, auch noch so schuldlose Freude des Lebens machte mir Scrupel über Scrupel; ich wollte mir bald sogar die Befriedigung eigentlich unentbehrlicher Bedürfnisse des Lebens versagen; und

doch steckte mein Busen noch voll schnöder Lust, und tausend
abentheuerlicher Begierden, die ich so oft ertappte, als ich nur
hineinzugucken Muths genug hatte – und dann freylich fast zur
Verzweiflung gerieth, doch allemal von neuem wieder Posto faßte,
und meine Sachen mit Beten, Lesen – und – o ich abscheulicher
Kerl! – hauptsächlich damit wieder zu verbessern suchte, daß ich
meiner Frau und Geschwisterten, wie ein Pfarrer, zusprach, und
ihnen die Höll' bis zum Verspringen heiß machte. Oft fiel's mir
gar ein, ich sollte, gleich den Herrnhutern und Inspirirten, in der
weiten Welt herumziehn, und Buß' predigen. Wenn ich dann aber
so nur einem meiner Brüder oder Schwestern eine Sermon hielt,
und schon im Text stockte, dann dacht' ich wieder: Du Narr! Hast
ja keine Gaben zu einem Apostel, und also auch keinen Beruf
dazu. Dann fiel ich darauf, ich könnte vielleicht besser mit der
Feder zurechte kommen, und flugs entschloß ich mich ein Büchlin
zum Trost und Heil wo nicht ganz Tockenburgs, wenigstens
meiner Gemeinde zu schreiben, oder es zuletzt auch nur meiner
Nachkommenschaft – statt des Erbguts zu hinterlassen.

67. Und abermals zwey Jahre

(1768. u. 1769.)

Das vorige Jahr 67. hatte mir wieder einen Buben bescheert. Ich
nannte ihn nach meinem Vater sel. Johannes. Um die nämliche
Zeit fiel mein Bruder Samson im Laubergaden ab einem Kirsch-
baum zu Tod. Ao. 68. fieng ich obbelobtes Büchlein, und zugleich
ein Tagebuch an, das ich bis zu dieser Stunde fortsetze, anfangs
aber voll Schwärmereyen stack, und nur bisweilen ein guter Gedanke, in hundert lären Worten ersäuft war, mit denen N.B.
meine Handlungen nie übereinstimmten. Doch mögen meine
Nachkommen daraus nehmen, was ihnen Nutz und Heil bringen
mag.

Sonst ward ich in diesen frommen Jahren des Garnhandels bald
überdrüßig, weil ich dabey, wie ich wähnte, mit gar zu viel rohen
und gewissenlosen Menschen umzugehen hätte. Aber, o des
Tuckes! warum überließ ich ihn denn meiner Frau, und beschäftigte mich nun selbst mit der Baumwollentüchlerey? Ich glaubte
halt, vor meine Haut und mein Temperament mit den Webern
besser als mit den Spinnern auskommen zu können. Aber es war
für meine Oekonomie ein thörigter Schritt, oder wenigstens fiel

er übel aus. Im Anfang kostete mich das Webgeschirr viel, und mußt' ich überhaupt ein hübsches Lehrgeld geben; und als ich itzt die Sachen ein wenig im Gang hatte – schlug die Waar' ab. Doch, ich dachte: Es wird schon wieder anders kommen. Das Jahr 69. bescheerte mir den dritten Sohn. »Ha«! überlegt' ich itzt eines Tags: »Nun mußt du doch einmal mit Ernst ans Sparen denken; bist immer noch so viel schuldig, wie im Anfang, und dein Haushalt wird je länger je stärker. Frisch! die Händ' aus den Hosen gethan, und die Bären abbezahlt. Itzt kann's seyn. Bisher hattest du noch stets an deiner Hütte zu flicken, und fehlte immer hie und da noch ein Stück; andrer Ausgaben in deinem Gewerb u.s.f.u.f. zu geschweigen. Dann hast du unvernünftig viel Zeit mit Lesen, Schreiben, u.d. gl. zugebracht. Nein, nein! Itzt willst anders dahinter. Zwar das Reichwerdenwollen soll von heut an aufgegeben seyn. Der Faule stirbt über seinen Wünschen, sagt Salomon. Aber jenes ewige Studiren zumal, was nützt es dir? Bist ja immer der alte Mensch, und kein Haar besser als vor 10. Jahren, da du kaum lesen und schreiben konntest. – Etwas Geld mußt' freylich noch aufnehmen; aber dann desto wackerer gearbeitet, und zwar alles, wie's dir vor die Hand kömmt. Verstehst ja, neben deinem eigentlichen Berufe, noch das Zimmern, Tischlern u.s.f. wie ein Meister; hast schon Webstühl, Trög' und Kästen, und Särg' bey Dutzenden gemacht. Freylich ist schlechter Lohn dabey, und: Neun Handwerk', zehn Bettler, lautet das Sprüchwort. Doch wenig ist besser als Nichts«. So dacht' ich. Aber es liegt nicht an jemands Wollen oder Laufen, sondern an Gottes Verhängniß, an Zeit und Glück!

68. Mein erstes Hungerjahr

(1770.)

Während diesem meinem neuen Planmachen und Projekteschmieden, rückten die heißhungrigen Siebenzigerjahre heran, und das erste brach ein, ganz unerwartet, wie ein Dieb in der Nacht, da jedermann auf ganz andre Zeiten hoffete. Freylich gab's seit dem Jahre 1760. in unsern Gegenden kein recht volles Jahr mehr. Die J. 68. und 69. fehlten gar und gänzlich; hatten nasse Sommer, kalte und lange Winter, grossen Schnee, so daß viel Frucht darunter verfaulte, und man im Frühling aufs neue pflugen mußte. Das mögen nun politische Kornjuden wohl gemerkt, und der nachfolgenden Theurung vollends den Schwung gegeben haben. Dieß konnte man daraus schliessen, daß um's Geld immer Brodt genug vorhanden war; aber eben jenes fehlte, und zwar nicht bloß bey dem Armen, sondern auch bey dem Mittelmann. Also war diese Epoche für Händler, Becken und Müller eine göldene Zeit, wo sich viele eigentlich bereicherten, oder wenigstens ein Hübsches auf die Seite schaffen konnten. Hinwieder fiel der Baumwollen-Gewerb fast gänzlich ins Koth, und aller dießfällige Verdienst war äusserst klein; so daß man freylich Arbeiter genug ums blosse Essen haben konnte. Ohne dieß wäre der Preiß der Lebensmittel noch viel höher gestiegen, und hätte die theure Zeit wohl bald gar kein End' genommen. Doch, alles spezificirlich herzusetzen wäre um eben so viel überflüßiger, da ich es in meinem, wie ich höre, einst auch vor dem Publikum erscheinenden Tagebuch bereits hinlänglich gethan, und nämlich dort pünktlich, in aller Einfalt erzählt habe, was diesem Zeitpunkt vorgegangen (als z.E. Kometen, Röthen am Himmel, Erdbeben, Hochgewitter); und eben so, was auf denselben gefolgt (schwere Krankheiten, ein ziemlicher Sterbent u.s.f.). Hier bleibt mir also nichts übrig, als meiner eignen ökonomischen sowohl als Gemüthslage in erwähnten bedenklichen Jahren, kurze und wahrhafte Erwähnung zu thun. Denn freylich findet sich auch darüber ein Weites und Breites in gedachtem Diario; aber eben nicht allemal gar zu ächt: Da ich nämlich an mancher Stelle viel Lermens von meinem sonderbaren Vertrauen auf die göttliche Vorsehung gemacht – und zwar meist gerade wo ich am kleingläubigsten war. So viel darf ich freylich noch itzt sagen, daß dieß Zutrauen, ob es gleich zuweilen wankte, dennoch nie ganz zu Trümmern gieng, und ich fast immer fand, daß mein eigenes Verschulden mir die größten Leiden verursachte, und Gottes Güte viel selbst gemachtes Uebel noch oft zu meinem Beßten wandte. Schon Ao. 68. und 69. da mir der Hagel zwey Jahre nacheinander alles in meinem Garten zu Boden schlug, und ich und die Meinigen so mit grosser Wehmuth zuschauten – konnt' ich doch den Erbarmenden loben, daß er unsers Lebens geschont. Und seither bey allen solchen und ähnlichen Unfällen, bey allem Aufschlag der Nahrung, bey allem Jammern und Klagen der Leuthe, war immer mein erst- und letztes Wort: »Es wird so bös nicht seyn«, oder: »Es wird schon besser kommen«. Denn allemal das Beßte zu glauben und zu hoffen, war stets so meine Art, und, wenn man will, eine Folge meines angebohrnen Leichtsinns. Ich konnte darum das ängstliche Kräbeln, Kummern und Sorgen andrer um mich her nie leiden;

noch begreifen, was einer für einen Nutzen davon hat, wenn er sich immer das Aergste vorstellt. – Doch, so käm' ich allgemach ganz von meiner Geschichte ab.

Das gedachte Siebenzigerjahr neigte sich schon im Frühling zum Aufschlagen. Der Schnee lag auf der Saat bis im Mayen, so daß gar viel darunter erstickte. Indessen tröstete man sich doch noch den ganzen Sommer auf eine leidentliche Erndte – dann auf das Ausdreschen; aber leider alles umsonst. Ich hatte eine gute Portion Erdapfel im Boden; es wurden mir aber leider viel davon gestohlen. Den Sommer über hatte ich zwo Kühe auf fremder Weide, und ein Paar Geißen, welche mein erstgeborner Junge hütete; im Herbst aber mußt' ich aus Mangel Gelds und Futter alle diese Schwänze verkaufen. Denn der Handel nahm ab, so wie die Fruchtpreise stiegen; und bey den armen Spinnern und Webern war nichts als Borgen und Borgen. Nun tröstete ich freylich die Meinigen und mich selbst mit meinem: »Es wird schon besser kommen«! so gut ich konnte; mußte dann aber auch dafür manche bittre Pille verschlucken, die meine Bettesgenoßin wegen meinem vorigen Verhalten, meiner Sorglosigkeit und Leichtsinn mir auftischte, und die ich dann nicht allemal geduldig und gleichgültig ertragen mochte. Gleichwohl sagte mir mein Gewissen meist: Sie hat recht … Wenn sie's nur nicht so herb' präparirt hätte.

69. Und abermals zwey Jahre!

(1771. u. 1772.)

Nun brach der grosse Winter ein, der schauervollste den ich erlebt habe. Ich hatte itzt fünf Kinder und keinen Verdienst, ein Bischen Gespunst ausgenommen. Bey meinem Händelchen büßt' ich von Woche zu Woche immer mehr ein. Ich hatte ziemlich viel vorräthig Garn, das ich in hohem Preiß eingekauft, und an dem ich verlieren mußte, ich mocht' es nun wieder roh verkaufen oder zu Tüchern machen. Doch that ich das letztre, und hielt mit dem Losschlagen derselben zurücke, mich immer meines Waidspruchs getröstend: »Es wird schon besser werden«! Aber es ward immer schlimmer, den ganzen Winter durch. Inzwischen dacht' ich so: »Dein kleiner Gewerb hat dich bisher genährt, wenn du damit gleich nichts beyseite legen konntest. Du magst und kannst's also nicht aufgeben. Thätest du's, müßtest du gleich deine Schulden bezahlen, und das wär' dir itzt pur unmöglich«. Auch in andern

Punkten gieng's mir nicht besser. Mein kleiner Vorrath von Erdäpfeln und anderm Gemüß aus meinem Gärtchen, was mir die Dieben übriggelassen, war aufgezehrt; ich mußte mich also Tag für Tag aus der Mühle verproviantiren; das kostete mich am End der Woche eine hübsche Handvoll Münze, nur vor Rothmähl und Rauchbrodt. Dennoch war ich noch immer guter Hoffnung; hatte auch nicht Eine schlaflose Nacht, und sagte alleweil: »Der Himmel wird schon sorgen, und noch alles zum Beßten lenken«! »Ja«! rispostirte dann meine Jöbin: »Wie du's verdient; Ich bin unschuldig. Hätt'st du die gute Zeit in Obacht genommen, du Schlingel! und deine Hände mehr in den Teig gesteckt, als deine Nase in die Bücher«. – »Sie hat Recht«! dacht' ich dann; »aber der Himmel wird doch sorgen«, – und schwieg. Freylich konnt' ich meine schuldlosen Kinder unmöglich hungerleiden sehn, so lang ich noch Kredit fand. Die Noth stieg um diese Zeit so hoch, daß viele eigentlich blutarme Leuthe kaum den Frühling erwarten mochten, wo sie Wurzeln und Kräuter finden konnten. Auch ich kochte allerhand dergleichen, und hätte meine jungen Vögel noch immer lieber mit frischem Laub genährt, als es einem meiner erbarmenswürdigen Landsmänner nachgemacht, dem ich mit eignen Augen zusah, wie er mit seinen Kindern von einem verreckten Pferd einen ganzen Sack voll Fleisch abgehackt, woran sich schon mehrere Tage Hunde und Vögel satt gefressen. Noch itzt, wenn ich des Anblicks gedenke, durchfährt Schauder und Entsetzen alle meine Glieder. – Bey alledem gieng mir mein eigener Zustand nicht so sehr zu nahe, als die Noth meiner Mutter und Geschwister, welche alle noch ärmer waren als ich, und denen ich doch so wenig helfen konnte. Indessen half ich über Vermögen, da ich stets noch einichen Credit fand, und sie gar keinen. Im May Ao. 71. verhalf mir ein gutmüthiger Mann wieder zu einer Kuh und ein Paar Geißen, da er mir Geld dazu bis auf den Herbst lieh; so daß ich nunmehr wenigstens ein Bischen Milch für meine Jungen hatte. Aber verdienen konnt' ich nichts. Was mir noch etwa von meinem Gewerb eingieng, mußt' ich auf die Atzung von Menschen und Thieren verwenden. Meine Schuldner bezahlten mich nicht; ich konnte also hinwieder auch meine Gläubiger nicht befriedigen, und mußte durch Geld und Baumwolle auf Borg nehmen, wo ich's fand. Endlich aber gieng dem Faß vollends der Boden aus. Zwar kam mir mein gewöhnliches: »Gott lebt noch! 's wird schon besser werden«! noch immer in den Sinn; aber meine Gläubiger fiengen nichts desto weniger an, mich zu mahnen, und zu drohen. Von Zeit zu Zeit mußt' ich hören, wie dieser und jener bankerott machte. Es gab hartherzige Kerls, die alle Tag mit den Schätzern im Feld waren, ihre Schulden einzutreiben. Neben andern traf die Reihe auch meinen Schwager; ich hatte ebenfalls eine Anfoderung an ihn, und war selber bey dem Auffallsact gegenwärtig; freylich mehr ihm zum Beystande, als um meiner Schuld willen. O! was das vor ein erbärmliches Specktackel ist, wenn einer so, wie ein armer Delinquent, dastehn – sein Schulden- und Sündenregister vorlesen hören – so viele bittre, theils laute, theils leise Vorwürfe in sich fressen – sein Haus, seine Mobilien, alles, bis auf ein armseliges Bett und Gewand, um einen Spottpreiß verganten sehn – das Geheul von Weib und Kindern hören, und zu allem schweigen muß, wie eine Maus. O! wie fuhr's mir da durch Mark und Bein! Und doch konnt' ich weder rathen noch helfen – nichts thun, als für meiner Schwester Kind zu beten – und dazu im Herzen denken: »Auch du, auch du steckst eben so tief im Koth! Heut oder Morgens kann es, muß es dir eben so gehn, wenn's nicht bald anders wird. Und wie sollt' es anders werden? Oder, darf ich Thor auf ein Wunder hoffen? Nach dem natürlichen Gang der Dinge kann ich mich unmöglich erholen. Vielleicht harren deine Gläubiger noch eine Weile; aber alle Augenblick' kann die Geduld ihnen ausgehn. – Doch, wer weiß? Der alte Gott lebt noch! Es wird nicht immer so währen. – Aber ach! Und wenn's auch besser würde, so braucht' es Jahre lang, bis ich mich wieder erholen könnte. Und so lang werden meine Schuldherren mir gewiß nicht Zeit lassen. Ach mein Gott! Was soll ich anfangen? Keiner Seele darf ich mich vertrauen – muß ich doch vor meinem eigenen Weib meinen Kummer verbergen«. Mit solchen Gedanken wälzt' ich mich ein Paar lange Nächte auf meinem Lager herum; dann faßt' ich, wie mit Eins, wieder Muth; tröstete mich aufs neue mit der Hilfe von oben herab, befahl dem Himmel meine Sachen – und gieng meine Wege, wie zuvor. Zwar prüft' ich mich selbst unterweilen, ob und in wie fern' ich an meinen gegenwärtigen Umständen selbst Schuld trage. Aber, ach! wie geneigt ist man in solcher Lage, sich selbst zu rechtfertigen. Freylich konnt' ich mir wirklich keine eigentliche Verschwendung oder Lüderlichkeit vorwerfen; aber doch ein gewisses gleichgültiges, leichtgläubiges, ungeschicktes Wesen, u.s.f. Denn erstlich hatt' ich nie gelernt, recht mit dem Geld umzugehn; auch hatte es nie keine Reitze für mich, als in wie fern' ichs alle Tag' zu brauchen wußte. Hiernächst traut' ich jedem Halunken, wenn er mir nur ein gut Wort gab; und noch itzt könnte mich ein ehrlich Gesicht um den letzten Heller im Sack betriegen. Endlich und vornämlich verstuhnden lange weder ich noch mein Weib den Handel recht, und kauften und verkauften immer zur verkehrten Zeit.

Mittlerweile ward meine Frau schwanger, und den ganzen Sommer (1772.) über kränklich, und schämte sich vor allen Wänden, daß sie bey diesen betrübten Zeitläufen ein Kind haben sollte. Ja sie hätte selbst mir bald eine ähnliche Empfindung eingepredigt. Im Herbstmonathe, da die rothe Ruhr allethalben graßirte, kehrte sie auch bey mir ein, und traf zuerst meinen lieben Erstgebohrenen. Von der ersten Stund' an, da er sich legte, wollt' er, ausser lauterm Brunnenwasser, nichts, weder Speis noch Trank mehr zu sich nehmen; und in acht Tagen war er eine Leiche. Nur Gott weiß, was ich bey diesem Unfall empfunden: Ein so gutartiges Kind, das ich wie meine Seele liebte, unter einer so schmerzhaften Krankheit geduldig wie ein Lamm Tag und Nacht – denn es genoß auch nicht eine Minute Ruh' – leiden zu sehn! Noch in der letzten Todesstunde, riß es mich mit seinen schon kalten Händchen auf sein Gesicht herunter, küßte mich noch mit seinem erstorbnen Mündchen, und sagte unter leisem Wimmern, mit stammelndem Zünglin: »Lieber Aeti! es ist genug. Komm auch bald nach. Ich will itzt im Himmel ein Engelin werden«; rang dann mit dem Tod', und verschied. Mir war, mein Herz wollte mir in tausend Stücke zerspringen. Mein bittres Klaglied über diesen ersten Raub des großen Würgers in meinem Hause, liegt in meinem Tagebuch. – Noch war mein Söhnlein nicht begraben, so griff die wüthende Seuche mein ältestes Töchtergen, und zwar noch viel heftiger an; es wäre denn, daß dieß gute Kind seine Leiden nicht so standhaft ertrug als sein Bruder. Und kurz, es war, aller Sorgfalt der Aerzte ungeachtet, noch schneller hingerafft, in seinem achten, das Knäblin im neunten Jahr. Diese Krankheit kam mir so ekelhaft vor, daß ich's sogar bey meinen Kindern nie recht ohne Grausen aushalten konnte. Als nun das Mädchen kaum todt, und ich von Wachen, Sorgen und Wehmuth wie vertaumelt war, fing's auch mir an im Leibe zu zerren; und hätt' ich in diesen Tagen tausendmal gewünscht zu sterben, und mit meinen Lieben hinzufahren. Doch gieng ich, auf dringendes Bitten meiner Frau, noch selbst zu Herrn Doktor Wirth hin. Er verordnete mir Rhabarber und sonst was. Sobald ich nach Haus kam, mußt' ich zu Beth liegen. Ein Grimmen und Durchfall fieng mit aller Wuth an, und die Arzeney schien noch die Schmerzen zu verdoppeln. Der Doktor kam selber zu mir, sah' meine Schwäche – aber nicht meine Angst. Gott, Zeit und Ewigkeit, meine geist- und leiblichen Schulden stuhnden fürchterlich vor mir und hinter meinem Beth. Keine

Minute Schlaf – Tod und Grab – Sterben, und nicht mit Ehren – welche Pein! Ich wälzte mich Tag und Nacht in meinem Bett herum, krümmte mich wie ein Wurm, und durfte, nach meiner alten Leyer, meinen Zustand doch keiner Seele entdecken. Ich flehte zum Himmel; aber der Zweifel, ob der mich auch hören wollte, gieng itzt zum erstenmal mir durch Mark und Bein; und die Unmöglichkeit, daß mir bey meinem allfälligen Wiederaufkommen noch gründlich zu helfen sey, stellte sich mir lebhafter als noch nie vor. Indessen ward mein Töchtergen begraben, und in wenig Tagen lagen meine drey noch übrigen Kinder, nebst mir, an der nämlichen Krankheit darnieder. Nur mein ehrliches Weib war bisdahin ganz frey ausgegangen. Da sie nicht allem abwarten konnte, kam ihre ledige Schwester ihr zu Hülf; sonst übertraf sie mich an Muth und Standhaftigkeit weit. Ich hingegen stuhnd, theils meiner leiblichen Schmerzen, theils meiner schrecklichen Vorstellungen wegen, noch ein paar Tage Höllenangst aus, bis es mir endlich in einer glücklichen Stunde gelang: Mich und meine Sachen gar und ganz dem lieben Gott auf Gnad und Ungnad zu übergeben. Bisher war ich ein ziemlich mürrischer Patient. Nun ließ ich mit mir machen, was jeder gern wollte. Meine Frau, ihre Schwester, und Herr Doktor Wirth, gaben sich alle ersinnliche Sorge um mich. Der Höchste segnete ihre Mühe, so daß ich innert acht Tagen wieder aufkam, und auch meine drey Kleinen sich allmählig erholten. Als ich noch darniederlag, kam eines Abends meine Schwägerin, und eröffnete mir: Meine zwey Geissen seyen auf und davon. »Ey so fahre denn alles hin«! sagt' ich, »wenn's so seyn muß«. Allein des folgenden Morgens raft' ich mich so schwach und blöd ich noch war, auf, meine Thiere zu suchen, und fand sie wieder zu mein und meiner Kinder grosser Freude.

Sonst war der Jammer, Hunger und Kummer, damals im Land allgemein. Alle Tag' trug man Leichen zu Grabe, oft 3. 4. bis 11. miteinander. Nun dankt' ich dem L. Gott, daß er mir wieder so geholfen; und eben so sehr, daß Er meine zwey Lieben versorgt hatte, denen ich nicht helfen konnte. Aber sehr lange schwebten mir die anmuthigen Dinger, ihr gutartiges kindliches Wesen immer wie leibhaftig vor Augen. »O ihr geliebten Kinder«! stöhnt' ich dann des Tages wohl hundertmal: »Wenn werd' ich wohl einst zu Euch hinfahren? Denn ach! zu mir kömmt Ihr nicht wieder«. Viele Wochen lang gieng ich überall umher wie der Schatten an der Wand, – staunte Himmel und Erde an – that zwar was ich konnte – konnte aber nicht viel. Zu Bezahlung meiner Gläubiger wurden die Aussichten immer enger und kürzer. Aus einem Sack in den andern zu schleufen, und mich so lange zu wehren wie möglich, mußt' itzt mein einziges Dichten und Trachten seyn.

70. Nun gar fünf Jahre

(1773.-1777.)

Diese Zeit kroch ich so immer, zwischen Furcht und Hofnung unter meiner Schuldenlast fort, trieb mein Händelchen, und arbeitete daneben was mir vor die Hand kam. Zu Anfang dieser Epoche gieng's vollends immer den Krebsgang. So viel unnütze Mäuler (denn die Fünfezahl meiner Kinder war itzt wieder complet), die Ausgaben für Essen, Kleider, Holz u.s.f. und dann die leidigen Zinse, frassen meinen kleinen Gewinnst noch etwas mehr als auf. Meine schönste Hoffnung erstreckte sich erst auf Jahre hinaus, wo meine Jungens mir zur Hülfe gewachsen seyn würden. Aber wenn meine Gläubiger bös' gewesen, sie hätten mich lange vorher überrumpelt. Nein! sie trugen Geduld mit mir; freylich bestrebt' ich mich auch aus allen Kräften Wort zu halten so gut wie möglich; aber das bestuhnd meist in – neuem Schuldenmachen, um die alten zu tilgen. Und da waren mir allemal die nächsten Wochen vor der Zurzacher-Messe sehr schwarze Tag' im Kalender, wo ich viele dutzend Stunden verlaufen mußte, um wieder Credit zu finden. O, wie mir doch manch liebes Mal das Herz klopfte, wenn ich so an drey, vier Orten ein christliches Helf dir Gott! bekam. Wie rang' ich dann oft meine Hände gen Himmel, und betete zu dem der die Herzen wendet wohin er will, auch eines zu meinem Beystand zu lenken. Und allemal ward's mir von Stund an leichter um das meinige, und fand sich zuletzt, freylich nach unermüdetem Suchen und Anklopfen, noch irgend eine gutmüthige Seele, meist in einem unverhoften Winkel. Ich hatte ein Paar Bekannte, die mir wohl schon hundertmal aus der Noth geholfen; aber die Furcht, sie endlich zu ermüden, machte daß ich bald immer zuletzt zu ihnen kehrte; und dann, hätt' ich ihnen ein einzigmal nicht Wort gehalten, so wäre mir auch diese Hülfsquelle auf immer versiegt; ich trug darum zu ihr wie zu meinem Leben Sorg'. Uebrigens trauten's mir nur wenige von meinen Nachbarn und nächsten Gefreundten zu, daß ich so gar bis an die Ohren in Schulden stecke; vielmehr wußt' ich das Ding so ziemlich geheim zu halten, meinen Kummer und Unmuth zu verbergen, und mich bey den Leuthen allzeit aufgeräumt und wohlauf zu stellen.

Auch glaub' ich, ohne diesen ehrlichen Kunstgriff wär' es längst mit mir aus gewesen. Freylich hatt' ich – wer sollte es glauben? – auch meine Neider, von denen ich gar wohl wußte, daß sie allen Personen die mit mir zu thun hatten, fleißig ins Ohr zischten – was sie doch unmöglich mit Sicherheit wissen konnten. Da hieß es dann z.E. »Er steckt verzweifelt im Dreck. – Lange hält' er's nicht mehr aus. – Wenn er nur nicht einpackt, oder Weib und Kinder im Stich läßt. – Ich fürcht' ich fürcht'. – Will aber nichts gesagt haben; wenn er's nur nicht inne wird,« u.s.f. Zu mir kamen dann diese Kerls als die beßten Freunde, förschelten und frägelten mich aus, und thaten so mitleidig, als wenn sie mir mit Gut und Blut helfen wollten, wenn ich nur auch Zutrauen zu ihnen hätte; jammerten über die bösen Zeiten, über die Stümpler u.d. gl. Wie ich's doch bey meinem kleinen verderbten Händelchen mit meiner grossen Haushaltung mache? u.s.f.u.f. Einst (ich weiß nicht mehr recht, ob aus Schalkheit oder Noth?) sprach ich einen dieser Uriane um ein halbdutzend Duplonen nur auf einen Monath an. Mein Heer hatte hundert Ausflüchte, schlug mir's am End' rund ab, und raunt' es dann doch in jedes Ohr das ihn hören wollte: Der B** hat gestern Geld von mir lehnen wollen. Der machte dann freylich einige meiner Creditoren ziemlich mißtrauisch. Andre hingegen sagten: »Ha! Er hat doch noch immer Wort gehalten; und so lang er das thut, soll er immer offene Thür bey mir finden. Er ist ein ehrlicher Mann«. Also eben jene vielen falschen Freunde waren es, welche mir die meiste Mühe machten, denen ich mich nicht entdecken durfte, wenn ich nicht völlig capput seyn wollte. Ich hatte schon A. 71 oder 72. meine Weberey, obgleich mit ziemlichem Verlust ab mir geladen; das brachte mir eben auch nicht den beßten Ruf; denn mein Baumwollenbrauch wurde dadurch geringer – also mein Baumwollenherr unzufrieden und mürrisch. Desto eher sollt' ich die alten Baumwollenschulden bezahlen, und konnt' es doch desto weniger. So verstrich ein Jahr nach dem andern. Bald flößte mir mein guter Geist frischen Muth und neue Hoffnung ein, daß mir doch noch einst durch die Zeit zu helfen seyn werde: Nur allzuoft aber verfiel ich wieder in düstere Schwermuth; und zwar, die Wahrheit zu gestehen, meist wenn ich zahlen sollte, und doch weder aus noch ein wußte. Und da ich mich, wie schon oft gesagt, keiner Seele glaubte entdecken zu dürfen, nahm ich in diesen muthlosen Stunden meine Zuflucht zum Lesen und Schreiben; lehnte und durchstänkerte jedes Buch das ich kriegen konnte, in der Hoffnung etwas zu finden das auf meinen Zustand paßte; fieng halbe Nächte durch weisse und schwarze Grillen, und fand allemal Erleichterung, wenn ich meine gedrängte Brust aufs Papier ausschütten konnte; klagte da meine Lage schriftlich meinem Vater im Himmel, befahl ihm alle meine Sachen, fest überzeugt, Er meine es doch am beßten mit mir; Er kenne am genauesten meine ganze Lage, und werde noch alles zum Guten lenken. Dann ward der Entschluß fest bey mir, die Dinge, die da kommen sollten, ruhig abzuwarten wie sie kommen würden; und in solcher Gemüthsstimmung gieng ich allemal zufrieden zu Bette, und schlief wie ein König.

71. Das Saamenkorn meiner Authorschaft

Um diese Zeit kam einst ein Mitglied der moralischen Gesellschaft zu L. in mein Haus, da ich eben die Geschichte von Brand und Struensee durchblätterte, und etwas von meinen Schreibereyen auf dem Tisch lag. »Das hätt' ich bey dir nicht gesucht«, sagte er, und fragte: Ob ich denn gern so etwas lese, und oft dergleichen Sächelgen schreibe? »Ja«! sagt' ich: »Das ist neben meinen Geschäften mein einziges Wohlleben«. Von da an wurden wir Freunde, und besuchten einander zum öftersten. Er anerbot mir seine kleine Büchersammlung; ließ sich aber übrigens in ökonomischen Sachen noch lieber von mir helfen, als daß er mir hätte beyspringen können, obschon ich ihm so von Weitem meine Umstände merken ließ. In einem dieser Jahre schrieb die erwähnte Gesellschaft über verschiedene Gegenstände Preißfragen aus, welche jeder Landmann beantworten könnte. Mein Freund munterte mich auch zu einer solchen Arbeit auf; ich hatte grosse Lust dazu, machte ihm aber die Einwendung: Man würde mich armen Tropfen nur auslachen. »Was thut das«? sagte er: »Schreib du nur zu, in aller Einfalt, wie's kommt und dich dünkt«. Nun, da schrieb ich denn eben *über den Baumwollengewerb und den Credit,* sandte mein Geschmiere zur bestimmten Zeit neben vielen andern ein; und die Herren waren so gut, mir den Preiß von einer Dukate zuzukennen: Ob zum Gespötte? Nein, wahrlich nicht. Oder vielleicht in Betrachtung meiner dürftigen Umstände? Kurz, ich konnt' es nicht begreifen, und noch viel minder, daß man mich itzt gar von ein paar Orten her einlud, ein förmliches Mitglied der Gesellschaft zu werden. »O behüte Gott«! dacht' ich und sagt' ich Anfangs: »Das darf ich mir nur nicht träumen lassen. Ich würde gewiß einen Korb bekommen. Und wenn auch nicht – ich mag so geehrten Herren keine Schande machen. Ueber kurz oder lang würden sie mich gewiß wieder ausmustern«. Endlich aber, nach vielem hin und her wanken, und besonders aufgemuntert durch einen der Vorsteher, Herrn G. bey dem ich sehr wohl gelitten war, wagt' ich's doch, mich zu melden; und kann übrigens versichern, daß mich weniger die Eitelkeit als die Begierde reitzte, an der schönen Lesecommun der Gesellschaft um ein geringes Geldlein Antheil zu nehmen. Indessen gieng' es wie ich vermuthet hatte, und gab's nämlich allerley Schwierigkeiten. Einige Mitglieder widersetzten sich, und bemerkten mit allem Recht: Ich sey von armer Familie – dazu ein ausgerißner Soldat – ein Mann von dem man nicht wisse wie er stehe – von dem wenig ersprießliches zu erwarten sey, u.s.f. Gleichwohl ward ich durch Mehrheit der Stimmen angenommen. Aber erst itzt reute mich mein unbesonnener Schritt, als ich bedachte: Jene Herren sagten ja nichts als die pur lautere Wahrheit, und könnten noch einst wohl damit triumphiren. Inzwischen mußt' ich's itzt gelten lassen, und tröstete mich bisweilen mit dem eben auch nicht ganz uneigennützigen Gedanken: Das eint' und andre Mitglied könnte mir im Verfolg, zu manchen wichtigen Dingen nützlich seyn.

72. Und da

– Hatt' ich ja itzt freylich eine erstaunliche kindische Freud, mit der grossen Anzahl Bücher, deren ich in meinem Leben nie so viele beysammen gesehn, und an welchen allen ich nun Antheil hatte. Hingegen errötete ich noch immerfort bey dem blossen Gedanken, ein eigentliches Mitglied einer gelehrten Gesellschaft zu heissen und zu seyn, und besuchte sie darum selten, und nur wie verstohlen. Aber da half alles nichts; es gieng mir doch wie dem Raben, der mit den Enten fliegen wollte. Meine Nachbarn, und andre alte Freunde und Bekannten, kurz Meinesgleichen, sahen mich, wo ich stuhnd und gieng, überzwerch an. Hier hört' ich ein höhnisches Gezisch'; dort erblickt' ich ein verachtendes Lächeln. Denn es gieng unsrer moralischen Gesellschaft im Tockenburg Anfangs wie allen solchen Instituten in noch rohen Ländern. Man nannte ihre Mitglieder Neuherren, Bücherfresser, Jesuiten, u.d. gl. Du kannst leicht denken, mein Sohn! wie's mir armen einfältigen Tropfen dabey zu Muthe war. Meine Frau vollends speyte Feuer und Flammen über mich aus, wollte sich viele Wochen nicht besänftigen lassen, und gewann nun gar Eckel und Widerwillen gegen jedes Buch, wenn's zumal aus unsrer Bibliothek kam. Einmal hatt' ich den Argwohn, sie selbst habe um diese Zeit meinen Creditoren eingeblasen, daß sie mich nur brav ängstigen sollten. Sie läugnet's zwar noch auf den heutigen Tag, und Gott verzeih' mir's! wenn ich falsch gemuthmaaßt habe; aber damals hätt' ich mir's nicht ausnehmen lassen. Genug, meine Treiber setzten itzt stärker in mich als sonst noch nie. Da hieß es: Hast du Geld, dich in die Büchergesellschaft einzukaufen, so zahl' auch mich. Wollt' ich etwas borgen, so wies man mich an meine Herren Collegen. »O du armer Mann«! dacht' ich, »was du da aber vor einen hundsdummen Streich gemacht, der dir vollends den Rest geben muß. Hätt'st du dich doch mit deinem Morgen- und Abendseegen begnügt, wie so viele andre deiner redlichen Mitlandsleuthe. Jezt hast du deine alten Freund' verloren – von den neuen darfst und magst du keinen um einen Kreuzer ansprechen. Deine Frau hagelt auch auf dich zu. Du Narr! was nützt dir itzt all' dein Lesen und Schreiben? Kaum wirst du noch dir und deinen Kindern den Betelstab daraus kaufen können«, u.s.f. So macht ich mir selber die bittersten Vorwürfe, und rang oft beynahe mit der Verzweiflung. Dann sucht' ich freylich von Zeit zu Zeit aus einem andern Sack auch meine Entschuldigungen hervor; die hiessen: »Ha! das Lesen kostet mich doch nur ein geringes; und das hab' ich an Kleidern und anderm mehr als erspart. Auch bracht' ich nur die müßigen Stunden damit zu, wo andre ebenfalls nicht arbeiten; meist nur bey nächtlicher Weile. Wahr ist's, meine Gedanken beschäftigten sich auch in der übrigen Zeit nur allzuviel mit dem Gelesenen, und waren hingegen zu meinem Hauptberuf selten bey Hause. Doch hab' ich nichts verludert; trank höchstens bisweilen eine Bouteille Wein, meinen Unmuth zu ersäufen – das hätt' ich freylich auch sollen bleiben lassen – Aber, was ist ein Leben ohne Wein, und zumal ein Leben wie meines«? – Denn kam's wieder einmal an's Anklagen: »Aber, wie nachläßig und ungeschickt warst du nicht in allem was Handel und Wandel heißt. Mit deiner unzeitigen Güte nahmst du alles, wie man's dir gab – gabst du jedem, was er dich bat, ohne zu bedenken, daß du nur andrer Leuthe Geld im Seckel hattest, oder daß dich ein redlich scheinendes Gesicht betriegen könnte. Deine Waare vertrautest du dem ersten Beßten, und glaubtest ihm auf sein Wort, wenn er dir vorlog, er könne dir auf sein Gewissen nur so und so viel bezahlen. O könnt'st du nur noch einmal wieder von Vornen anfangen. Aber, vergeblicher Wunsch! – Nun, so willst du doch alles versuchen – willst denen, die dir schuldig sind, eben auch drohen wie man dir droht«, u.s.f. So dacht' ich elender Tropf, und setzte auch wirklich zween meiner Debitoren den Tag an; freylich mehr um sie und andre zu schrecken, als daß es Ernst gegolten hätte. Aber sie verstuhnden's nicht so. Ich gieng also auf die bestimmte Zeit mit den Schätzern zu ihren Häusern; und, Gott weiß! mir war's viel bänger als ihnen. Denn in dem ersten Augenblick, da ich in des einen Wohnung trat, dacht' ich: Wer kann das thun? – Die Frau bat, und wies' mit den Fingern auf das zerfetzte Bett, und die wenigen Scherben in der Küche, die Kinder in ihren Lumpen heulten. O, wenn ich nur wieder weg wäre! dacht' ich, bezahlte Schätzer und Weibel, und strich mich unverrichteter Sachen fort, nachdem man mir in bestimmten Terminen Bezahlung versprochen, die noch auf den heutigen Tag aussteht. Auch erfuhr ich nachwerts, daß diese Leuthe, einige Stunden vorher, eh' ich in ihr Haus kam, die beßten Habseligkeiten geflöchnet, und ihre Kinder expreß so zerlöchert angezogen hätten. »Meinetwegen«, sagt' ich da zu mir selbst: »Das will ich in meinem Leben nicht mehr thun. Meine Gläubiger mögen eines Tages solche Barbaren gegen mir, ich will's darum nicht gegen andre seyn. Nein! es geh' mir wie es geh', diese Schulden müssen zuletzt doch auch zu meinem Vermögen gerechnet werden«. Aber jene fragten eben nichts darnach, und diesen jagte eine solche Denkens- und Verfahrungsart gerade auch keinen Scheuen ein. Die erstern trieben mich immer stärker und unerbittlicher. Dieß, und meine überspannte Einbildung gebahren dann.

73. Freylich manche harte Versuchung

Und von dieser muß ich dir auch noch ein Bischen erzählen, mein Sohn! dir zur Warnung, damit du sehest, welch' ein entsetzlich Ding vor einen ehrliebenden Mann es ist: Sich in Schulden zu vertiefen, die man nicht tilgen kann; sieben ganzer Jahre unter dieser zentnerschweren Last zu seufzen; sich mit tausend vergeblichen Wünschen zu quälen; in süssen Träumen spanische Schlösser zu bauen, und allemal mit Schrecken zu erwachen; eine lange lange Zeit auf Hülfe welche nur seine Fantasie gebrütet, und zuletzt verstohlner Weise gar auf – eigentliche Wunder zu hoffen. Denk' dir da den armen Erdensohn, welcher dergestalt todtmüde von all' dem vergebenen Dichten und Trachten, Sinnen und Sorgen, endlich an allem verzweifeln, und gewiß glauben muß: Gottes Vorsehung selbst habe nun einmal beschlossen, denselben ins Koth zu treten; ihn vor aller Welt zu Spott und Schande zu machen, und die Folgen seiner Unvorsichtigkeit vor den Augen aller seiner Feinde büssen zu lassen. Wenn denn unterweilen gar der Gedanke in ihm aufsteigt: Gott wisse nichts von ihm, u.d. gl. – Da denke, denke mein Sohn! Der Verführer feyert bey solchen Gelegenheiten gewiß nicht; und mir war's oft ich fühlte seine Eingebungen, wenn ich etwa den ganzen Tag umhergelaufen und Menschenhülfe vergeblich gesucht hatte – dann schwermüthig, oder vielmehr halb verrückt, der Thur nachschlich – mit starrem Blick in den Strom hinuntersah, wo er am tiefsten ist – O dann deucht' es mir, der schwarze Engel hauche mich an: »Thor! stürz! dich hinein – du haltst's doch nicht mehr aus. Sieh' wie sanft das Wasser rollte! Ein Augenblick, und dein ganzes Seyn wird eben so sanft dahinwogen. Dann wirst du so ruhig schlafen – o so wohl, so wohl! Da wird für dich kein Leid und kein Geschrey mehr seyn, und dein Geist und dein Herz ewig in süssem Vergessen schlummern«. – »Himmel! Wenn ich dürfte«! dacht' ich dann. »Aber, welch ein Schauer – Gott! welch' ein Grausen durchfährt alle meine Glieder. Sollt' ich dein Wort – sollte meine Ueberzeugung vergessen? – Nein! packe dich, Satan! – Ich will ausharren, ich hab's verdient – hab' alles verdient«. Ein andermal stellte mir der Bösewicht des jungen Werthers Mordgewehr auf einer sehr vortheilhaften Seite vor. »Du hast zehnfach mehr Ursach' als dieser – und er war doch auch kein Narr, und hat sich noch Lob und Ruhm damit erworben, und wiegt sich nun im milden Todesschlummer? – Doch wie? – Pfui eines solchen Ruhms«! Noch ein andermal sollt' ich meinen Bündel aufpacken, und davon laufen. Mit meiner noch übrigen Baarschaft könnt' ich denn in irgend einem entfernten Lande schon wieder etwas neues anfangen; und zu Hause würden Weib und Kinder gewiß auch gutherzige Seelen finden. »Was? Ich, davon laufen? – Mein zwar unsanftes, aber getreues Weib, und meine unschuldigen kleinen Kinder im Stich lassen – meinen Feinden ihre Winkelprophezeyungen zu ihrer größten Freude wahr machen? – Ich, ich sollte das thun? In welcher Ecke der Erde könnt' ich eine Stunde Ruhe geniessen – wo mich verbergen, daß der Wurm in meinem Busen, daß die Rache des Höchsten mich nicht finden könnte«? – »Nein! Nein! nicht so«; hob dann wieder eine andre Stimm' in meinem Innwendigen an; »aber Weib und Kinder mitnehmen, und irgend einen Ort aussuchen, wo der Baumwollengewerb noch nicht florirt, und wo man ihn doch gern einrichten möchte – da könntest du dein Glück bauen; verstehst ja die rohe Frucht sowohl als das Garn – kannst jene selber karten, kämmen, spinnen, und dieses sieden, spuhlen, zetteln – bist sogar im Stand, ein Spinnrad, eine Kunkel zu machen – und also die Leuthe vollends alles zu lehren. Dann kehrst du nach einigen Jahren geehrt und reich zurück in dein Vaterland, zahlst deine Schulden – Kapital und Zinse«! – Aber dann bedacht' ich mich wieder eines Bessern: »Wie, was? O du Lügengeist! Schon vor dreyßig Jahren hast du mir, so wie heute, von lauter guten Tagen vorgeschwatzt, mir einen güldnen Berg nach dem andern gezeigt – und mich immer betrogen, immer in tiefere Labyrinthe verwickelt – mich zum Narren gemacht – und itzt möchtest du mich gar zum Schelmen machen? Wie? Ich sollte auch noch meinem Geburtsland schaden, seinen Brodkorb verschleicken? Nein, nein! in deinem Schooß will ich leben und sterben, da alles erwarten, thun was ich kann, und für das übrige weiter den Himmel walten lassen. Stell' ich mir nicht meine Sachen vielleicht gar zu schrecklich vor? Gott! wenn mich meine Sünden so quälten wie meine Schulden! Aber, ich weiß daß du nicht so streng' bist wie die Menschen. Doch, laß sie machen, ich hab's verdient. Nur bitt' ich, ewige Güte! von jenem argen Feind laß mich nicht länger quälen, nicht über mein Vermögen versucht werden«! So bekam ich von Zeit zu Zeit wieder guten und festen Muth. Aber das währte dann nicht länger, bis sich ein neuer Fall ereignete, wo ich mich abermals des Gedankens nicht erwehren konnte: Itzt ist's aus! Da ist kein Kraut mehr für ein unheilbares Uebel gewachsen. Aber auch dann bestuhnd's mehr in der Einbildung als in der Wirklichkeit.

Eines Tags da ich eben auch etliche Gulden zu borgen vergebens herumgelaufen, einer meiner Gläubiger mich mit entsetzlicher Rohheit anfuhr, und mir sonst alles fatal und überzwerch gieng – und ich dann ganz melancholisch nach Haus kam – meiner Frau nach Gewohnheit nichts sagen noch klagen durfte, wenn ich nicht hundert bittere Vorwürf' in mich schlüken wollte – gedacht' ich, wie sonst schon oft, meine Zuflucht zum Schreiben zu nehmen – konnt' aber nichts hervorbringen, als verworrene Klaglieder, welche beynahe an Lästerungen gränzten. Dann wollt' ich mich mit Lesen eines guten Buchs beruhigen, und auch das gelang mir nicht. Ich gieng also zu Bette, wälzte mich bis um Mitternacht auf meinem Küssen herum, und ließ meine Gedanken weit und breit durch die ganze Welt gehn. Bald kam mir da auch der Sinn an meinen lieben seligen Vater: »Auch dein Leben, du guter Mann«, dacht' ich, »gieng, so wie das meine, unter lauter Kummer und Sorgen hin, die ich, Ach! dir nicht wenig vergrösserte, da ich so wenig Antheil an deiner Last genommen. – Vielleicht ruht gar dein geheimer Fluch auf mir? – O entsetzlich! – Nun, wie es immer sey, einmal muß ein Entschluß genommen seyn: Entweder meinem elenden Leben – Nein! Gott! Nein Das steht in deiner Hand. – – Oder mich meinen Gläubigern auf Gnad' und Ungnad' hin zu Füssen zu werfen. Aber Nein! o wie hart! Das kann ich unmöglich. – Oder ja mich entfernen, davonlaufen so weit der Himmel blau ist. Ach! meine Kinder! Da würd' mir das Herz brechen«. – Während diesen Fantasien fiel mir der menschenfreundliche Lavater ein; augenblicklich entschloß ich mich an ihn zu schreiben, stuhnd sofort auf, und entwarf folgenden Brief, den ich zum Denkmal meiner damaligen Lage hier beyrücke.

74. Wohlehrwürdiger, Hoch- und Wohlgelehrter Herr Pfarrer Johann Caspar Lavater!

Mitten in einer entsetzlich bangen Nacht unterwind' ich mich, an Sie zu schreiben. Keine Seel' in der Welt weißt es, und keine Seel' weißt meine Noth. Ich kenne Sie aus Ihren Schriften und vom Gerüchte. Wüßt' ich nun freylich nicht von diesem, daß Sie einer der beßten, edelsten Menschen wären, dürft' ich von Ihnen wohl keine andre Antwort erwarten, als wie etwa von einem Grossen der Erde. Z.E. Pack dich, Schurke! Was gehn mich deine Lumpereyen an. – Aber nein! ich kenne Sie als einen Mann voll Großmuth und Menschenliebe, welchen die Vorsehung zum Lehrer und Arzt der itzigen Menschheit ordentlich scheint bestimmt zu haben. Allein Sie kennen mich nicht. Geschwind will ich also sagen, wer ich bin. O werfen Sie doch den Brief eines elenden Tockenburgers nicht ungesehn auf die Seite, eines armen gequälten Mannes, der sich mit zitternder Hand an Sie wendet, und es wagt, sein Herz gegen einen Herrn auszuschütten, gegen den er ein so inniges Zutrauen fühlt. O hören Sie mich, daß Gott Sie auch höre! Er weiß, daß ich nicht im Sinn habe, ihnen weiter beschwerlich zu fallen, als nur Sie zu bitten, diese Zeilen zu lesen, und mir dann ihren väterlichen Rath zu ertheilen. Also. Ich bin der älteste Sohn eines blutarmen Vaters von 11. Kindern, der in einem wilden Schneeberg unsers Lands erzogen ward, und bis in sein sechszehntes Jahr fast ohne allen Unterricht blieb, da ich zum H. Nachtmahl unterwiesen wurde, auch von selbst ein wenig schreiben lernte, weil ich grosse Lust dazu hatte. Mein sel. Vater mußte unter seiner Schuldenlast erliegen, Haus und Heimath verlassen, und mit seiner zahlreichen Familie unterzukommen suchen, wo er konnte und mochte, und Arbeit und ein kümmerliches Brodt für uns zu finden war. Die Hälfte von uns war damals noch unerzogen. Bis in mein neunzehntes Jahr blieb mir die Welt ganz unbekannt, als ein schlauer Betrüger mich auf Schaffhausen führte, um, wie er sagte, mir einen Herrendienst zu verschaffen. Mein Vater war's zufrieden – und ich wurde, ohne mein Wissen, an einen preußischen Werber verkauft, der mich freylich so lange als seinen Bedienten hielt, bis ich nach Berlin kam, wo man mich unter die Soldaten steckte – und noch itzt nicht begreifen wollte, wie man mich so habe betriegen können. Es gieng eben ins Feld. O wie mußt' ich da meine vorigen in Leichtsinn vollbrachten guten Tage so theuer büssen! Doch ich flehte zu Gott, und er half mir ins Vaterland. In der ersten Schlacht bey Lowositz nämlich, kam ich wieder auf freyen Fuß, und kehrte sofort nach Hause. In dem Städtgen Rheineck küßt' ich zum erstenmal wieder die Schweitzer-Erde, und schätzte mich für den glücklichsten Mann, ob ich schon nichts als ein Paar Brandenburgische Dreyer, und einen armseligen Soldatenrock auf dem Leib in meine Heimath brachte. Nun mußt' ich wieder als Taglöhner mein Brot suchen; das kam mich freylich sauer genug an. In meinem sechs und zwanzigsten heurathete ich ein Mädchen mit hundert Thalern. Damit glaubt' ich schon ein reicher Mann zu seyn, dachte itzt an leichtere Arbeit mit aufrechtem Rücken, und fieng, auf Anrathen meiner Braut, einen Baumwollen und Garngewerb an, ohne daß ich das geringste von diesem Handwerk verstuhnd. Anfangs fand ich Credit, baute ein eigenes Häuschen, und vertiefte mich unvermerkt in Schulden. Indessen verschaffte mir doch mein kleines Händelchen einen etwelchen Unterhalt; aber bösartige Leuthe betrogen mich immer um Waare und Geld, und die Haushaltung mehrte sich von Jahr zu Jahre, so daß Einnahm' und Ausgabe sich immer wettauf frassen. Dann dacht' ich: Wenn einst meine Jungen grösser sind, wird's schon besser kommen! Aber ich betrog mich in dieser Hoffnung. Mittlerweile überfielen mich die hungrigen Siebenziger-Jahre, als ich ohnedem schon in Schulden steckte. Ich hatte itzt fünf Kinder, und wehrte mich wie die Katz' am Strick. Das Herz brach mir, wenn ich so meine Jungen nach Brodt schreyen hörte. Dann noch meine arme Mutter und Geschwister! Von meinen Debitoren nahm hie und da einer den Reißaus, andre starben, und liessen mich die Glocken zahlen; Ich hingegen wurde von etlichen meiner Gläubiger scharf gespornt; mit meinem Handel gieng's täglich schlechter. Itzt wurden wir noch alle gar an der Ruhr krank; meine zwey Aeltst gebohrnen starben, wir übrigen erholten uns wieder. Inzwischen harrt' ich auf Gott und günstigere Zeiten. Aber umsonst! Und war ich nicht ein Thor, und bin ich's nicht itzt noch, wenn ich auch nur ein wenig zurückdenke, auf mein sorgloses in den Tag hinein leben? Bin ich denn nicht selbst schuld an allem meinem Elend? Meine Unbesonnenheit, meine Leichtgläubigkeit, mein unwiderstehlicher Hang zum Lesen und Schreiben, haben nicht die mich dahin gebracht? Wenn mein Weib, wenn ich selbst, mir solche nur zu wohl verdiente Vorwürfe machen, dann kämpf ich oft mit der Verzweiflung; wälze mich halbe Nächte im Bett herum, rufe den Tod herbey, und bald jede Art mein Leben zu endigen scheint mir erträglicher, als die äusserste Noth der ich alle Tage entgegensehe. Voll Schwermuth schleich' ich dann langsam unsrer Thur nach, und blicke vom Felsen herab scharf in die Tiefe. Gott! wenn nur meine Seele in diesen Fluthen auch untergehen könnte! Das eintemal lispelte mir der Teufel des Neides – freylich eine grosse Wahrheit ein: Wie viele Schätze werden nicht auf dieser Erde verschwendet! Wie manches Tausend auf Karten und Würfel gesetzt, wo dir ein einziges aus dem Labyrinth helfen könnte! Ein andermal heißt mich dieser böse Feind gar, zusammenpacken, und alles im Stich lassen. Aber nein! da bewahre mich Gott dafür! Ja, im blossen Hemd wollt' ich auf und davon, mich an die Algier zu verkaufen, wenn dann nur meine Ehre gerettet, und Weib und Kindern damit geholfen wäre. Noch ein andermal raunt mir, wie ich wenigstens wähne, ein beßrer Geist ins Ohr: Armer Narr! der Himmel wird deinetwegen kein Wunder thun! Gott hat die Erde gemacht, und so viel Gutes darauf ausgeschüttet. Und das Beßte davon, goß er's nicht ins weiche Herz des Menschen?

Also hinaus in die Welt, und spüre diesen edlen Seelen nach; Sie werden Dich nicht aufsuchen. Gesteh' ihnen deine Noth und deine Thorheit, schäm' dich deines Elends nicht, und schütte deinen Kummer in ihren Schooß aus. Schon manchem weit Unglücklichern ist geholfen worden. Aber o wie blöd' bin ich, und wie zweifelhaft, ob auch dieses gute oder schlimme Eingebungen seyn! – Beßter Menschenfreund! O um Gotteswillen rathen Sie mir; sagen Sie es mir, ob das ebenbemerkte Mittel nicht noch das thunlichste wäre, mich von einem gänzlichen Verderben zu retten. – Ach! wär' es nur um mich allein zu thun! – Aber meine Frau, meine armen unschuldigen Kinder, sollten auch diese die Schuld und Schand' ihres Mannes und Vaters tragen; und die hiesige Moralische Gesellschaft, in die ich mich erst neuerlich, freylich eben auch unüberlegt genug, habe aufnehmen lassen, sollte auch diese frühe, und zum erstenmal, durch eins ihrer Mitglieder, gegen welches man ohnehin so manche begründete Einwendungen machte, so schrecklich beschimpft werden? O noch einmal, um aller Erbärmden Gottes willen, Herr Lavater! Nur um einen väterlichen Rath! verziehen Sie mir diese Kühnheit. Noth macht frech. Und in meiner Heimath dürft' ich um aller Welt Gut willen mich keiner Seele entdecken. Freunde die mich zu retten wißten, hab' ich keine; wohl ein Paar die noch eher von mir Hülf' erwarten könnten; dem Spott aber von Halbfreunden oder Unbekannten mich auszusetzen – Nein! da will ich tausendmal lieber das Alleräusserste erwarten. – Und nun mit sehnlicher Ungeduld und kindlichem Zutrauen, erwartet, auch zuletzt nur eine Zeile Antwort von dem Mann, auf den noch einzig meine Seele hoffet,

> Der in den letzten Zügen des Elends liegende,
> arme, geplagte Tockenburger
> H**, bey L***,
> U.B.
> den 12. Herbstm. 1777.

75. Dießmal vier Jahre

(1778–1781.)

Diesen Brief, mein Sohn! den ich in jener angstvollen Nacht schrieb, gedacht' ich gleich Morgens darauf an seine Behörde zu senden; allein bey mehrmaligem Lesen und Ueberlesen desselben, wollt' er mir nie recht, und immer minder gefallen; als ich zumal mittlerweil' erfuhr, wie der theure Menschenfreund Lavater von Kollektanten, Betlern und Betlerbriefen so bestürmt werde, daß ich auch den blossen Schein, die Zahl dieser Unverschämten zu mehren, vermeiden wollte. Also – unterdrückt' ich mein Geschreibsel, und nahm von dieser Stund' an meine Zuflucht einzig zu Gott, als meinem mächtigsten Freund und sichersten Erretter, klagte demselben meine Noth, befahl ihm alle meine Sachen, und betete innbrünstig – nicht um ein Wunder zum meinem Beßten, sondern um Gelassenheit, alles abzuwarten wie es kommen möchte. Freylich wandelten auch im Verfolge mich noch öftre Anfälle von meinem eingewurzelten Kummerfieber an; aber dann eräugnete sich auch wieder manches, das meine Hoffnung stärkte. Ich wandte nämlich alle meine Leibs- und Seelenkräfte an, meine kleinen Geschäfte zu vermehren; sah' überall selber zu meinen Sachen; stellte mich gegen jedermann nichts weniger als muthlos, sondern that immer lustig und guter Dingen. Meinen Gläubigern gab ich die beßten Worte, zahlte die ältern, und borgte wieder bey andern. In der benachbarten Gemeinde Ganterschweil sah ich mich nach neuen Spinnern um, so viel ich derselben aufzutreiben wußte. Das Jahr 1778. gab mir ganz besondern Muth und Zuversicht; mein Händelchen gieng damals vortrefflich von statten, und bald konnt' ich glauben, daß ich mit Zeit und Weile mich vollkommen wieder erholen und von meinem ganzen Schuldenlast entledigen würde. Aber die Angst will ich doch mein Tage nicht vergessen, die mich auch itzt noch zum öftern quälte, wenn ich so den Geschäften nach traurig meine Strasse gieng, und mich dem Comptoir eines überlegenen Handelsmanns oder der Thür eines harten Gläubigers nahte, wie es mir da zu Muthe war; wie oft ich meine Hände gen Himmel rang: »Herr! Du weissest alle Dinge! Alle Herzen sind in deiner Hand; du leitest sie wie Wasserbäche, wohin du willst! Ach! gebiete auch diesem Laban, daß er nicht anders mit Jakob rede als freundlich«! Und der Allgütige erhörte meine Bitte; und ich bekam mildere Antwort, als ich's nie hätte erwarten dürfen. O wie ein köstlich Ding ist's, auf den Herrn hoffen, und ihm alle seine Anliegen mit Vertrauen klagen. Dieß hab' ich so manchmal, und so deutlich erfahren, daß mir itzt die felsenfeste Ueberzeugung davon nichts in der Welt mehr rauben kann.

Zu Anfang des Jahrs 1779. ward mir ohne mein Bewerben und Bemühen der Antrag gemacht, einem auswertigen Fabrikanten, von Glarus, Johannes Zwicki, Baumwollen-Tücher weben zu lassen. Anfangs lehnt' ich den Antrag aus dem Grund ab, weil vor mir her ein gewisser Grob bey der nämlichen Commißion Bankerott gemacht. Da man mich aber versichert, daß die Ursache seines Unfalls eine ganz andre gewesen, ließ ich mich endlich bereden, und traf den Accord vollkommen auf den Fuß wie jener. Sofort hob' ich diesen Verkehr an. Man lieferte mir das Garn; und zwar zuerst sehr schlechtes; aber nach und nach gieng's besser. Auch hatt' ich Anfangs viele Mühe, genug Spuhler und Weber zu kriegen. Doch merkt' ich bald, daß zwar mit diesem Geschäft viel Verdruß und Arbeit verbunden, aber auch etwas dabey zu gewinnen wäre. Ao. 80. erweitert' ich daher meine Anstalt um ein merkliches, fieng nun auch an, vor eigene Rechnung Tücher zu machen, und befand mich recht gut dabey. Mein Credit wuchs wieder von Tag zu Tage. Meine Gläubiger merkten bald, daß die

Sachen eine ganz andre Wendung genommen; ich bekam Geld und Waare so viel ich wollte, und zählte nun steif und fest darauf, itzt hätt' ich mich für ein- und allemal erschwungen.

Auch Ao. 81. gieng's wieder im Ganzen wenigstens passabel, und bey der Jahrrechnung zeigte sich ein ziemlicher Profit. Ich hüpfte daher nicht selten in meiner Waarenkammer vor Freuden hoch auf; betrachtete mein Schicksal als recht sonderbar, und meine Errettung wenigstens als ein Beynahe-Wunder. Und doch gieng von je her, und noch itzt, alles seinen ordentlichen natürlichen Lauf; und Glück und Unglück richteten sich immer theils nach meinem Verhalten, das in meiner Macht stuhnd, theils nach den Zeitumständen, die ich nicht ändern konnte.

76. Wieder vier Jahre

(1782.-1785.)

Allgemeine Uebersicht.

Wollt' ich wie ich's ehedem etwa in meinen Tagebüchern gethan alle Begegnisse meines Lebens, die im Ganzen alle Erdenbürger mit einander gemein haben, auch nur diese vier Jahre über erzählen, ich könnte ganze Bände damit füllen: Bald in einer heitern Laune meinen Wohlstand schildern, und mich und andre in einen solchen Enthusiasmus setzen, daß man glauben sollte, ich wäre der glücklichste Mensch auf Gottes Erdboden; dann aber hinwieder in einer trüben Stunde, wo ein halbduzend widrige Begegnisse auf meinem Pfad zusammentreffen, lamentiren wie eine Eule, und mein Schicksal so jämmerlich vorstellen, daß ich mich bald selbst könnte glauben machen, ich sey das elendeste Geschöpf unter der Sonne. Aber meine Umstände haben sich nun seit ein paar Jahren merklich geändert; und damit auch meine Denkart, über diesen Punkt nämlich; sonst bin ich freylich noch der alte Wilibald. Aber der närrische Schreibhang hat sich um ein gut Theil bey mir verloren. Ursache. Erstlich geben mir meine Geschäft, je länger je mehr zu denken und zu thun. Die Haushaltung verwirrt mir oft beynahe den Kopf, und zertrümmert das ganze schöne Spinngeweb meiner Authorsconcepte. Denn sind mir meine Jungens ohnehin schon beynahe über die Hand gewachsen, und es braucht nicht – wenig Zeit und Kopfbrechens, dieselben auch nur noch in einem etwelchen Gleise zu behalten. Drittens macht mir die Gefährtin meines Lebens, ihrer alten Art gemäß, noch immerfort die Herrschaft streitig, und dies bisweilen mit einer solchen Kraft, daß ich zum Retiriren meine Zuflucht nehmen muß, und oft in meinem kleinen Häuschen kein einziges Winkelgen finde, wo mich auch nur auf etliche Minute die Muse ungestört besuchen könnte. Gelingt es mir aber jede Woche etwa einmal, daß ich mich auf ein paar Stunden entfernen kann, so – ich will es nur gestehen – geh' ich dann lieber sonst irgend einem unschuldigen Vergnügen nach, das mir den Kopf aufräumt, anstatt ihn, mitten unter allem Hausgelerm, an meinem Pulte noch mehr zu erhitzen. Einzig wird es mir von Zeit zu Zeit, etwa an einem Sonntag oder Feyerabend, noch zu gut, ein schönes Büchelgen zu überschnappen, das ich aber, eh' ich's recht ausgelesen, weiter bestellen muß. Inzwischen giebt's denn wieder so ein herziges Ding, dem ich ebenfalls nicht widerstehen kann. Und so bleibt mir vollends oft wochenlang zum Schreiben nicht ein Augenblick übrig, so sehr ich auch den Lust und Willen hätte, diese und jene zufälligen Gedanken und Empfindungen aufs Papier zu werfen, bis etwa nach der Hand sich eine schickliche Viertelstunde darbietet, wo aber dann das Beßte gutentheils wieder verraucht, und auf immer verloren ist. Dann denk' ich (freylich vielleicht wie der Fuchs in der Fabel): »Und wozu am End alle dieß Dinten verderben? Wirst doch dein Lebtag kein eigentlicher Autor werden«! Und wirklich daran kam mir oft Jahre lang nur der Sinn nie – Wenn ich zumal in irgend einem guten Schriftsteller las, mocht' ich mein Geschmier vollends nicht mehr anseh'n, und bin zugleich überzeugt, daß ich in meinen alten Tagen, es besser zu machen kaum mehr lernen, sondern halt so fortfahren werde, ohne Kopf und Schwanz, bisweilen auch ohne Punkt und Comma, Schwarz auf Weiß zu klecksen, so lang meine Augen noch einen Stich sehen können. Aus allen diesen Gründen will ich so kurz seyn wie möglich; und bemerke zu allererst: Daß sich in jenem Zeitraum meine Umstände überhaupt von Jahr zu Jahr gebessert haben, und ich, wenn ich schon damals Waaren und Schulden zu Geld gemacht – alle meine Gläubiger vollkommen hätte befriedigen können, und mir meine kleine Residenz, Haus und Garten, ganz frey, ledig und eigen geblieben wäre. Nur im Sommer des letzten der genannten Jahre (1785.) erlitt' ich freylich mit so vielen andern grössern und kleinern Leuthen einen, ziemlich harten Stoß. Nach dem bekannten Königlich Französischen Edikt nämlich gab es einen so plötzlich und starken Abschlag der Waare, daß ich bey meinem kleinen und einfältigen Händelchen gewiß über 200. fl. einbüssen mußte. Und seither ist kein Anschein vorhanden, daß der Baumwollentücher-Verkehr in unserm Land jemals wieder zu seinem ehevorigen Flor gelangen werde. Einige Grosse mögen wol noch ihren schönen Schnitt machen; aber so ein armer Zumpel, wie unser einer, dem alle Waaren abgedruckt werden, gewiß nicht. Indessen gieng's auch mir immer noch ziemlich passabel; und so, daß wenn ich mich, selbst damals noch, zur Kargheit, selbst nur zu einer ängstlichen Sparsamkeit hätte bekehren wollen, ich vielleicht auf den heutigen Tag ein so genannter bemittelter Mann heissen und seyn könnte. Aber dieser Talent (mit dem ich wahrscheinlich auch nicht in jene Schuldenlast gerathen wäre, unter welcher ich zehn bis zwölf Jahre so bitter seufzen mußte, und die ich endlich, unter Gottes Beystand, mit so vieler Mühe und Arbeit ab meinen Schultern gewälzt) dieser Talent, sag' ich, ward mir eben nie zu Theil, und wird es wohl nimmer werden, so lang ich in dieser Zeitlichkeit walle. Nicht daß es nicht von Zeit zu Zeit Augenblicke gebe, wo ich mich über eine unnöthige Ausgabe, oder einen meist durch Nachgiebigkeit versäumten Gewinnst quälen und grämen, wo mich, sonderlich bey Hause, ein Kreutzer – ein Pfenning reuen kann. Aber, sobald ich in Gesellschaft komme, wo man mir gute Worte giebt, einen Dienst erweist – oder wo mein Vergnügen in Anschlag kömmt – da spiel' ich meist die Rolle eines Mannes der nicht auf den Schilling oder Gulden zu sehen hat, und nicht bey Hunderten sondern bey Tausenden besitzt. Dieß geschah besonders während dem ersten Entzücken über meine Befreyung von jedem nachjagenden Herrn. Da war mir wie einem der aus einer vermeinten ewigen Gefangenschaft, oder gar schon auf dem Schaffot, mit Eins auf ledigen Fuß gestellt wird, und nun über Stauden und Stöcke rennt. Da würd' ich bald hundert und hundertmal gestrauchelt, und vielleicht in Schwelgerey und andre Laster – kurz vor lauter Freuden bald in neue noch ärgere Abgründe versunken seyn, wäre mir nicht mein guter Engel mit dem blossen Schwerdt, wie einst dem Esel Bileams, in den Weg gestanden.

77. Und nun, was weiters?

Das weiß ich wahrlich selber nicht. Je mehr ich das Gickel Gackel meiner bisher erzählten Geschichte überlese und überdenke, desto mehr eckelt mir's davor. Ich war daher schon entschlossen, sie wieder von neuem anzufangen; ganz anders einzukleiden; vieles wegzulassen das mir itzt recht pudelnärrisch vorkömmt; anderes wichtigeres hingegen, worüber ich weggestolpert, oder das mir bey dem ersten Concepte nicht zu Sinn gekommen, einzuschalten, u.s.f. Da sich aber, wie schon oben gesagt, mein Schreibehang, gut um drey Quart vermindert – da ich hiernächst die Zeit dazu extra auskaufen müßte, und besonders – am End es nicht viel besser machen würde, will ich's lieber grad bleiben lassen wie es ist – als ein zwar unschädliches, aber, ich denke, auch unnützes Ding, wenigstens für andre. Damit ich aber mein bisheriges Wirrwar einigermaassen verbeßre, will ich wenigstens das eint- und andre nachholen; mich noch, ehe es fremde Richter thun, selbst critisiren, und dann mit Beschreibung meiner gegenwärtigen Lage beschliessen.

78. Also?

Was anders, als ich, nicht Ich? Denn ich hab' erst seit einiger Zeit wahrgenommen, daß man sich selbst – mit einem kleinen i schreibt. Doch, was ist das gegen andre Fehler? Freylich muß ich zu meiner etwelchen Entschuldigung sagen, daß ich mein Bißchen Schreiben ganz aus mir selbst, ohne andern Unterricht gelernt, dafür aber auch erst in meinem dreyßigsten Jahr etwas Leserliches, doch nie nichts recht orthographisches, auch unlinirt bis auf den heutigen Tag nie eine ganz gerade Zeile herausbringen konnte. Hingegen hatte für mich die sogenannte Frakturschrift, und zierlich geschweifte Buchstaben aller Art sehr viele Reitze, obschon ich's auch hierinn nie weit gebracht. Nun denn, so geh' es auch hierinn eben weiter im Alten fort.

Als ich dieß Büchel zu schrieben anfieng, dacht' ich Wunder, welch eine herrliche Geschicht' voll der seltsamsten Abentheuer es absetzen würde. Ich Thor! Und doch – bey besserem Nachdenken – was soll ich mich selbst tadeln? Wäre das nicht Narrheit auf Narrheit gehäuft? Mir ist's als wenn mir jemand die Hand zurückzöge. Das Selbsttadeln muß also etwas unnatürliches, das Entschuldigen und sich selbst alles zum Beßten deuten etwas ganz natürliches seyn. Ich will mich also herzlich gern' entschuldigen, daß ich Anfangs so verliebt in meine Geschichte war, wie es jeder Fürst und – jeder Betelmann in die seinige ist. Oder, wer hörte nicht schon manches alte, eisgraue Bäurlein von seinen Schicksalen, Jugendstreichen u.s.f. ganze Stunden lang mit selbstzufriedenem Lächeln so geläufig und beredt daherschwatzen, wie ein Procurator, und wenn er sonst der größte Stockfisch war. Freylich kömmt's denn meist ein Bißel langweilig für andre heraus. Aber was jeder thut, muß auch jeder leiden. Freylich hätt' ich, wie gesagt, mein Geschreibe ganz anders gewünscht; und kaum war ich damit zur Hälfte fertig, sah' ich das kuderwelsche Ding schon schief an; alles schien mir unschicklich, am unrechten Orte zu stehn, ohne daß ich mir denn doch getraut hätte, zu bestimmen, wie es eigentlich seyn sollte; sonst hätt' ich's flugs auf diesen Fuß, z.B. nach dem Modell eines Heinrich Stillings umgegossen. »Aber, Himmel! welch ein Contrast! Stilling und: ich«! dacht' ich. »Nein, daran ist nicht zu gedenken. Ich dürfte nicht in Stillings Schatten stehn«. Freylich hätt' ich mich oft gerne so gut und fromm schildern mögen, wie dieser edle Mann es war. Aber konnt' ich es, ohne zu lügen? Und das wollt' ich nicht, und hätte mir auch wenig geholfen. Nein! Das kann ich vor Gott bezeugen, daß ich die pur lautere Wahrheit schrieb, entweder Sachen die ich selbst gesehen und erfahren, oder von andern glaubwürdigen Menschen als Wahrheit erzählen gehört. Freylich Geständnisse, wie Roußeau's seine, enthält meine Geschichte auch nicht, und sollte auch keine solchen enthalten. Mag es seyn, daß einige mich so für besser halten, als ich nach meinem eigenen Bewußtseyn nicht bin. Aber aller meiner Beichte ungeachtet, hätten denn doch hinwieder andre mich noch für schlimmer geachtet, als ich, unter dem Beystand des Höchsten mein Lebtag nicht seyn werde. Und mein einzig unpartheyischer Richter kennt mich ja durch und durch, ohne meine Beschreibung.

79. Meine Geständnisse

Um indessen doch einigermaaßen ein solches Geständniß abzulegen, und Euch, meine Nachkommen, einen Blick wenigstens auf die Oberfläche meines Herzens zu öffnen, so will ich Euch sagen: Daß ich ein Mensch bin, der alle seine Tage mit heftigen Leidenschaften zu kämpfen hatte. In meinen Jugendjahren erwachten nur allzufrühe gewisse Naturtriebe in mir; etliche Geißbuben, und ein Paar alte Narren von Nachbarn sagten mir Dinge vor, die einen unauslöschlichen Eindruck auf mein Gemüth machten, und es mit tausend romantischen Bildern und Fantaseyen erfüllten, denen ich, trotz alles Kämpfens und Widerstrebens, oft bis zum unsinnig werden nachhängen mußte, und dabey wahre Höllenangst ausstuhnd. Denn um die nämliche Zeit hatte ich von meinem Vater, und aus ein Paar seiner Lieblingsbücher, allerley, nach meinen itzigen Begriffen übertriebene, Vorstellungen von dem, was eigentlich fromm und reinen Herzens sey, eingesogen. Da wurde mir nur das allerstrengste Gesetz eingepredigt; da schwebten mir immer unübersteigliche Berge, und die schwersten Stellen aus dem Neuen Testament von Händ' und Füß' abhauen, Augausreißen u.s.f. vor. Mein Herz war von jeher äusserst empfindlich, ich erstaunte daher sehr oft, wenn ich weit bessere Menschen als ich, bey diesem oder jenem Zufall, bey Erzählung irgend eines Unglücks, bey Anhörung einer rührenden Predigt, u.d. gl. wie ich wähnte ganz frostig bleiben sah. Man denke sich also meine damalige Lage in einem rohen einsamen Schneegebürg': Ohne Gesellschaft, ausser jenen schmutzigen Buben und unfläthigen Alten auf der einen – auf der andern Seite jenen schwärmerischen Unterricht, den mein junger feuerfangender Busen so begierig aufnahm; dann mein von Natur tobendes Temperament, und eine Einbildungskraft, welche mir nicht nur den ganzen Tag über keine Minute Ruhe ließ, sondern mich auch des Nachts verfolgte, und mir oft Träume bildete, daß mir noch beym Erwachen der Schweiß über alle Finger lief. Damals war (wie man schon zum Theil aus meiner obigen Geschichte wird ersehen haben) meine größte Lust, an einem schönen Morgen oder stillen Abend, währendem Hüten meiner Geißen, mich auf irgend einem hohen Berge in einen Dornbusch zu setzen – dann jenes Büchelgen hervorzulangen das ich viele Zeit überall und immer bey mir trug, und daraus mich über meine Pflichten gegen Gott, gegen meine Eltern, gegen alle Menschen und gegen mich selbst, so lang zu erbauen, bis ich in eine Art wilder Empfindung gerieth, und (ich entsinne mich noch vollkommen) allemal mit einer Ermahnung an Kinder geendet, deren Anfang lautete: »Kommt Kinder! Wir wollen uns vor dem Thron des himmlischen Vater niederwerfen«. Dann richtete ich meine Augen starr in die Höhe, und häufige Thränen flossen die Wangen herab. Dann hätt' ich mich auf ewig und durch tausend Eyde verbunden, Allem Allem abzusagen, und nur Jesu nachzufolgen. Voll unnennbarer, halb süsser, halb bitterer Empfindungen stieg ich dann mit meiner Heerde weiter von einem Hügel zum andern auf und nieder, und hieng immer dem beängstigenden Gedanken nach: Was ich denn nun allererst thun müsse, um selig zu werden? »Darf ich also«, hob ich dann halb laut halb leise an, »meine Geißen nicht mehr lieben? Muß ich meinem Distelfink Abschied geben? – Muß ich wirklich gar Vater und Mutter verlassen«? u.s.f. Dann fiel ich vollends in eine düstre Schwermuth, in Zweifel, in Höllenangst; wußte nicht mehr was ich treiben, was ich lassen, woran ich mich halten sollte. Das dauerte dann so etliche Tage lang. Dann hieng ich wieder für etwas Zeit Grillen von ganz andrer Natur – und auch diesen bis zur Wuth nach, baute mir ein, zwey, drey Dutzend spanischer Schlösser auf, riß alle Abend die alten nieder, und schuf ein Paar neue. – So dauerte es bis ungefehr in mein achtzehntes Jahr, da mein Vater seinen Wohnort veränderte, und ich so zu sagen in eine ganz neue Welt trat, wo ich mehr Gesellschaft, Zeitvertreib, und minder Anlaß zum Phantasiren hatte.

Hier fiengen sich dann auch, besonders Eine Art der Kinderei meiner Einbildungskraft – und zwar leider eben die schönste von allen – an, sich in Wirklichkeit umzuschaffen, und kamen mir eben nahe an Leib. Aber zu meinem Glücke hielt mich meine anerbohrene Schüchternheit, Schaamhaftigkeit – oder wie man das Ding nennen will – noch Jahre lang zurück, eh' ich nur ein einziges dieser Geschöpfe mit einem Finger berührte. Da fieng sich endlich jene Liebesgeschichte mit Aenchen an, die ich oben, wie ich denke, nur mit allzusüsser Rückerinnerung, beschrieben habe – und doch noch einmal beschreiben, jene Honigstunden mir noch einmal zurückrufen möchte – um mehr zu geniessen als ich wirklich genossen habe. Allein ich fürchte – nicht Sünde, aber Aergerniß; und eine geheime Stimme ruft mir zu: »Grauer Geck! Bestelle dein Haus; denn du mußt sterben«. – Noch lebt diese Person, so gesund und munter wie ich; und mir steigt eine kleine Freude ins Herz so oft ich sie sehe, obgleich ich mit Wahrheit bezeugen kann, daß sie alle eigentliche Reitze für mich verloren hat. Also kurz und gut, wir gehen weiters. Nun von jenem Zeitpunkt an war ich unstät und flüchtig, wie Cain. Bald bestuhnd meine Arbeit im Taglöhnen; bald zügelte ich für meinen Vater das Salpetergeschirr von einem Fleck zum andern. Da traf ich freylich allerhand Leuthe, immer neue Gesellschaft, und mir bisdahin unbekannte Gegenden an; und diese und jene waren mir bald widrig, bald angenehm. Im Umgang war ich eckel. Zwar bemühete ich mich, freundlich mit allen Menschen zu thun. Aber zu beständigen Gespannen stuhnden mir die wenigsten an; sie mußten von einer ganz eigenen Art seyn, die ich, wenn ich ein Mahler wäre, eher zeichnen, als mit Worten beschreiben könnte. Hie und da gerieth ich auch an ein Mädchen; aber da stuhnd mir keine an wie mein Aenchen. Nur eines gewissen Cäthchens und Marichens erinnr' ich mich noch mit Vergnügen, obschon unsre Bekanntschaft nur eine kleine Zeit währte. Wenn ein Weibsbild, sonst noch so hübsch, da stuhnd oder saß wie ein Stück Fleisch – mir auf halbem Weg entgegen kam, oder mich gar noch an

Frechheit übertreffen wollte, so hatte sie's schon bey mir verdorben; und wenn ich dann auch etwa in der Vertraulichkeit mit ihr ein Bißchen zu weit gieng, war's gewiß das erste und letzte Mal. Nie hab' ich mir auf meine Bildung und Gesicht viel zu gut gethan, obschon ich bey den artigen Närrchen sehr wohl gelitten war, und einiche aus ihnen gar die Schwachheit hatten mir zu sagen, ich sey einer der hübschesten Buben. Wenn gleich meine Kleidung nur aus drey Stücken bestuhnd – einer Lederkappe, einem schmutzigen Hembd, und ein Paar Zwilchhosen – so schämte sich doch auch das niedlichst geputzte Mädchen nicht, ganze Stunden mit mir zu schäckern. In Geheim war ich denn freylich stolz auf solche Eroberungen, ohne recht zu wissen warum? Andremal nagte mir, wie gesagt, wirklich die Liebe ein Weilchen am Herzen: Dann sucht' ich mich des lästigen Gastes durch Zerstreuungen zu entledigen; jauchzte, pfiff, und trillerte einen Gassenhauer, deren ich in kurzer Zeit viele von meinen Kameraden gelernt hatte; oder brütete an abgelegenen Orten wieder etliche Fantaseyen aus, und träumte von lauter Glück und guten Tagen, ohne daß ich mir einfallen ließ, mich auch zu fragen: Wenn und woher sie auch kommen sollten? das ich mir auch sicher nicht hätte beantworten können. Denn die Wahrheit zu gestehn, ich war ein Erzlappe und Stockfisch, und besaß zumal keine Unze Klugheit, oder gründliches Wissen, wenn ich schon über alles ganz artlich zu reden wußte. Daß ich bey jedermann, und bey jenen schönen Dingern insonderheit wohl gelitten war, kam einzig daher, weil ich so ziemlich gut an jedem Ort augenblicklich den für dasselbe schicklichsten Ton zu treffen wußte, und mir, wie meine Nymphen behaupteten, alles ziemlich nett anstuhnd. – Und nun abermals ein neuer Akt meines Lebens. Als mich nämlich bald hernach das Verhängniß in Kriegsdienste führte, und vorzüglich in den sechs Monathen, da ich noch auf der Werbung herumstreifte, ja da geht's über alle Beschreibung, wie ich mich nun fast gänzlich im Getümmel der Welt verlor. Zwar unterließ ich auch während meinen wildesten Schwärmereyen nie, Gott täglich mein Morgen- und Abendopfer zu bringen, und meinen Geschwisterten gute Lehren nach Haus zu schreiben. Aber damit war's dann auch gethan; und ob der Himmel daran grosse Freude hatte, muß ich zweifeln? Doch, wer weißt's? Selbst die flüchtige Andacht unterhielt vielleicht manche gute Gesinnung in mir, die sonst auch noch zu Trümmern gegangen wäre, und behütete mich vor groben Ausschweifungen, deren ich mir, Gott Lob! keiner einzigen bewußt bin. So z.B. wenn ich schon mit hübschen Mädchens für mein Leben gern umgehen mochte, hätt' ich's doch auf allen meinen Reisen und Kriegszügen nie über's Herz gebracht, nur ein eineinziges zu übertölpeln, wenn ich auch dazu noch so viel Reitzung gehabt. Wahrlich, mein Gewissen war so zart über diesen Punkt, daß ich mir vielmehr oft nachwerts ruchlose Vorwürfe über meine eigne Feigheit gemacht; mir den und diesen guten Anlaß wieder zurückgewünscht, u.s.f. Aber wenn sich denn wirklich die Gelegenheit von neuem eräugnete, und alles bis zum Genusse fix und fertig war, so fuhr ein zitternder Schauer mir durch Mark und Beine, daß ich zurückbebte, meinen Gegenstand mit guten Worten abfertigte, oder leise davon schliech. Auf dem ganzen Transport bis nach Berlin bin ich, bis auf ein einziges Nestchen, vollends ganz rein davon gekommen. In dieser großen Stadt hätt' ich an gemeinen Weibsleuthen keinen Schuh' gewischt. Hingegen will ich's nicht verbergen, daß meine zügellose Einbildungskraft ein Paarmal über glänzende Damen und Mamselles brütete. Aber es stellten sich immer noch zu rechter Zeit genugsame Hindernisse in den Weg; die Anfechtungen verschwanden, und besserer Sinn und Denken erwachten wieder. Während meiner Campagne und auf der Heimreise hab' ich abermals keinen weiblichen Finger berührt. Was meine Desertion betrift, so machte mir mein Gewissen darüber nie die mindesten Vorwürfe. Gezwungner Eyd, ist Gott leid! dacht' ich; und die Ceremonie, die ich da mitmachte, wähnt' ich wenigstens, könne kaum ein Schwören heissen. – Nach meiner Rückkehr ins Vaterland ergriff ich wieder meine vorige Lebensart. Auch Buhlschaften spannen sich bald von neuem an. Meine herzliebe Anne war freylich verplempert; aber es fanden sich in kurzem andere Mädels mehr als eines, denen ich zu behagen schien. Mein Aeusseres hatte sich ziemlich verschönert. Ich gieng nicht mehr so läppisch daher, sondern hübsch gerade. Die Uniform die mein ganzes Vermögen war, und eine schöne Frisur, die ich recht gut zu machen wußte, gaben meiner Bildung ein Ansehn, daß dürftige Dirnen wenigstens die Augen aufsperrten. Bemittelte Jungfern dann – Ja, o bewahre! – die warfen freylich auf einen armen ausgerißnen Soldat keinen Blick. Die Mütter würden ihnen fein ausgemistet haben. Und doch wenn ich's nur ein wenig pfiffiger und politischer angefangen, hätt' es mir mit einer ziemlich reichen Rosina geglückt, wie ich nachwerts zu späth erfuhr. Inzwischen erhob selbst dieser mißlungene Versuch meinen Muth und meine Einbildung nicht um ein geringes – und der geschossene Bock wäre mir nicht um tausend Gulden feil gewesen. Ich sah darum von erwähnter Zeit an alle meine bisherigen Liebschaften so ziemlich über die Achsel an, und warf den Bengel höher auf. Aber meine sorglose lüderliche Lebensart verderbte immer alles wieder. Mit Kindern meines Standes war mein Umgang freylich, Gott verzeih' mir's! oft nur allzufrey; in Absicht auf solche hingegen, die über mir stuhnden, verließ mich meine Feigheit nie; und das war mir am meisten hinderlich. Denn wer weiß nicht, wie oft der dümmste Labetsch, bloß mit einem beherzten angriffigen Wesen zuerst sein Glück macht. Aber mir so viele Mühe geben – kriechen, bitten, seufzen und verzweifeln – konnt' ich eben nicht. Eines Tags gieng ich nach Herisau an eine Landsgemeinde. Mutter steckte mir all' ihr kleines Spaargeldlin von etwa 6. fl. bey. Einer meiner Bekannten im Appenzeller-Land trachtete mir zu Trogen, in einer grossen Gesellschaft, eine gewisse Ursel aufzusalzen, die mir aber durchaus nicht behagen wollte. Ich suchte also ihr je eher je lieber wieder los zu werden. Es glückte mir auf dem Rückweg nach Herisau, wo sie sich – oder vielmehr ich mich unter dem grossen Haufen verlor. Es war eine grosse Menge jungen Volkes. Bey einbrechender Abenddämmerung näherte man sich einander, und formirte Paar und Paar – als ich mit eins ein wunderschönes Mädel, sauber wie Milch und Blut, erblickte, das mit zwey andern solchen Dingen davon schlenterte. Ich streckt' ihm die Hand entgegen, es ergriff sie mit den beyden seinigen, und wir marschirten bald Arm an Arm in dulci Jubilo unter Singen und Schäckern unsre Strasse. Als wir zu Herisau ankamen, wollt' ich sie nach Haus begleiten. »Das bey Leib nicht«! sagte sie; »Ich dörft's um alles in der Welt nicht. Nach dem Nachtessen vielleicht, kann ich denn eher noch ein Weilchen zum Schwanen kommen«. Mit einem solchen Ersatz war ich natürlich sehr zufrieden. Damals wußt' ich noch nicht, wer mein Schätzgen war, und erfuhr erst itzt im Wirtshaus: Daß sie ein Töchtergen aus einem guten Kaufmannshaus, und ungefehr sechszehn Jahr alt sey. Ungefehr nach einer Stunde kam das liebe Geschöpf – Cäthchen hieß es – mit einem artigen jungen Kind auf dem Arm, das sein Schwesterchen war – denn anders hätt' es nicht entrinnen können – als eben auch die verwünschte Ursel in die Stube trat, mich gleichfalls aufsuchen wollte – bald aber Unrath merkte, mir bittere Vorwürfe machte – und davon gieng. Alsdann gab uns der Wirth ein eigen Zimmer – Cäthchen hinein, und ich nachgeschwind wie der Wind. Ich hatte ein artiges Essen bestellt. Nun waren ich und das herrliche Mädchen allein, allein. O was dieses einzige Wort in sich faßt! Tage hätt' es währen sollen, und nicht zwey oder drey wie Augenblicke verflossene Stunden. Und doch – die

Wände unsers Stübchens – das Kind auf Cäthchens Schooß – die Sternen am Himmel sollen Zeugen seyn unsrer süssen, zärtlichen, aber schuldlosen Vertraulichkeit. Ich blieb noch die halbe Woche dort. Mein Engel kam alle Tage mit ihrem Schwesterchen vier bis fünfmal zu mir. Endlich aber gieng mir die Baarschaft aus – ich mußte mich losreissen. Cäthchen gab mir, immer mit dem Kind auf dem Arm, trotz aller Furcht vor seinen Eltern, das Geleit noch weit vor den Flecken hinaus. Wie der Abschied war, läßt sich denken. Thränen von Liebchen trug ich auf meinen Wangen genug nach Haus. Wir winkten einander mit Schürze und Schnupftüchern unser Lebewohl mehr als hundertmal, und so weit wir uns sehen konnten. O man verzeihe mir meine Thorheit! Gehören doch diese Tage zu den allerglücklichsten, und ihre Freuden zu den allerunschuldigsten meines Lebens. Denn mein guter Engel hatte mir gegen dieß holde Mädchen ordentlich eben so viel Ehrfurcht als Liebe eingeflößt, so daß ich sie, wie ein Vater sein Kind, umarmte, und sie mich hinwieder, wie eine Tochter ihren Erzeuger, sanft an ihren reinen Busen drückte, und mein Gesicht mit ihren Küssen deckte. – Itzt war ich dem Leibe nach wieder bey Haus, aber im Geiste immer mit diesem herzigen Schätzgen beschäftigt, dem weiland Aennchen sogar weit nachstuhnd. Indessen kam mir nur kein Gedanke daran, daß ich jemals zu ihrem Besitz gelangen könnte; vielmehr sucht' ich mir alles Vorgegangene vollkommen aus dem Sinn zu schlagen, und es gelang mir. Denn dieß war von jeher meine Art: Was einen schnellen Eindruck auf mich machte, war auch bald wieder vergessen, und von neuen Gegenständen verdrängt. Allein, wer hätte daran gedacht? An einem schönen Abend brachte mir der Herisauer-Bot ein Briefchen von meinem Cäthchen, worinn sie in zärtlich verliebten und dabey recht kindisch naiven Ausdrücken mir sagte: Wie's ihr sey seit unserm Abschied; wie sie mich gern wieder sehen – noch einmal mit mir reden möchte – und, wenn das nicht möglich wäre, mich wenigstens zu einem schriftlichen Verkehr auffodere. Ich küßte das Papier, las es wohl hundertmal, und trug's immer in der Tasche, bis es ganz verschmutzt und zerfetzt war. Also – ich flog eilends nach Herisau – Nein! Ich antwortete auf der Stelle. – Nein! auch das nicht, kein Wort. Kurz ich gieng nicht, und schrieb nicht. Warum? Daß ich gerade damals kein Geld hatte, dessen erinnere ich mich; daß sonst noch etwas dazwischen kam, weiß ich auch; die eigentliche Ursach' aber ist mir aus dem Gedächtniß entfallen. Genug, ich vergaß meinen Herisauer-Schatz, worüber ich mir nachwerts manchen bittern Vorwurf gemacht. Endlich, erst nach zwanzig Jahren, dacht' ich wieder einmal dieser Begebenheit so lange und so ernsthaft nach, und die Begierde zu erfahren, ob das liebe Kind noch lebe, und was aus ihr geworden sey, ward so stark in mir, daß ich eigens deswegen auf Herisau gieng, (ungeachtet ich in der Zwischenzeit manchmal mich Tage lang dort aufhielt, ohne daß mir nur ein Sinn an sie kam,) nach ihrer Wohnung fragte, und bald erfuhr, daß sie schon Mutter von zehn Kindern, und auf einem Wirthshaus sey. Ich flog dahin. Der Mann war eben nicht zu Hause. Ich sprach sie um Nachtherberg an, setzte mich zu Tisch, und beguckte mein – nun nicht mehr mein Cäthchen. Himmel! wie das arme Ding ganz verlottert war. Und doch erkannt' ich ihre ehevorigen jugendlichen Gesichtszüge mitunter noch deutlich. Ich konnte mich der Thränen kaum erwehren. Sie war unglücklicher Weise an einen brutalen und dabey lüderlichen Mann gerathen, der nachwerts wirklich banquerout machte. Schon damals war sie in sehr ärmlichen Umständen. Sie kannte mich nicht mehr. Ich fragte sie alles aus, nach ihrer Herkunft, wer ihr Mann sey, u.s.f. Und endlich auch: Ob sie sich nicht mehr eines gewissen U.B. erinnre, den sie vor zwanzig Jahren etliche Tag' nach einander beym Schwanen angetroffen. Hier sah sie mir starr ins Gesicht – fiel mir an die Hand: »Ja! Er ist's, er ist's«! und grosse Tropfen rollten über ihre blassen Wangen herab. Nun ließ sie alles stehn, setzte sich zu mir hin, erzählte mir der Länge und Breite nach ihre Schicksale, und ich ihr die meinigen, bis späth in die Nacht hinein. Beym Schlafengehn konnten wir uns nicht erwehren, jene seligen Stunden durch ein Paar Küße zu erneuern, aber weiter stieg mir auch nur kein arger Gedanke auf. Im Verfolg kehrte ich noch manchmal bey ihr ein. Sie starb etwa vier Jahre nach unserm ersten Wiedersehn – und es thut mir so wohl, noch eine Thräne auf ihr Grab zu weinen, wo sie itzt mit so viel andern guten Seelen im Frieden wohnt. Und nun weiters.

Daß ich in meiner obigen Geschichte über die allerernsthaftesten Scenen meines Lebens – Wie ich an meine Dulcinea kam – ein eigen Haus baute – einen Gewerb anfieng, u.s.f. so kurz hinweggeschlüpft, kömmt wahrscheinlich daher, daß diese Epoche meines Daseyns mir unendlich weniger Vergnügen als meine jüngern Jahre gewährten, und darum auch weit früher aus meinem Gedächtniß entwichen sind. So viel weiß ich noch gar wohl: Daß, als ich auch im Ehestand mich betrogen sah, und statt des Glücks, das ich darinn zu finden mir eingebildet hatte, nur auf einen Haufen ganz neuer unerwarteter Widerwärtigkeiten stieß, ich mich wieder aufs Grillenfängen legte, und meine Berufsgeschäfte nur so maschienenmäßig, lästig und oft ganz verkehrt verrichtete, und mein Geist, wie in einer andern Welt, immer in Lüften schwebte, sich bald die Herrschaft über goldene Berge, bald eine Robinsonsche Insel, oder irgend ein andres Schlauraffenland erträumte, u.s.f. Da ich hiernächst um die nämliche Zeit anfieng, mich aufs Lesen zu legen, und ich zuerst auf lauter mystisches Zeug – dann auf die Geschichte – dann auf die Philosophie – und endlich gar auf die verwünschten Romanen fiel, schickte sich zwar alle dieß vortreflich in meine idealische Welt, machte mir aber den Kopf nur noch verwirrter. Jeden Helden und Ebentheurer alter und neuer Zeit macht' ich mir eigen, lebte vollkommen in ihrer Lage, und bildete mir Umstände dazu und davon wie es mir beliebte. Die Romanen hinwieder machten mich ganz unzufrieden mit meinem eigenen Schicksal und den Geschäften meines Berufes, und weckten mich aus meinen Träumen, aber eben nur zu grösserm Verdruß auf. Bisweilen, wenn ich denn so mürrisch war, sucht' ich mich durch irgend eine lustige Lektur wieder zu ermuntern. Alsdann je lustiger, je lieber; so daß ich darüber bald zum Freygeist geworden, und dergestalt immer von einem Extrem ins andre fiel. In dieser Absicht bedaur' ich die Gefehrtin meines Lebens von Herzen. Denn so wenig Geschmack ich an ihr fand, so hatte sie doch noch viel mehr Ursache, keinen an mir zu finden. Dennoch war ihre Neigung zu mir stark, obgleich nichts weniger als zärtlich. Ein Betragen ganz nach ihrem Geschmack, meine Unterwürfigkeit und Liebe zu ihr, das alles wollte sie von dem ersten Tag' an erproben und erpoltern – und macht's heute mit mir und meinen Jungen noch eben so – und wird es so wenig lassen, als ein Mohr seine Haut ändern kann. Und doch ist dieß, wie ich's nun aus Erfahrung weiß, gewiß das ganz unrechte Mittel, einen an das Joch zu gewöhnen. Inzwischen flossen meine Tage so halb vergnügt, halb mißvergnügt dahin. Ich suchte mein Glück in der Ferne und in der Welt – mittlerweile es lange ganz nahe bey mir vergebens auf mich wartete. Und noch itzt, da ich doch überzeugt bin, daß es nirgends als in meinem eigenen Busen wohnt, vergeß ich nur allzuoft, dahin – in mich selbst zurückzukehren – flattre in einer idealischen Welt herum, oder wähle in dieser gegenwärtigen falsche, Eckel und Unlust erweckende, Scheingüter ausser mir. Was Wunder also, daß ich, nach meinem vorbeschriebenen Verhalten, mich immer selber ins Gedränge brachte, und mich zumal in eine Schuldenlast vertiefte, in der ich beynahe verzweifeln mußte. Freylich seh' ich itzt wohl ein, daß auch mein dießfälliges Elend mehr in meiner Einbildung als in der Wirklichkeit bestuhnd, und mein Falliment, da ich am tiefsten stack, doch nie beträchtlich gewesen, und nicht über 700. höchstens 800. fl. an mir wären eingebüßt worden. Und doch hab' ich vor- und nachher Banqueroute von so viel Tausenden mit kaltem Blut spielen gesehn. Zudem waren meine Gläubiger gewiß nicht von den strengsten, sondern noch vielmehr von den allerbeßten und nachsichtigsten, wenn mich gleich der eint- und andre ein Paarmal ziemlich roh anfuhr. Eben so sicher ist's freylich, daß, wenn ich meiner Frauen Grundsätze befolgt, ich nie in dieß Labyrinth gerathen wäre. Ob aber unter andern Umständen, und wenn ich eine anders organisirte Haushälfte gehabt, oder dieselbe mich anders geleitet – mir entweder freye Hände gelassen, oder doch meinen Willen und Zuneigung auf eine zärtlichere Art zu fesseln gewußt, es je so weit mit mir gekommen wäre, ist dann wieder eine andre – Frage? Einmal ganz und gar in ihre Maximen einzutreten, war mir unmöglich. Bey mehrerer Freyheit hingegen (denn mit Gewalt mocht' auch Ich meine Authorität lange nicht zeigen) hätt' ich wenigstens meiner Geschäfte mich mehr angenommen, mehr Eifer und Fleiß, und kurz alle meine Leibs- und Seelenkräfte besser auf meinen Gewerb gewandt. Da mir aber Zanken und Streit in Tod zuwider, und etwas mit dem Meisterstecken durchzusetzen, auch nicht meine Sache war – wenn's zumal den zeitlichen Plunder betraf, der mir so vieler Mühe nie werth schien – so ließ ich's eben bleiben. Schon damals hatten geistige Beschäftigungen weit mehr Reitze für mich. Und da meine Dulcinea ohnehin alles in allem seyn wollte, sie mich in allem tadelte, und ich ihr mein Tage nichts recht machen konnte, so wurd' ich um so viel verdrüßlicher, und dachte: Ey! zum **, so mach's Du! Ich kenne noch andre Arbeit, die mir unendlich wichtiger erscheint. Da hatt' ich nun freylich Unrecht über Unrecht; denn ich erwog nicht, daß doch zuletzt alle Last auf den Mann fällt – ihn bey den Haaren ergreift, und nicht das Weib. Hätt' ich nur, dacht' ich denn oft, eine Frau, wie Freund N. Der ist sonst, ohne Ruhm zu melden, ein Lapp wie ich, und hätte schon hundert und aber hundert Narrenstreiche gemacht, wenn nicht sein gescheidtes Dorchen ihn auf eine liebevolle Art zurückgehalten – und das alles so verschmitzt, nur hinten herum, ohne ihn merken zu lassen, daß er nicht überall Herr und Meister sey. O wie meisterlich weißt sich die nach seinen Launen zu richten, die guten und die bösen zu mässigen (Denn in den beßern ist er übertrieben lustig, in den übeln hingegen ächzt er wie eine alte Vettel, oder will alles um sich her zerschmettern) daß ich oft erstaunt bin, wie so ein Ding vor Weibchen eine so unsichtbare Gewalt über einen Mann haben, und, unterm Schein ganz nach seinem Gefallen zu leben, ihn ganz zu Diensten haben kann. Aber ein derley Geschöpf ist eben ein rarer Vogel auf Erde; und selig ist der Mann, dem ein solch Kleinod bescheert ist, wenn er's zumal gehörig zu schätzen weiß. Und Freund N. schätzt das seinige himmelhoch, ohn' es doch recht zu kennen. Sie lobt ihm alles; und wenn ihr etwas auch noch so sehr mißfällt, heißt es nur mit einem holden Lächeln: »Es mag gut seyn; aber ich hätt's doch lieber so und so gesehn. Schatze! Mir zu gefallen mach's auf diese Art«. Nie hab' ich ein bitter Wort oder eine böse Miene gegen ihn bemerkt, auch nie von andern vernommen, der diese gesehen oder jenes gehört hätte. Obgleich nun übrigens freylich ein solcher Zeisig bisweilen mich etwas lüstern, und der Contrast zwischen ihr und meiner Bethesgenoßin, nicht selten ein wenig düster gemacht, war ich doch im Grund des Herzens mit meinem Loos nie eigentlich unzufrieden, fest überzeugt, mein guter Vater im Himmel habe auch in dieser Rücksicht – denn warum in dieser allein nicht? – die beßte Wahl getroffen. Ist's ja doch offenbar, daß gerade eine solche Hälfte und keine andre es seyn mußte, die meiner Neigung zu allen Arten von Ausschweifungen Schranken setzte. Solch ein weiblicher Poldrianus sollte mir das Lächerliche und Verhaßte jeder allzuheftigen Gemüthsbewegung – wie die lacedämonischen Sklaven den Buben ihrer Herren das Laster der Trunkenheit – in Natura zeigen, und dergestalt Ein Teufel den andern austreiben. Solch eine karge Sparbüxe müßt' es seyn, die meiner Freygebigkeit und Geldverachtung das Gleichgewicht hielt – mir zu Nutz' und ihr zur Strafe, nach dem herrlichen Sprichwort: Ein Sparer muß einen Geuder haben. Solch ein Sittenrichter und Kritikus mußt' es seyn, der alle meine Schritt' und Tritte beobachtete, und mir täglich Vorwürfe machte. Das hieß mich, auch täglich, auf meine Handlungen Achtung geben, mein Herz erforschen, meine Absichten und Gesinnungen prüfen, was wahr oder falsch, gut oder böse gemeint sey. Solch ein Zuchtmeister mußt' es seyn, der alle meine Schwachheiten mit den schwärzesten Farben schilderte, so wie ich hingegen geneigt war, dieselben, wo nicht für kreidenweiß, doch für grau anzusehn. Solch einen Arzt braucht' ich, der alle meine Schaden nicht nur aufdeckte, – sondern auch vergrösserte, und bisweilen selbst die minder wichtigen für höchst gefährlich ausgab; die mir, freylich stinkende, beissende Pillen, frisch vom Stecken weg, und noch mit einem Grenadierton unter die Nase rieb, daß die Wände zitterten. Dadurch lernt' ich, zu dem einzigen Arzt meine Zuflucht nehmen, der mir dauerhaft helfen konnte, mich im Stillen vor ihm auf die Kniee werfen, und bitten: Herr! Du allein kennest alle meine Gebrechen; vergieb, und heile auch meine verborgenen Fehler! Solch eine Betmutter endlich, die beten, und mitten im Beten auffahren und eins losziehen konnte, mußt' es seyn, die mich – beten lehrte, und mir allen Hang zu frömmelnder Schwärmerey benahm. – Und nun genug, lieber Nachkömmling! Du siehst, daß ich meiner Frau alle Gerechtigkeit wiederfahren lasse, und sie ehre wie man einen geschickten Arzt zu ehren pflegt, über den man wohl bisweilen ein Bischen böse thun, aber ihm doch nie im Herzen recht ungut seyn kann. – Auch ist sie wirklich das ehrlichste, brävste Weib von der Welt, und übertrift mich in vielen Stücken weit; ein sehr nützliches, treues Weib, mit der ein Mann – der nach ihrer Pfeife tanzte, treflich wohl fahren würde. Wie gesagt, recht viele gute Eigenschaften hat sie, die ich nicht habe. So weißt sie z.E. nichts von Sinnlichkeit, da hingegen mich die meinige so viel tausend Thorheiten begehen ließ. Sie ist so fest in ihren Grundsätzen – oder Vorurtheilen wenn man will – daß kein Doktor Juris – kein Lavater – kein Zimmermann sie davon eines Nagelsbreit abbringen könnte. Ich hingegen bin so wankend wie Espenlaub. Ihre Begriffe – wenn sie diesen Namen verdienen – von Gott und der Welt, und allen Dingen in der Welt, dünken ihr immer die beßten, und unumstößlich zu seyn. Weder durch Güte noch Strenge durch keine Folter könnt'st du ihr andre beybringen. Ich hingegen bin immer zweifelhaft, ob die meinigen die richtigen seyn. In ihrer Treu und Liebe zu mir macht sie mich ebenfalls sehr beschämt. Mein zeitliches und ewiges Wohl liegt ihr, vollkommen wie ihr eigenes, am Herzen; sie würde mich in den Himmel – bey den Haaren ziehn, oder gar mit Prügeln d'rein jagen; theils und zuerst um meines eigenen Beßten willen – dann auch um das Vergnügen zu haben, daß ich's ihr zu danken hätte – und um mich ewig hofmeistern zu können. Doch im Ernst: Ihre aufrichtige Bitte zu Gott geht gewiß dahin: »Laß doch dereinst mich und meinen Mann einander im Himmel antreffen, um uns nie mehr trennen zu müssen«. Ich hingegen – ich will es nur gestehen – mag wohl eher in einer bösen Laune gebetet haben: »Beßter Vater! In deinem Hause sind viele Wohnungen; also hast du gewiß auch mir ein stilles Winkelgen bestimmt. Auch meinem Weibe ordne ein artiges – nur nicht zu nahe bey dem meinigen«. Sind das nun nicht alles aufrichtige Geständnisse? Sag' an, lieber Nachkömmling! Ja! ich gesteh' es ja noch einmal, daß meine Frau weit weit besser ist als ich, und sie's vortrefflich gut meint, wenn's schon nicht immer jedermann für gut annehmen kann. So ließ sie sich's z.E. nicht ausreden, daß es nicht ihre Pflicht wäre, mir des Nachts laut in die Ohren zu schrey'n – daß sie bete, und daß ich ihr nachbeten könne. Und wenn ich ihr hundertmal sage, das Lautschreyen nütze nichts, da gilt alles gleich viel; sie schreyt. – Da muß ich, denk' ich, freylich abermals nur mein allzueckles Ohr anklagen, und wieder und überall sagen und bekennen: Ja, ja! sie ist weit bräver als ich.

* * *

Barmherzigkeit – welch ein beruhigendes Wort! – Barmherzigkeit meines Gottes, dessen Güte über allen Verstand geht, dessen Gnade keine Grenzen kennt! Wenn ich so in angsthaften Stunden alle Trostsprüche deiner Offenbarung zusammenraffe, macht dieß einige Wort einen solchen Eindruck auf mein Herz, daß es der Hauptgrund meiner Beruhigung wird. Indessen bin ich, wie andre Menschen, freylich nicht weniger geneigt, auch etwas Tröstendes in mir selbst aufzusuchen. Und das sagt mir nämlich die Stimme in meinem Busen: Freylich bist du ein grosser, schwerer Sünder, und kannst mit dem allergrößten um den Vorzug streiten; aber deine Vergehen kamen meist auf deinen Kopf heraus, und die Strafen deiner Sinnlichkeit folgten ihr auf dem Fusse nach. – Wenigstens darf ich mir dieß Zeugniß geben: Daß ich von Jugend an nie boshaft war, und mit Wissen und Willen niemand Unrecht gethan. Wohl hab' ich manchmal meine Pflichten zumal gegen meine Eltern versäumt; und meine dießfällige Schulden seh' ich, aber leider zu späthe! erst itzt recht ein, da ich selber Vater bin, und, wahrscheinlich zur Strafe meiner Sünden, auch rohe und unbiegsame Kinder habe. Bey mir war es Unwissenheit; und ich will gerne hoffen, es ist's itzt auch bey ihnen. – Einem Mann gab ich vor dreyßig Jahren ein Paar tüchtige Ohrfeigen; und sonst noch einer oder zwoo Balgereyen bin ich mir auch bewußt. Aber ich habe mir deßwegen nie starke Vorwürfe gemacht. Zum Theil ward ich angegriffen, oder ich hatte sonst ziemlich gerechte Ursachen böse zu werden. Erwähnter Mann hatte meinen Vater wegen einem vom Wind umgewofenen Tännchen im Gemeinwald vor dem Richter verklagt; der gute Aeti wurde unschuldiger Weise gebüßt. Nun brannte freylich die Rachbegier in meinem Busen hoch auf. Eines Tages nun ertappt' ich den boshaften Ankläger, daß er selbst – Stauden stahl; da ja versetzt' ich ihm eins, zwey, oder drey, daß ihm Maul und Nase überloffen. Noch blutend rannte er zum Obervogt. Der citirte mich; aber ich gestuhnd nichts, und der andre hatte keine Zeugen. Er mußte also das Empfangene vor sich behalten. – Im Handel und Wandel betrog ich sicher niemand, sondern zog vielmehr meist den Kürzern. – Nie mocht' ich in Gesellschaften seyn, wo gezankt wurde, oder wo sonst jemand unzufrieden war; nie wo schmutzige Zotten aufs Tapet kamen, oder es sonst konterbunt – wohl aber wo es lustig in Ehren hergieng, und alles content war. Mehr als einmal hab' ich mein eigenes Geld angespannt, um andern Vergnügen zu machen. – Viel hundert Gulden hab' ich entlehnt, um andern zu helfen, die mich hernach ausgelacht, oder es mir abgeläugnet, oder die ich mir wenigstens damit, statt zu Freunden zu Feinden gemacht. – Das schöne Geschlecht war freylich von jeher meine Lieblingssache. Doch, ich hab' ja über dieß Kapitel schon gebeichtet. Gott verzeih' mir's wo ich gefehlt! – Dießmal ist's um Entschuldigungen und Trostgründe zu thun. Und da bin ich in meinem Innersten zufrieden mit mir selber, daß gewiß kein Weibsbild unter der Sonne auftreten und sagen kann, ich habe sie verführt, keine Seele auf Gottes Erdboden herumgeht, die mir ihr Daseyn vorzuwerfen hat; daß ich kein Weib ihrem Mann abspenstig gemacht, und eine einzige Jungfer gekostet – und die ist meine Frau. Diese meine Blödigkeit freute mich immer, und würde mir noch itzt anhangen. Auch das ist mir ein wahrer Trost, daß ich sogar nur nie keine Gelegenheit gesucht – höchstens bisweilen in meiner Fantasie die Narrheit hatte, einen guten Anlaß zu wünschen; aber, wenn sich denn derselbe – glücklicher oder unglücklicher Weise eräugnete – ich schon zum Voraus an allen Gliedern zitterte. – Meinem Weib hab' ich nie Unrecht gethan – es müßte denn das Unrecht heissen, daß ich mich nie ihr unterthan machen wollte. Nie hab' ich mich an ihr vergriffen; und wenn sie mich auch auf's Aeusserste brachte, so nahm ich lieber den Weiten. Herzlich gern hätt' ich ihr alles ersinnliche Vergnügen gemacht, und ihr, was sie nur immer gelüstete, zukommen lassen. Aber von meiner Hand war ihr niemals nichts recht; es fehlte immer an einem Zipfel. Ich ließ darum zuletzt das Kramen und Laufen bleiben. Da war's wieder nicht recht. – Auch meinen Kindern that ich nicht Unrecht, es müßte denn das Unrecht seyn, daß ich ihnen nicht Schätze sammelte, oder wenigstens meinem Geld nicht besser geschont habe. In den ersten Jahren meines Ehestands nahm ich mit ihnen eine scharfe Zucht vor die Hand. Als aber itzt meine zwey Erstgebohrnen starben, macht' ich mir Vorwürfe, ich sey nur zu streng mit ihnen umgegangen, obschon sie mir in der Seele lieb waren.

Nun verfuhr ich mit den übriggebliebenen nur zu gelinde, schonte ihnen mit Arbeit und Schlägen, verschaffete ihnen allerhand Freuden, und ließ ihnen zukommen was nur immer in meinem Vermögen stand – bis ich anfieng einzusehn, daß meines Weibs dießfällige Vorwürfe wirklich nicht unbegründet waren. Denn schon waren mir meine Jungen ziemlich über die Hand gewachsen, und ich mußte eine ganz andre Miene annehmen, wenn ich nur noch in etwas meine Authorität behaupten wollte. Aber die Leyer meiner Frau konnt' ich darum auch itzt noch unmöglich leyern; unmöglich stundenlang donnern und lamentiren; unmöglich viele hundert Waidsprüche und Lebensregeln, haltbare und unhaltbare, in die Kreutz' und Queer' ihnen vorschreiben; und wenn ich's je gekonnt hätte, sah' ich die Folgen einer solchen Art Kinderzucht nur allzudeutlich ein: Daß nämlich am End' gar nichts gethan und geachtet, aus Uebel immer Aerger wird und das junge Füllen zuletzt anfängt wild und taub hintenauszuschlagen. Ich begnügte mich also ihnen meine Meinung immer mit wenig Worten, aber im ernsten Tone zu sagen, und besonders nie früher als es vonnöthen war, und niemals blosse Kleinigkeiten zu ahnden. Mehrmals hatt' ich schon eine lange Predigt studirt; aber immer war ich glücklich genug, sie noch zu rechter Zeit zu verschlücken, wenn ich die Sachen bey näherer Untersuchung so schlimm nicht fand, als ich es im ersten Ingrimm vermuthet hatte. Ueberhaupt aber fand ich, daß Gelindigkeit und sanfte Güte, zwar nicht immer, aber doch die meisten Male mehr wirkt, als Strenge und Lauttun. – Doch, ich merke wohl, ich fange an meine Tugenden zu mahlen – und sollte meine Fehler erzählen. Aber noch einmal, in diesen letzten Zeilen möcht' ich mich, so gut es seyn kann, ein wenig beruhigen. Meine aufrichtigen Geständnisse findet der Liebhaber ja oben, und wird daraus meinen Charackter ziemlich genau zu bestimmen wissen. Schon seit Langem hab' ich mir viele Mühe gegeben, mich selbst zu studiren, und glaube wirklich zum Theil mich zu kennen – meine Frau war ein treflliches Hülfsmittel dazu – zum Theil aber bin ich mir freylich noch immer ein seltsames Räthsel:

So viele richtige Empfindungen; ein so wohl wollendes, zur Gerechtigkeit und Güte geneigtes Herz; so viel Freude und Theilnahm' an allem physisch und moralisch Schönen in der Welt; solch betrübende Gefühle beym Anblick oder Anhören jedes Unrechts, Jammers und Elends; so viele redliche Wünsche endlich, hauptsächlich für andrer Wohlergehn. Dessen alles bin ich mir, wie ich meyne, untrüglich bewußt. Aber dann daneben: Noch so viele Herzenstücke; solch einen Wust von Spanischen Schlössern, Türkischen Paradiesen, kurz Hirngespinsten – die ich sogar noch in meinem alten Narrnkopf mit geheimem Wohlgefallen nähre – wie sie vielleicht sonst noch in keines Menschengehirn aufgestiegen sind. – Doch itzt noch etwas

80. Von meiner gegenwärtigen Gemüthslage.
Item von meinen Kindern

Auch darüber find' ich mich gezwungen, die reine Wahrheit zu sagen; Zeitgenossen und Nachkömmlingen mögen daraus schliessen was sie wollen. Noch such' ich mich nämlich sogar zu bereden, jene fantastischen Hirnbruten seyen am End ganz unsündlich – weil sie unschädlich sind. Sicher ist's, daß ich damit keine menschliche Seele beleidige. Ob dann aber sonst das selbstgefällige Nachhängen sonderbarer Lieblingsideen die schwarzen Farben verdienen, womit ohne Zweifel strenge Orthodoxen sie anstreichen dürften, weiß ich nicht. Ob hinwieder mein guter Vater im Himmel meine Thorheiten so ansehe, wie's die Menschen thun würden, wenn mein ganzes Herz vor ihren Augen offen an der Sonne läge, daran erlaube man mir zu zweifeln. Denn Er kennet mich ja, und weißt was für ein Gemächt ich bin. – Bemüh' ich mich doch wenigstens, immer besser – oder weniger schlimm zu werden. Wenn ich z.B. seit einiger Zeit so meine Strasse ziehe, und noch itzt bisweilen heimlich wünsche, daß ein Kind meiner Fantasie mir begegnen möchte – und ich mich denn dem Plätzchen nähere, wo ich darauf stossen sollte – und es ist nicht da – Wie bin ich so froh! – Und doch hatt' ich's erwartet. Wie reimt sich das? Gott weiß es; Ich weiß es nicht; nur das weiß ich, daß ich's Ihm danke, daß es mich auf sein Geheiß ausweichen mußte. – Einst stuhnd wirklich eine solche Geburth meiner Einbildungskraft – und doch gewiß ohne mein Zuthun da, gerade auf der Stelle, die ich im Geist ihm bestimmt hatte. Himmel, wie erschrack ich! Zwar näherte ich mich demselben; aber ein Fieberfrost rannte mir durch alle Adern. Zum Unglück oder Glück stuhnden zwey böse Buben nahe bey uns, kickerten und lachten sich Haut und Lenden voll; und noch auf den heutigen Tag weiß ich nicht, was ohne diesen Zufall aus mir geworden wäre. Ich schlich mich davon, wie ein gebissener Hund. Die Buben pfiffen mir nach, so weit sie mich sehen konnten. Ich brannte vor Wuth. Ueber wen?

Ueber mich selbst – und übergab meine Sinnlichkeit dem T** und seiner Großmutter zum Gutenjahr. In diesem Augenblick hätt' ich mir ein Ohr vom Kopf für den verwünschten Streich abhauen lassen. Bald nachher erfuhr ich, daß, da man mich wegen meinem unschenirten Wesen im Verdacht hatte, diese Falle mir mit Fleiß gelegt worden; und daß jene Bursche ausgesagt, sie hätten mich so und so ertappt. Das Gemürmel war allgemein. Meine Feinde triumphirten. Meine Freunde erzählten's mir. Ich bat sie ganz gelassen, zu sehen, daß sie mir nur die stellten, welche so von mir reden. Aber es getraute sich niemand. Gleichwohl zeigte man mit Fingern auf mich. Diese Wunde hat mich bey Jahren geschmerzt, und ist noch auf den heutigen Tag nicht ganz zugeheilt. Aber, Gott weiß! wie dienstlich sie mir war. In der ersten Wuth meiner gekränkten Ehrliebe hätt' ich die Buben erwürgen mögen; nachwerts dankt' ich noch meinem guten Schutzgeist, der sie hergeführt hatte, sonst wär' ich vielleicht dieser Versuchung nicht widerstanden. Ein Freund (der mich wohl ebenfalls in falschem Verdacht hatte) rieth mir, könftig diese Strasse nicht mehr zu brauchen. Hierinn aber folgt' ich ihm nicht, sondern gieng gleich meiner Wegen fort, und sah denen die mir begegneten herzhaft und scharf in die Augen, als wenn ich ihre Gedanken errathen könnte. Und so hab' ich wirklich nach und nach alle die Leuthe kennen gelehrt, die sich mit jenem Gerücht befasset hatten; und wurde mir vollends einer nach dem andern genannt, von dem ersten Aussager an bis auf den letzten; wie, und mit welcher Vergrösserung man sich's ins Ohr bot, u.s.f.

Uebrigens hat sich seit der Zeit meine Denkart in so weit geändert, daß mich bey ferne nichts mehr so stark angriff wie ehmals, und jene Grillen, die mir einst so unbeschreiblich viel Angst machten, merklich ins Abnehmen geriethen, und ich wenigstens mir nur nicht mehr träumen ließ, daß die Erfüllung meiner oft so fantastischen Wünsche mir irgend woher zufliessen sollte, als aus der Hand der gütigen Vorsehung. Von jeder andern wäre das größte Glück mir fürchterlich vorgekommen. Freylich lagen dann in meiner Einbildungskraft hundert und hundert verschiedene Mittel, wie ich dazu gelangen könnte. – Auch die häufigen Vorwürfe meiner Frau griffen mich itzt nicht mehr so stark an. Ich bin derselben gewöhnt; weiß daß diese ihre Verfahrungsweise nun einmal ganz in ihre Natur verwebt ist, lasse ihre immerwährende Predigten zum einten Ohr ein und zum andern wieder aus, ohne darum minder in der Stille zu prüfen, was allenfalls daran begründet seyn mag, und solches zu meinem Beßten zu benutzen. – Wie gesagt, nicht daß ich mir selbst auf den heutigen Tag meine Schlauraffen-Ländereyen total möchte entreissen lassen; vielmehr gewähren sie mir alten Thoren auch itzt noch vielfaches Vergnügen. Aber ich lache mich dann doch selber wieder aus, trachte wenigstens immermehr diese Narretheyen zu verachten, und suche dafür mich an der Rückerinnerung meiner ersten unschuldigen Jugendjahre zu ergötzen. Aber da steht wieder eine Klippe auszuweichen: Daß mich nämlich diese Rückerinnerung nicht unzufrieden mache mit den allmählig anrückenden Tagen, von denen man sonst spricht: Sie gefallen uns nicht. Und das Mittel dazu ist kurz dieses: Daß ich mich bemühe, so viel es je ohne Verletzung des Wohlstands seyn kann, auch dieselben mir so angenehm wie möglich zu machen, und allen mir etwa widrigen Begegnissen mit kaltem Blut unter die Augen zu treten. Damit mich aber die mancherley Zufälle des Lebens desto minder aus meiner Fassung bringen, bestreb' ich mich freylich sorgfältiger als noch nie, so zu wandeln, daß mir wenigstens mein Gewissen keine Vorwürfe mache, daß durch meine Schuld etwas versäumt worden – und mich gegen alle meine Nebenmenschen, besonders aber gegen die Meinigen, so zu betragen, daß keine Seele sich mit Recht über mich zu beschweren habe. Also laß ich z.B. im Handel und Wandel, und überhaupt in Worten und Werken, immer lieber ändern den Längern, und ziehe selber den Kürzern, und mache dadurch, daß jeder gern mit mir zu thun hat. Auch genieß' ich das Glück, bey einigen Neidern ausgenommen, überall wohlgelitten zu seyn. Zu meiner Gesundheit, welche ich, dem Höchsten sey's gedankt! in höherm Maaße genieße, als in jüngern Jahren nie, trag' ich ebenfalls mehrere Sorge als ehedem. In meiner Jugend ward ich lange Zeit von Flüssen geplagt. Kopf- und Zahnschmerzen, allerley Geschwüre, und ein scharfes Geblüt, waren mir, so zu sagen, wie angeerbt; durch den Genuß hitziger Speisen und Getränke, die ich ungemein liebte, genährt, und plagen mich noch bis zu dieser Stunde, ob ich itzt gleich eine ziemlich genaue Diät beobachte. Zweymal in meinem Leben war ich gefährlich krank. Itzt ist mir die Gesundheit ein köstlich Gut, und die edelste Gabe des Höchsten, welche ich mit der eifersüchtigsten Sorgfalt bewahre. Sorgen der Nahrung laß' ich mich wenig anfechten, und meinem Brodtkorbe nachzudenken raubt mir nicht viele Zeit. Was mich am meisten beunruhigt, sind meine Jungen. Diese schweben mir täglich vor Augen, und ich sehe mich in ihnen, von meiner ersten Kindheit an, wie in einem Spiegel. Alle Vergehungen, die ich gegen meine Eltern begangen, muß ich von ihnen an mir gerochen sehn.

Auch wie ich mich an meinen Brüdern und Schwestern verfehlt, gewahr' ich mit Betrübniß, daß sie's nunmehr eben so gegen einander üben. Freylich auch meine bessere Seite find' ich wieder an ihnen; und alles zusammengenommen hat die Freude an meinen Kindern mir meinen Ehestand vornämlich erträglich gemacht.

Ohne Kinder, weiß ich nicht, was aus mir geworden wäre, und ich hab' es meiner Frau vorhergesagt, daß, wenn wir das Unglück hätten, keine zu bekommen, ich meiner Noth kein End' wüßte. Aber mein Wunsch ward erfüllt. Ich bin mit sieben Kindern gesegnet worden. Die beyden ältesten, für welche ich die größte Zärtlichkeit hegte, wurden mir durch den Tod entrissen. Dieß setzte mich Anfangs zwar in grosse Betrübniß, aber bey ruhigerm Nachdenken war's noch eher ein Trost für mich, daß der gütige Vater aller Menschen diese meine Lieben gerade in den Tagen zu sich genommen, welche die traurigsten waren, die ich erlebt habe, und in denen ich nicht die geringsten Aussichten hatte, daß ich diese theuern Früchte wohl erziehen und versorgen könnte. Damals hätt' ich sogar auch die andern noch gern heim zu ihrem himmlischen Berather reisen gesehn, so weh' es mir gethan. Jene waren zwey Herzensschäfchen; und wollte Gott! daß sich ihre Gutherzigkeit auf die Zurückgebliebenen fortgeerbt hätte. Meine Frau gebahr von allen sieben keins hart, und kam bey allen glücklich davon. Aber desto strenger waren allemal die Anfänge der Schwangerschaft. Sonst genoß sie überhaupt in der Ehe einer dauerhaftern Gesundheit als im ledigen Stand. Auch brachte sie mir lauter wohlgebildete Nachkommen zur Welt. Einige indessen mögen gewisse Gebrechen von ihr geerbt haben; wie z.B. neben den zwey frühe Verbliechenen, mein Sohn Jakob, der, ob er gleich schön gerade in die Höhe wächst, dennoch nie recht gesund ist. Sie war eine sorgfältige, obgleich nicht eben zärtliche Mutter. Unsägliche Mühe, rastlose Tage und schlaflose Nächte kostete ihr die Plage der Kleinen und die Erziehung der Größern. Ich gieng ihr aber so viel möglich an die Hand, und vertrat mit Kochen und Waschen, Wasser- und Holztragen, ordentlich Kindermagdsstelle; und zwar mit vielem Vergnügen. Manch' hundert Stunden hab' ich meine Jungen auf dem Arm getragen, geherzt, gewiegt u.s.f. und zumal die zwey Verstorbenen auf meinen Knieen mit inniger Wollust lesen und schreiben gelehrt. Da die andern viel stockiger waren, fieng's mir an zu verlaiden, und ich jagte sie in die Schule.

Nun, ihr meine Lieben! die ihr noch lebet, so lang der Herr will, laßt mich euch beschreiben der Reihe nach, so wie ihr mir vorkömmt, und mein, gewiß nicht hartes, Vaterherz von euch urtheilt. Die dunkele Zukunft sogar, wenn's in meiner Macht stühnde, möcht' ich euch prophezeyen! – So will ich euch wenigstens meine Muthmaaßungen von den Folgen euers Verhaltens, so wie es sich aus euern Charackteren schliessen läßt, nicht verhehlen. Wollte Gott! ich könnt' euch mit Wahrheit sagen, ihr hättet die guten Eigenschaften eurer Mutter und die bessere Seite euers Vaters geerbt. Aber ich muß mit Wehmuth sehen, daß ein Gemisch von ihr und mir – und leider vom schlimmern Theil – ein Gemisch von ihrem cholerischen Blute und meinen sinnlichen Säften, in euern Adern rollt. Ich finde mich lebendig in euch, und das Bild eurer Mutter nicht minder. Ich bin euer Vater. Ihr seht mir nach den Augen, wenn eure Mutter euch etwa auf eine allzuungestümme Art zu Erstattung eurer Pflicht anhalten will; und ich muß deswegen viele Vorwürf' anhören, als nähm' ich immer eure Parthey. Nun, ich kann nicht helfen! – Aber Gott weiß – und ihr müßt Zeugen seyn, daß es nicht so ist. Wohl möcht' ich die übertriebenen Federungen um etwas herabstimmen. Aber da läßt sich nun nichts ändern. Ich kann sagen was ich will, da hilft nichts. Sie ist eure Mutter – hat jedes von euch neun Monath' unterm Herzen getragen – mit Schmerzen gebohren, und mit unbeschreiblicher Arbeit und Sorgfalt erzogen. Bedenkt's, meine Lieben! Und dann meint sie's gewiß am End herzlich gut mit euch – möcht' euch gewiß alle, so gut als ich, recht glücklich machen – obschon euch die Art und Weise wie sie's anstellt, nicht recht gefallen will – und mir auch nicht. Sie irrt in Manchem – und Ich auch – und Ihr seyt gar noch junge unwissende Tröpfe! – Ich, Ich selbst habe nun aus fünf und zwanzig jähriger Erfahrung gefunden, daß mir eine solche Zucht, wie die ihrige, heilsam ist; wie viel mehr noch werdet Ihr bey reiferm Verstand einsehen lernen, wie gut es euch war, diese und keine andre Mutter zu haben! Betet auch dießfalls um frühe Weisheit, und sie wird euch gegeben werden. Beherzigt das fünfte Gebot, und sucht alle alle Sprüch' in der Bibel auf, wo euer Vater im Himmel euch die Pflichten gegen eure irrdischen Eltern so ernsthaft einschärft! – Ich meines Theils könnt' an euch manche Unart, manche Widerspenstigkeit wohl verschmerzen – und glaubte eben nicht, wie eure Mutter, daß euer Wille sich in allen Stücken ganz dem meinigen unterwerfen müßte – wenn ihr dadurch nur glücklicher würdet. – Aber, es ist gerade das Gegentheil, und mir wahrlich allein um euer Wohl zu thun. An Euch selbst handelt ihr sehr übel. Jeder Ungehorsam muß wieder an euch gerochen werden – haarklein, in dieser oder in jener Welt. Glaubt mir's, ich weiß es aus Erfahrung.

Also noch einmal, als euer zärtlicher Vater bitt' ich euch – denn befehlen würde wenig helfen – um eurer selbst, um eurer zeitlichen und ewigen Wohlfarth willen: Liebet und ehrt eure Mutter! Sie hat's an euch wohl verdient. Und wenn sie auch je nach eurer Meinung zu viel von euch fodert, denke nur ein jedes immer: »Sie darf es; ich bin ihr grosser Schuldner, und wenn ich schon unmöglich alle ihre Befehle befolgen kann, will ich doch das Mögliche thun, will ihr wenigstens nicht ins Angesicht widersprechen, nicht widerbefzgen, nie mit ihr zanken und das letzte Wort haben wollen. Lieber will ich auf die Seite gehn, mein Herz prüfen, und mich fragen: Ist's nicht itzt itzt gerade die rechte Zeit, daß ich lerne gehorchen, damit ich einst desto vernünftiger befehlen könne«. Denn die Ursache, warum so viele Eltern und Herrschaften ihren Kindern und Untergebnen so läppisch befehlen, ist gewiß keine andre, als daß sie sich nicht frühe ans gehorchen gewöhnt. – Also nur kein solch hönisches Gesicht, kein Greinen und kein Grunzen, meine Söhn' und Töchter! wenn schon etwa ein kleiner oder grösseres Wetter über euch geht. Es steht euch durchaus nicht zu, die Uebereilungen euers Vaters und die Schwachheiten eurer Mutter zu necken oder zu rügen. Und wenn's euch zustühnde, was hölf' es euch! Was hat je, auf Schelten, das Widerschelten vor Nutzen gebracht? Wohl erzeugt's tagtäglich so viele tausend elende Lust- oft sogar jämmerliche Trauerspiele auf Erde, daß der Teufel und alle seine Gesellen schon darüber mit Händeklatschen genug zu thun haben.

Und nun wend' ich mich noch an jedes aus auch insbesonders.
Anna Catharina! Dein frecher, wildaufbrausender Charackter macht mich oft sehr besorgt für dich. Hingegen dein theilnehmendes, gefühlvolles Herz freut mich in der Seele, so oft ich eine kleinere oder grössere Probe davon sehe oder erfahre. – Aber, deine Unbiegsamkeit kann dich noch theuer zu stehen kommen. Du wirst das Schicksal deiner Mutter haben, wenn dich das nämliche Loos im Heyrathen trift, trift dich aber ein anderes, ein Mann von einer dir ähnlichen Gemüthsart – O Wehe! da wird's happern. Bewahre übrigens nur deine Unschuld wie deine Gebährerin, so wird die Vorsehung schon für dich sorgen, und dir verordnen, was du verdienst – oder vielmehr, was dir gut ist.

Johannes, mein älterer Sohn! O daß du den Charackter deines seligen Brüderchens ererbt hättest, wie einst Elisa des Elias Mantel. Ich kenne mich nur halb in dir, so wie ich hingegen deine Mutter ganz in meiner obigen Tochter finde. Deine unfeste, wankelmüthige Denkungsart – wenn es je eine Denkungsart heissen kann –

würd' mir oft angst und bange machen, wenn ich nicht schon längst gewohnt wäre, alles einer höhern Hand anheimzustellen. Also meine Vaterliebe läßt mich ein Besseres hoffen. Aber du hättest gute Anlage, ein Taugenichts und Wildfang zu werden. Bald auffahrend, bald wieder gut und nachgiebig; aber niemals herzfest. Wenn dir eine Gehülfin bescheert ist, die dich zu leiten weiß, so kann's noch leidentlich gehn; wo nicht, so leite dich Gott! – Eins hab' ich mir gemerkt, und das freut mich. Du machst's wie jener, der immer sagte: Nein, ich thu's nicht! und dann hingieng, und's that. Aber keine Unze Geschmack am Lesen und allem was gründliches Erkennen und Wissen heißt – es müßten denn Mord- und Gespenstergeschichten, oder andre Abentheuer seyn. Uebrigens ein nimmer satter Alltagsplauderer. Ich wünsche, daß ich mich irre – Aber, aber!

Jakob, mein zweyter Sohn! in dem ich mich oft wie in einem Spiegel sehe, wenn schon unsre Erziehung sehr ungleich war. Ich wurde rauh und hart, in einer wüsten Einsamkeit gebildet; du hingegen unter den Menschen, in einer mildern Gegend, und, weil du immer kränkeltest und oft dem Tod nahe warest, weich und zärtlich. Hätt' ich Vermögen, das Nöthige auf dich zu verwenden, glaubt' ich, daß etwas aus dir werden könnte, wenn ich anders auf eine dauerhaftere Gesundheit bey dir zählen dürfte. Dein Bruder würde sich übrigens eher zu roher Arbeit, du dich zu allerley Tändeleyen schicken, wo man mehr den Kopf als die Hände gebrauchen muß. Aber ich muß eben alle meine Kinder bey meinem Gewerb anstellen, und kann nicht jedes thun lassen, was es will. Sonst hoff' ich, du werdest dereinst noch Geschmack am Denken, Lesen und Schreiben finden, ungefähr wie dein Vater; obschon du noch zur Zeit den mir verhaßten Hang nährest, von einem Haus zum andern zu laufen, um allerhand unnützes Zeug zu erfragen oder zu erzählen. Aber deines Broderwerbs halber bin ich sehr verlegen. Doch wenn du deinen Kopf brauchst, und dem Herrn, der dich schon mehrmals dem Rachen des Todes entriß, weiter deine Wege befiehlst, wird er's schon machen.

Susanna Barbara, meine zweyte Tochter. Du flüchtiges, in allen Lüften schwebendes Ding! Wärst du das Kind eines Fürsten, und gerieth'st darnach unter Hände, so könnte ein weibliches Genie aus dir werden. Dein Falkenaug macht dich verhaßt unter deinen Geschwistern, wenn du's schon nicht böse meinst. Dein empfindsames Herz leidet Schaden unter so viel spitzigen Zungen; und das donnernde Gelärm deines rohen Hofmeisters macht dich erwilden. Ach! ich fürchte, allzufrüh erwachende Leidenschaften, und dein zarter Nervenbau, werden dir noch Schmerzen genug verursachen!

Anna Maria, meine jüngste Tochter, meine letzte Kraft, mein Kind – noch das einzige das mich herzt, und an das ich hinwieder meine letzte Liebe verschwende! Still und verschlagen, das gesetzteste unter allen bist du – kleine Anfälle von boshaften Neckereyen und Stettköpfigkeit ausgenommen. Du, mein Täubchen, schwätz'st immer minder als du denkst. Ich trau dir's zu, eine gute Hausmutter zu werden, wenn anders die Vorsehung dich dazu bestimmen will.

Nun, meine Kinder! Dieß sind itzt übrigens nur so kleine hingeworfene Züge von euch. Keines zürne es, keines werde eifersüchtig auf's andre. Meine Vaterliebe erstreckt sich gewiß auf euch alle; von allen läßt sie mich noch immer das Beßte hoffen. Wahr ist's, bey allen seh' ich Unarten genug, die meine Liebe geneigt ist, zuzudecken; aber auch an jedem bemerk' ich löbliche Eigenschaften, und bemühe mich mehrere auszuspähen und anzufachen, wo nur ein gutes Fünkgen verborgen ist.

Beßter, gütigster Vater im Himmel! Vater der Kleinen und der Grossen! Dir, Guter über alle Guten! befehl' ich meine Kinder und Nachkommen in Zeit und Ewigkeit!

81. Glücksumstände und Wohnort

Nur Weniges bleibt mir noch übrig, und dann wird's genug seyn. Ein Häuschen und ein Gärtchen ist mein ganzes Vermögen. Eine Frau und vier Kinder, also sechs Mäuler und ein Dutzend Hände machen meinen Haushalt aus. Aber das gesunde Speisen der erstern (Kleider und anderes miteingezählt) zerrt das Produkt einer noch so muntern Arbeit der letztern beynahe völlig auf. Meinen Baumwollengewerb hab' ich schon beschrieben. Dieser ist wie ein Vogel auf dem Zweig, und wie das Wetter im April. Wer sein ganzes Studium darauf wendet, und zumal die rechte Zeit abzupassen weiß, kann noch sein Glück damit machen. Aber dieß Talent in gehörigem Maasse hatt' ich nie, war immer ein Stümper, und werd' es ewig bleiben. Und doch hab' ich diese Art Handel und Wandel (die von vielen sonst einsichtsvollen Männern, welchen aber nur seine schlimme Seite auffällt, wie's mir scheint, so unschuldig verlästert wird) gleichsam von Jahr zu Jahr lieber gewonnen. Warum? Ich denke natürlich: Weil derselbe das Mittel war, durch welches mich die gütige Vorsehung, ohne mein sonderliches Zuthun, aus meiner drückenden Lage wenigstens in eine sehr leidliche emporhub. Freylich wär' ich, ohne die Rolle eines Handelsmanns zu spielen, vielleicht auch niemals so tief in jene hineingerathen? – Doch, wer weiß? Es wäre wohl gleich viel gewesen, mit welchem Berufe ich mich – läßig, unvorsichtig und ungeschickt beschäftigt hätte. Und heißt's, denk' ich, auch hier: Der Hund, der ihn biß, leckt' ihn wieder, bis er heil war. Genug, itzt liegen mir meine kleinen Geschäfte wirklich am Herzen, ich nehme mich ihrer mit allem mir möglichen Fleiß an, und denke auch meinen Sohn darinn fortfahren zu lassen, wenn er anders Lust dazu hat, und meinen Unterricht, so weit dieser reichet, annehmen will – der alles leitende Himmel ordne denn etwas anders und besseres für ihn, oder dieser Gewerb komme ganz in Verfall. Derselbe hat mich fünfzigjährigen Mann, itzt dreyssig Jahre beschäftigt. In der ersten göldenen Zeit hätt' er mir die besten Dienste gethan, wenn ich ihn verstanden, oder vielmehr ihn zu verstehen nur den rechten Willen gehabt. Auch Dato würd' ich ihn an keine andre Profession vertauschen, obwohl manche ihren Mann, wo nicht reicher doch sicherer nährt. Meine Ausgaben bemüh' ich mich einzuschränken. Meine Kinder haben's so, daß sie's besser und schlimmer auch annehmen könnten. In den Kleidern muß ich's freylich andern gleich halten; doch laß' ich sie keinen übermäßigen Aufwand machen. Sonst aber gestatt' ich ihnen, vielleicht nur gar zu gern, alles erlaubte Vergnügen, versage ihnen keine öffentliche Lustbarkeiten, gewöhnliche Trinktage, u.s.f. und habe wohl gar schon selber mit ihnen kleine, nicht wenig kostbare Reischen gemacht. Aber dann säh' ich auch herzlich gern, daß sie wacker die Hände brauchten, und auch einmal so viel Verstand bekämen, daß sie lernten, meinen und ihren Nutzen zu födern. Sonst ist, wie gesagt, ihr Vergnügen auch mein Vergnügen; und nichts kränkt mich mehr als ihre Unzufriedenheit. Auch ausser meinem Hause, und bey andern Menschen, geht es mir eben so: Ich kann keine traurige Miene sehn, und erkaufe die frohen oft aus meinem eigenen Beutel. Wenn ich schon tausend Vorsätze fasse, eigentlich ökonomisch zu handeln, geht's doch immer den alten Schlendrian – und wird weiter so gehn. Ihr seht also, meine Lieben! daß Schätze sammeln meiner ganzen Natur zuwider ist; und glaube auch nicht, daß es euch viel Nutzen brächte. Aber das ist euch nutz und gut, wenn ihr schon frühe lernt, euer bescheidenes Brodt in der Ehre der Unabhängigkeit zu erwerben. Wenn mir Gott Leben und Gesundheit fristet, werd' ich dann schon trachten, jedes so zu versorgen, wie es nach meinen Umständen möglich ist. Einem von euch wird mein artiges Häuschen zu Theil werden, dessen Lage mir itzt noch zu beschreiben übrig bleibt.

Mein Vaterland ist zwar kein Schlauraffenland, kein glückliches Arabien, und kein reitzendes Pays de Vaud. Es ist das Tockenburg, dessen Einwohner von jeher als unruhige und ungeschliffene Leuthe verschrieen waren. Wer ihnen hierinn Unrecht thut, mag's verantworten; Ich müßte bey der Behauptung des Gegentheils immer partheyisch scheinen. So viel aber darf ich doch sagen: Aller Orten, so weit ich gekommen bin, hab' ich eben so grobe, wo nicht viel gröbere – eben so dumme, wo nicht viel dümmere Leuth' angetroffen. Doch wie gesagt, es gehört nicht in meinen Plan, und schickt sich nicht für mich, meine Landleuthe zu schildern. Genug, sie sind mir lieb, und mein Vaterland nicht minder – so gut als irgend einem in der Welt das seinige, und wenn er in einem Paradiese lebte.

– Unser Tockenburg ist ein anmuthiges, 12. Stunden langes Thai, mit vielen Nebenthälchen und fruchtbaren Bergen umschlossen. Das Hauptthal zieht sich in einer Krümmung von Südost nach Nordost hinab. Gerade in der Mitte desselben, auf einer Anhöhe, steht – mein Edelsitz, am Fuß eines Berges, von dessen Spitze man eine trefliche Aussicht beynahe über das ganze Land genießt, die mir schon so manchmal das entzückendste Vergnügen gewährte: Bald in das mit Dörfern reich besetzte Thal hinab; bald auf die mit den fettesten Waiden und Gehölze bekleideten, und abermals mit zahllosen Häusern übersäete Anhöhen zu beyden Seiten, über welche sich noch die Gipfel der Alpen hoch in die Wolken erheben; dann wieder hinunter auf die durch viele Krümmungen sich mitten durch unser Hauptthal schlängelnde Thur, deren Dämme und mit Erlen und Weiden bepflanzten Ufer die angenehmsten Spatziergänge bilden. Mein hölzernes Häuschen liegt gerade da, wo das Gelände am allerlieblichsten ist; und besteht aus 1. Stube, 3. Kammern, Küche und Keller – Potz Tausend die Nebenstube hätt' ich bald vergessen! – einem Geißställchen, Holzschopf, und dann rings um's Häuschen ein Gärtchen, mit etlichen kleinen Bäumen besetzt, und mit einem Dornhag dapfer umzäunt. Aus meinem Fenster hör' ich von drey bis vier Orten her läuten und schlagen. Kaum etliche Schritte vor meiner Thüre liegt ein meinem Nachbar zudienender artiger beschatteter Rasenplatz. Von da seh' ich senkrecht in die Thur hinab – auf die Bleicken hinüber – auf das schöne Dorf Wattweil – auf das Städtgen Lichtensteig – und hinwieder durch's Thal hinauf. Hinter meinem Haus rinnt ein Bach herab, der Thur zu, der aus einem romantischen Tobel kömmt, wo er über Steinschrofen daherrauscht. Sein jenseitiges Ufer ist ein sonnenreiches Wäldchen, mit einer hohen Felswand begränzt. In dieser nisten alle Jahr' etliche Sperber und Habichte in einer unzugänglichen Höhle. Diese, und dann noch ein gewisser Berg, der mir um die Tag und Nacht Gleiche die liebe Sonne des Morgens eine Stunde zu lang aufhält, sind mir unter allem, was zu dieser meiner Lage gehört, allein widerlich. Beyde würd' ich gern verkaufen, oder gar verschenken. Die vertrackten Sperber zumal plagen nicht nur von Mitte Aprill bis späth in den Herbst mit ihrem Zettergeschrey meine Ohren, sondern – was noch weit ärger ist – verjagen mir die lieben Singvögelchen, daß bald kein einziges mehr in der Gegend sich einzunisten wagt. Meine Nachbarn sind recht gute ehrliche Leuthe, die ich aufrichtig schätze und liebe. Freylich läuft bisweilen auch ein andrer mitunter, wie überall. Innige Freunde, mit denen man Gedanken wechseln und Herzen tauschen kann, hab' ich in der Nähe keine. Dieß ersetzen mir meine platonischen Geliebten in meinem Stübchen. Im Frühlinge liegt mir der Schnee auch ein Bißchen zu lang in meinem Gärtchen. Aber ich fange einen Krieg mit ihm an, zerfetze ihn zu kleinen Stücken, und werfe ihm Asche und Koth auf die Nase; dann verkriecht er sich in die Erde, so daß ich noch mit den Frühesten gärtnen kann. Und überhaupt macht mir dieß kleine Grundstück viel Vergnügen. Zwar ist die Erde ziemlich grob und ungeschlacht, obgleich ich sie schon an die fünf und zwanzig Jahre bearbeitet habe: Dem ungeachtet giebt das Ding Kraut, Kohl, Erbsen, und was ich immer auf meinen Tisch brauche, zur Genüge; mitunter auch Bluhmwerk, und Rosen die Fülle. Kurz, es freut mich so wohl als manchen Fürsten alle seine Babylonische Gärten. – Sag' also, Bube! ist unser Wohnort nicht so angenehm, als je einer in der Welt? Einsam, und doch so nahe bey den Leuthen; mitten im Thal, und doch ein wenig erhöht. Oder geh' mir einmal im Maymond auf jenen Rasenhügel vor unserer Hütte. Schau durch's buntgeschmückte Thal hinauf; sieh', wie die Thur sich mitten durch die schönsten Auen schlängelt; wie sie ihre noch trüben Schneewasser gerade unter deinen Füssen fortwälzt. Sieh', wie an ihren beyden Ufern unzählige Kühe mit geschwollnen Eutern im Gras waden. Höre das Jubelgetön von den grossen und kleinen Buschsängern. Ein Weg geht zwar an unsern Fenstern vorbey; aber der ist noch nichts. Sieh' erst jenseits der Thur jene Landstrasse mitten durch's Thal, die nie lär ist. Sieh' jene Reihe Häuser, welche Lichtensteig und Wattweil wie zusammenketten. Da hast du einigermaassen, was man in

Städten und auf dem Lande nur haben kann. Ha! (sagst du vielleicht) Aber diese Matten und Kühe sind nicht unser! – Närrchen! freylich sind sie – und die ganze Welt ist unser. Oder wer wehrt dir, sie anzusehn, und Lust und Freud' an ihnen zu haben? Butter und Milch bekomm' ich ja von dem Vieh, das darauf weidet, so viel mir gelüstet; also haben ihre Eigenthümer nur die Mühe zum Vortheil. Was braucht' es, jene Alpen mein zu heissen? Oder jene zierlich prangenden Obstbäume? Bringt man uns ja ihre schönsten Früchte in's Haus! Oder jenen grossen Garten? Riechen wir ja seine Blumen von weitem! Und selbst unser eigener kleiner; wächst nicht alles darinn, was wir hinein setzen, pflegen und warten? –

Also, lieber Junge! wünsch' ich dir, daß du bey all' diesen Gegenständen nur das empfinden möchtest, was ich dabey schon empfunden habe, und noch täglich empfinde; daß du mit eben dieser Wonne und Wollust den Höchstgütigen in allem findest und fühlest, wie ich ihn fand und fühlte – so nahe bey mir – rings um mich her, und – in mir; wie er dieß mein Herz aufschloß, das er so weich und so fühlend schuf. Lieber, lieber Knabe! Beschreiben kann ich's nicht. Aber mir war schon oft, ich sey verzückt, wenn ich all' diese Herrlichkeit überschaute, und so, in Gedanken vertieft, den Vollmond über mir, dieser Wiese entlang hin und hergieng; oder an einem schönen Sommerabend dort jenen Hügel bestieg – die Sonne sinken – die Schatten steigen sah – mein Häusgen schon in blauer Dämmerung stand, die schwirrenden Weste mich umsäuselten – die Vögel ihr sanftes Abendlied anhuben. Wenn ich dann vollends bedachte: »Und dieß alles vor dich, armer, schuldiger Mann« – Und eine göttliche Stimme mir zu antworten schien: »Sohn! dir sind deine Sünden vergeben«. O! wie da mein Herz in süsser Wehmuth zerschmolz – wie ich dem Strohm meiner Freudenthränen freyen Lauf ließ, und alles rings um mich her – Himmel und Erde hätte umarmen mögen – und noch selige Träume der folgenden Nacht mein gestriges Glück wiederholten.

Seht, meine Lieben! Das ist meine Geschichte bis auf den heutigen Tag. Könftig, so der Herr will und ich lebe, ein Mehrers. Es ist ein Wirrwarr – aber eben meine Geschichte.

Gott verzieh' mir's, wo ich, selbst ohne mein Wissen, irgend ein unwahres Wort schrieb! – Jesu Blut tilge meine Schulden, die ich verhehlte, und die ich gestuhnd!

Beßter Vater im Himmel! Dir, und dir allein, sey der Rest meiner Tage geweiht!

Anhang (1788)

Drey Jahre sind wieder dahingeflossen, ins Meer der Zeiten, seitdem ich mein Lebensgeschichtgen aus allen meinen kuderwelschen Papieren zusammengeflickt. Was mir seither merkwürdiges vorfiel, hab' ich in mein Tagebuch verzeichnet; und da auch dieses einmal das Licht der Welt erblicken wird, bleibt mir hier nur sehr weniges übrig, von meiner gegenwärtigen Lage, und den bisherigen Schicksalen meiner armen unschuldigen Authorschaft.

Noch wall' ich im Lande der Lebendigen meinen alten Schlendrian fort, und zwar – je länger je lieber; trotz etlichen Neidharten, die mir jeden heitern Tag, jedes frohe Weilchen – Gottes Sonne mißgönnen – und doch mir kein Haar krümmen können. Denn fest ist meine Burg unter dem Schutz des Allerhöchsten.

Ein und ebendasselbe ist mein Wohnort. Einförmig, ein und eben dieselben sind Beruf, Geschäfte, Laune, Glück und – Menschengunst. Dafür lachet mich die ganze Natur an: Der größre und bessere Theil meiner Nebenmenschen mögen mich recht wohl leiden; ich geniesse sogar das unschätzbare Gut, etliche Herzensfreunde zu haben. Die edle Gesundheit ist besser als noch nie.

Mit der Harmonie in meinem Hause – Ha! da bleibt's immer beym Alten; und die dießfällige Unvollkommenheit meines Zustands gehört – kurz und gut – unter die unvermeidlichen Uebel in der Welt, die man nicht so leicht ändern als sich – drüber wegsetzen kann. Doch eben in dieser Kunst bin ich noch nicht Meister, aber schon als Lehrjunge seh' ich ihre ganze Vortreflichkeit ein.

Meine liebe Ehehälfte ist frischer als je, und übertrift mich noch weit weit an Munterkeit. Die häufigen Erschütterungen ihres Zwerchfells, und das Einziehen der balsamischen Luft auf unserm Belvedere geht ihr für alle Arztneyen. Sonst freylich immer ihre alte Leyer! Doch, Zeit und Gewohnheit machen alles leicht, zuletzt selbst angenehm – und oft gar unentbehrlich. Dieß würde gewiß unsre Trennung beweisen.

Meine Jungen, hab' ich schon angezeigt, sind hoch aufgewachsen, gesund und munter – nur Ein Gran mehr wäre zu viel: Zwar noch ziemlich roh' und holpricht; aber Zeit und Geschick wird schon abfeilen was ich nicht vermag; und kurz, ich hoffe, daß es noch aus allem etwas Brauchbares für die menschliche Gesellschaft absetzen kann.

Lesen und Schreiben ist mir wieder mehr als jemals zum unentberlichen Bedürfniß geworden. Und sollt' ich auch die gleichgültigsten Dinge in mein Tagebuch kritzeln, oder in alten Kalendern studiren! Doch, ich habe keinen Mangel an Büchern. Wenn mir schon mein geringes Vermögen keinen eignen Vorrath gestattet, giebt's Menschenfreunde in der Nähe und Ferne genug, die meiner Wiß- und Neugierde fröhnen, und mir alles, was immer den Weg in unser abgelegenes Tockenburg finden kann, unentgeltnich zukommen lassen. Gott vergelte ihnen auch diese Wohlthat in Zeit und Ewigkeit.

Ueberhaupt genieß ich ein Glück, das wenigen Menschen meiner Klaße zu Theil wird: Arm zu seyn, und doch keinen Mangel zu haben an allen nöthigen Bedürfnissen des Lebens: In einem verborgnen romantischen Erdwinkel in einer hölzernen Hütte zu leben, auf welche aber Gottes Aug' eben so wohl hinblickt, als auf Caserta oder Versailles: Den Umgang so vieler lebenden guten Menschen, und die Hirngeburthen so vieler edeln Verstorbnen (freylich auch etwa unedler mitunter) zu geniessen; beydes ohne Kosten und ohne Geräusche: Mit einem solchen Produkt in der Hand in einem schönen Gehölze, von lustigen Waldbürgern umwirbelt, spatziren zu gehn, und den beßten und weisesten Männern aller Zeitalter wie aus dem Herzen zu lesen – Welche Wonne, welche Wohlthat, welche Schadloshaltung für so viele hundert bittere Pillen, die man vor und nach verschlücken muß!

Ist's ein Wunder, daß ich, bey diesem meinem Lieblingszeitvertreib, dem Drang', auch meine Gedanken allmälig aufs Papier zu werfen, nicht widerstehen konnte, und zuletzt gar, das vorstehnde kleine Ganze daraus zu ordnen, versucht wurde. Aber gewiß hätt' ich's mir nie in meinem einfältigen Kopf aufsteigen lassen, solch kunterbunt Zeug dem – von mir sicher geehrten Publiko mitzutheilen, wenn nicht unser vortrefliche Pfarrherr Imhof (dessen scharfem Blick in unsrer weitläuftigen Gemeinde Wattweil nichts entgeht) auch mich Geringen entdeckt, seiner unverdienten Achtung, zuletzt gar seiner vertrauten Freundschaft gewürdigt, und mich gleichsam von Stuffe zu Stuffe auf die wagliche Bahn eines neuangehnden – zum Glück aber bereits vier und funfzig jährigen Schriftstellers geleitet hätte. So fadenackt, wie es war, überließ ich itzt mein Geschmier zitternd und zagend ganz seiner Willkür. (Er bestimmte es nämlich einstweilig für das seit etlichen Jahren in Zürch erscheinende Schweitzer-Museum; und ich hatte den festen

Vorsatz, es bey besserer Muße anders einzukleiden, und wo möglich wenigstens von den gröbsten Fehlern zu säubern. Dieser Mühe überhob mich zu gutem Glücke (denn das Feilen war nie meine Sache, und ich glaube es wäre in Ewigkeit nie dazu gekommen) der Herausgeber erwähnter Monathschrift, ein Freund meines geliebten Seelsorgers, Herr F.** von Z.** der seither (7. Jul. Ao. 88.) auf einer Reise durch unser Tockenburg mit seiner zarten lieben Frau Gemahlin auch mir die Ehre eines kurzen, aber unvergeßlichen Besuchs gönnte. Nur bedaur' ich, daß gerade damals ein widriges Begegniß mich in eine düstere Laune setzte, die ich mit keinem Lieb besiegen konnte. Itzt will gedachter Herr vollends die Gütigkeit haben, eine besondere Ausgabe meiner sondertrutischen Geschichte, und im Verfolg' auch meiner Tagebücher in einem gedrängten Auszuge, und niedlicher Gestalt zu besorgen. Nun so sey's!

Geh' also hin in alle Welt, mein Büchel! und predige meine Thorheit – zu ihrer Besserung – vielen Creaturen. Denen erstlich die dich mit einichem Wohlgefallen aufnehmen, entbiete schönen Dank! in meinem Namen. Solche zweytens, welche mich aus vollem Halse belachen, mögen hinwieder – uns danken, für diese andre Art von Lust die wir ihnen verschaffen. Denen drittens, welche zwar hineingucken in dieses Kuderwelsch, aber es bald wieder zur Seite schmeissen, sage nur: Ihr thut recht, man muß ein Bißchen eckel im Lesen seyn! Viertens und fünftens: Gescheidten Kunstrichtern danke, danke wieder zum Höchsten! Den Ungescheidten wünsche sonst zeitliches und ewiges Wohl. Sechstens und endlich: Eigentlich boshaften Splitterrichtern aber in der Nähe und Ferne würdest du, denk' ich, ewig vergebens bezeugen, daß ich am Aushecken deiner Wenigkeit – nur die leidende Schuld bin. Denen übrigens mache zum Beschluß ein Geschenk mit folgendem Gespräche.

Peter und Paul

PETER *mit einer Zeitung in der Hand.* Ha, ha, ha! Muß einer noch des Elends lachen. Was doch die Zeitungsschreiber heut zu Tag' alles aufgabeln. Als wenn's nicht Staats- und Kriegsnachrichten aus allen Theilen der Welt genug gäbe, ohne daß sie dergleichen Narrn'spossen in ihre Blätter 'nein schmierten. Ich lese keine Zeitung mehr.

PAUL. Ey, was ist's denn? Machst einen Ketzerslerm! Laß sehn.

PETER. Guck da: Lebensgeschicht' eines armen Manns im Tockenburg! 's möcht einer aus der Haut schleufen. Bald muß man sich schämen ein Tockenburger zu seyn. Unser Ländchen ist ohnedem schon verschreyt genug. Wenn's denn noch solche Narren giebt, die sich selbst in Druck stellen, und sogar in die Zeitung setzen lassen, werden wir aller Welt zum Gespött werden. Du sollst's hören und sehen, wie man zu Z.**, St.**, und H.***, drüber die Nase rümpft, und ein teuflisches Gelächter anfängt. Und denn mag mir das eine saubere Lebensgeschicht' abgeben. Man kennt die Näbis –

PAUL. Das ist, beym Sapperment! nicht brav. Man hat da dem armen Mann einen verzweifelten Streich gespielt. Ich weiß, wie's ihm durch Mark und Bein gehen wird. Freylich hat er sein Geschreib dem Herr Pfarrherr übergeben, Gebrauch davon zu machen, wenn er's irgend wohin tauglich finde; aber doch mit dem Beding, daß es hier zu Land nicht allgemein bekannt werde, weil er seine hiesigen Freunde nur zu gut kennt. Nun hatte der Pfarrer einiche Auszug davon in eine Monathschrift einrücken lassen, die hier wenig gelesen wird. Da geht der F** Novellist in ** und drückt's in seiner Zeitung nach. Aber nur Geduld. Unser Pastor wird schon sorgen. Ich wette, die Fortsetzung kömmt nächste Woche nicht mehr.

PETER. Aber, was nützt dem Narrn sein Schreiben? Wenigstens wenn ich der Pfarrer wär', nähm' ich mich des Zeugs nicht an, und sagte dem Lümmel gerad heraus: Hock lieber bey deiner Arbeit, und laß die Lumpenflausen bleiben.

PAUL. Nicht so wild, nicht so wild Herr Peter! Warum itzt den Pfarrer ins Spiel ziehen, der doch auch hier nichts anders als einen neuen Beweis seiner Menschenfreundlichkeit abgelegt hat? Glaub' mir's nur, er kennt seine Leuthe, und läßt den Näbis-Uli nicht schelten; und ich auch nicht, du – –

PETER. Du magst mir gerad' auch ein Halbnarr seyn, wie der Uli. Ich kenne ihrer drey oder vier; 's ist, bey Gopp! einer wie der ander. Oder ich frag' dich noch einmal, was nützt, was trägt dergleichen Zeug wohl ein? Bringt die Nasenweisheit des hochmüthigen Witznarrn seiner Frau und Kindern Brodt ins Haus! Wo hat je einer im Tockenburg etwas mit Schreiben erworben, ausser Amts wegen; und etwa höchstens noch der Schulmeister Am Bühl. Aber dergleichen Faxen und Bockssprüng' in Druck geben, ist Narrheit über Narrheit.

PAUL. Du weißt's vielleicht nicht – Der Am Bühl war eben des Ulis beßter Herzensfreund. Vom Nutzen oder Nichtnutzen aber verstehst du so viel als die Kuh von der Muskatnuß. Ich einmal will seiner Zeit die Geschicht' gern lesen, obgleich sie freylich nichts sonderbares enthalten kann.

PETER. Das denk' ich auch, und wollt' dir's grad itzt sagen, wie's Vater Unser. Bin mit dem Lappe aufgewachsen, und muß es ja wissen. Seine Eltern hieß man immer die Näbis von ihrem Wohnort her, einem elenden Nest von zwey armseligen Hütten. Man kann sich die adeliche Familie denken. Sie stellten auf zwey und zwanzig Beine 11. Kinder, zügelten hernach von einer Stelle zur andern, und konnten sich des Beteins kaum erwehren. Im Dreyschlatt mußte sein Vater gar mit seinen Gläubigern capituliren, und mit dem ganzen Fasel halb nackt davon ziehn. Uli, den ältesten, kannt' ich schon als Schulerbub', in der Zeit da er ein Biß'l elend lesen und schreiben gelernt. Er, wie die übrigen alle, wuchs halb nackend und wild auf, mit seiner schmutzigen Rotznas'. Jedermann neckt' und lachte ihn aus, weil er so tölpisch dahergieng, alle Augenblick über Stock und Stein stolperte, alle Vögel begaffte, und nie zu seinen Füssen sah. Als er nun allmälig zu einem grossen starken Bengel emporschoß, und itzt seinem Vater an die Hand gehen sollte – nahm er den Weiten, und gieng unter die Soldaten, riß aber bald wieder aus, weil er das Pulver nicht riechen konnte; bettelte sich dann wieder heim; machte in seiner Montur, Frisur und Schnurrbart den Gecken, war zur Bauernarbeit zu faul, und brütete nun, ohne einen Heller in der Tasche zu haben, in seinem Kopf den Kaufherr; und wirklich glückte es ihm durch seines Vaters Fürsprache, daß er 100. Thlr. und etwas Baumwolle auf Credit bekam. Auch wußt' er sich bey dem Spinnervolk durch die seltsamsten Caressen so einzuschmeicheln, daß man ihn nur den Garnbettler hieß. Dann baute er sich ein Nestchen, und freyte ein Weib (nur Schad' um sie!) die eine gute Mannszucht mit ihm vornehmen wollte. Aber es war leider zu späth'; er folgte seinem harten Eselskopf. Nichts desto minder schien auch itzt noch die Glückssonn' ihn anzulachen, und es nahm die Leuth' Wunder, wie einem solchen Löffel alles so gut gelingen könnte. Aber er machte schlechten Gebrauch davon, verstuhnd weder Handel noch Haushalt, stolperte sorglos herum, wie's ihm jückte, hieng sein Geborgtes an alle Lumpen und Lempen; fieng an seine Nase in die Bücher zu stecken, und, weil sein Seckel ihm nicht erlaubte, dergleichen zu kaufen, bettelte er sich in die Gesellschaft ein. Nun glaubte er gar, der Tag steh' ihm am Hintern auf, floh' unser einen und unsre altväterschen Zusammenkünfte, hockte immer an seinem Pult in einem Winkel, vernachläßigte seine Geschäfte, die er ohnehin nicht verstuhnd, und gerieth in einen solchen Schuldenlast, daß er, besonders in den theuren Siebenzigerjahren ein starkes Falliment gemacht, wenn nicht seine Gläubiger gute Leuth' gewesen, und dem Narrn, zwar nicht seinet- sondern Weib und Kinder wegen, geschont hätten. Ob er sich seither erholt oder nicht, ist mir unbekannt; denke aber doch, daß es noch mißlich genug um ihn stehe. Denn noch immer fährt er in seiner alten commoden Lebensart fort, macht sich gute Täg'l, besonders wo er's verstohlen thun kann, sieht andre ehrliche Leuth' über die Achsel an, legt sich auf lauter gelehrte Poßen, und hat doch keinen Hund aus dem Ofen zu locken. Kurz, er ist ein läppischer Hochmuthsnarr, der sich immer auszeichnen, und aus seiner Bettelfamilie hervorragen will, obgleich auch diese wenig genug auf ihm hält. Doch, das wär' alles noch nichts. Aber daß dieser Erzschöps' itzt gar seine eigne Geschicht' in die Welt ausgehen läßt, das ist zum Rasendwerden. Wenn doch nur gewisse Herren so gescheidt wären, als sie witzig seyn wollen, so würden sie an solchen Lauskerlen – –

PAUL. Genug ist genug, Peterle! Das ist zu arg. Wär' ich auch nie des Manns Freund gewesen, so müßt' ich doch itzt seine Parthey nehmen. Denn das ist nun so einmal meine Art: Wenn ich höre, daß einem so offenbar Gewalt und Unrecht geschieht, wallt mir das Blut in allen Adern. Also wird mir's der Herr nicht übel nehmen, wenn meine Vertheidigung des guten Uli's etwas unfreundlich ablaufen sollte. Nicht daß ich denke, ihm damit einen sonderlichen Dienst zu leisten. Ich kenn' ihn zu gut, und er kennt dich zu gut, und weißt wie boshaft du ihn überall anzuschwärzen bemühet bist, achtet's aber auch so wenig, wie Fliegengesums, und würde dir mit lachendem Mund Am Bühls bekanntes Lied: Juchhe! Ich bin ein Biederman! frisch unter die Nase singen. Aber, auf meine eigene Rechnung, sag' ich dirs, Kerl! Du lügst, du lügst, wie ein andrer Schelm, im Kleinen und Grossen; und wo's noch gut geht, machst du dem armen guten Mann Dinge zum Verbrechen, die eher dein Mitleid verdienen sollten. Daß seine Eltern z.B. nicht das Talent hatten, Schätze zu sammeln, wie du, soll das ihnen oder ihm zum Vorwurf gereichen? Waren sie nicht, trotz aller ihrer klemmen Umstände, ehrliche Leuthe? Nähren sich nicht alle ihre Kinder redlich mit ihrer Hände Arbeit? Und Uli selber, dem du Faulheit vorwirfst, fällt nichts schwerer als Müßiggehn.

Er soll von Hochmuth strotzen; und von allen möglichen Leidenschaften plagt ihn keine weniger als diese, und kein Mensch von allen die ich kenne, lebt lieber im Verborgnen als er? Daß er mitunter an Lesen und Schreiben ein so grosses Vergnügen findet, was geht das dich an? Läßt er dir nicht auch deine Freude, Batzen zu faucken? Wenn du also nur die Leuth ungeschoren liessest. Aber an dir, Bursch'! wird eben das Sprichwort wahr:

Kein Messer in der Welt schärfer schneidt,
Als wenn der Bettler zum Herren wirdt.

Von des armen Manns Schreibereyen wäre gewiß nichts vor deine Augen gekommen, wenn nicht jene Zeitung den verdammten Lerm veranlasset hätte; liesest du doch sonst nichts als etwa diese, um darin etwas aufzuschnappen, das du mit deinem Senf wieder auftischen kannst, oder im Calender, und in deinem Rechenbuch. So begehrt auch Uli gewiß weder hervorzuragen noch Figur zu machen, wie du und deine Helfershelfer, die ihre hohe Weisheit auf allen Kirchen- und Marktplätzen, hauptsächlich aber in allen Wirthshausgelagen ertönen lassen, und mit ihrem breiten Maul über Dinge absprechen, wovon sie keine Laus verstehen. Da muß jeder, der nicht nach eurer Pfeife tanzt, Spißruthen laufen. Da werden weder geist- noch weltliche Vorgesetzte geschont. Landsordnungen und Gebräuche, alles liegt euch nicht recht. Euer Wohlweisheiten würden das Ding viel besser machen. Und eben darum hat der arme Mann sich euern Haß aufgeladen, daß er (der doch nach euerm Sinn weit unter euch steht, und sich's wohl herrlich zur größten Ehr' hätte rechnen sollen, bey euch gelitten zu werden) euch vielmehr sorgfältig vermied, und Gespanen suchte die mehr nach seinem Geschmacke waren – oder in deren Ermanglung lieber mit einem redlichen Bauer von Holz und Feld, Heu und Stroh plauderte – oder sich zuletzt mit dem ersten beßten Handwerksbursch unterhielt – wenn er nur euch, Allerweltshofmeister! ausweichen konnte.

PETER. Du redst halt, wie ein Mann ohne Kopf. Heißt das, auf meine Frage geantwortet? Ich fragte dich, was solche Bücherfresser und Papierverderber sich oder andern für Nutzen brächten? Zeig' mir den an, und dann halt's Maul, oder man wird dich's lehren. Sag' also an, deine Tagdiebe und Fantasten, sind sie besser oder reicher als andre?

PAUL. Nur nicht zu rasch, Peterle! Ob sie besser oder nicht besser sind, müssen ich und du dem einzigen Herzenskündiger überlassen. Aber so viel weiß ich wohl, daß sich viele aus ihnen ernstlich bemühen, besser zu werden; und daß jene Geistesbemühungen ihnen auch hierinn vortrefliche Dienste leisten. – Ob sie dadurch reicher werden? – Daß du verdammt werdest mit deinem Geld! Einen solchen Gesell, wie du bist, darf man eben nicht fragen: Was er vor edler halte, Seel' oder Körper? Man weißt es schon, da alle deine und deiner Zunftgenossen Dichten und Trachten nur darauf zielt, euern Madensack zu verpflegen, wenn ihr euch gleich mit all' euerm Silber und Gold nur keinen faulen Zahn wieder gut machen könnt. Mittlerweile jener ihre vornehmste Sorge darauf geht, ihr Herz zu reinigen und ihren Geist auszubilden, und, vergnügt mit der Befriedigung ihrer unentbehrlichen Bedürfnisse, unzählige edle und entzückende Freuden geniessen, die ihr mit euern schielenden Augen nicht einzusehen, mit euerm thierischen Verstand nicht zu begreifen, und euch besonders nie zu dem erhabenen Urquell derselben zu erheben vermögend seyt – so ungefehr wie die Schweine, welche freylich auch die Eicheln unter dem Baum begierig auffressen, ohne sich um den Bau der Frucht, oder um den Schöpfer des Baums zu bekümmern – Was thut indessen Ihr? Mit eurer Naterzunge alle eure Nebenmenschen begeifern, ihre löblichsten Handlungen verkleinern und die unschuldigsten verleumden, ihr Pharisäer! die ihr, mit euerm Schmolk und Habermann in der Hand freylich alle Sonntag zur Kirche läuft, und keine Sylbe von der Predigt versteht oder behaltet; und denn damit wähnt alles gethan, und euch zumal das Recht erworben zu haben, die ganze noch übrige Zeit des Tags das halbe Tockenburg mit eurer falschen Elle zu messen; gegen jeden, der besser ist als ihr, mit Quackern, Duggenmäuslern, Bibelfressern, Jesuiten, Papierleckern und andern derley läppischen Schimpfnamen herumzuwerfen, und, wo ihr an jemand kein einzig offenbares Laster finden könnt, ihm dafür zehn geheime anzudichten; wie ihr's z.E. eben dem armen Manne macht, den ihr geradezu unter die gröbsten Zöllner und Sünder setzt, und ihm besonders solche Fehler andichtet, von denen er am allerweitesten entfernt ist. Doch, seyt seinetwegen nur ohne Sorgen. Seine wirklichen Mängel gestehet er selbst zu allererst ein – und die ersonnenen schiebt er auf den Nacken ihrer Erfinder zurück, lacht euch unter die Nase – oder schweigt, wenn er noch klüger ist. Ueberhaupt aber kann in unserm lieben Land

Tockenburg keine noch so heilsame Neuerung, keine noch so gemeinnützige Verordnung, kein noch so löbliches Institut stattfinden, über die ihr nicht mit euern Breitmäulern daherfährt, es auf allen Gassen zu verlästern, und den Einfältigen dagegen in Aufruhr zu bringen sucht. Will's denn öffentlich nicht gelingen, so schleicht sich etwa ein wohlberedtes Mitglied aus eurer saubern Zunft in die Spinnstubeten ein, sitzt mit einem Halbdutzend ebenfalls hochweiser Frauen zusammen, trägt ihnen mit gerunzelter Stirn' und verspreiteten Armen in einer häufig mit Ach! und wieder Ach! unterbrochenen schöngesetzten Sermon den landsverderblichen Casus vor, und ruht nicht, bis diese neuen Amazonen in Feuer und Flammen gerathen, und schwören, Himmel und Erde zu bewegen – und besonders ihre Männer so lang' zu plagen, bis sie sich entschliessen, das Uebel mit Stumpf und Stiel auszurotten. Dabey aber ist es immer ein Glück, theils daß Weiberzorn nie von langer Dauer, theils daß es Gott Lob! auch noch vernünftige Frauen giebt, und ihr so nicht selten anprellt, und euch selbst bey allen Klugen zum Gelächter macht. So gieng's euch z.E. bey Anlaß unsers freylich kostbaren Strassenbaues, wo ihr's auch jedem in's Ohr rauntet, der einfältig genug war, es euch zu leihen: Daß, sobald wir neue Weg' hätten, Krieg in's Land kommen würde. Aber, gelt! euch artigen Herren zu Trotz hat es unsern wohlgesinnten Vorstehern geglückt unser gutmüthiges Volk bald eines andern und bessern so zu belehren, daß sie itzt mit der freudigsten Willfährigkeit wirklich herkulische Arbeiten verrichten, und davon einst, neben dem Nutzen auch gebührendes Lob und Ruhm einerndten werden. Was die moralische und Lesegesellschaft betrifft – –
PETER. Ha! Da kömmst du mir eben recht. Man merkt's dir an deinen Plaudereyen an, daß du dich auch schon längst gern' hättest zu diesem Orden einkleiden lassen, der wohl saubre Geheimnisse besitzt, da seine angesehensten Mitglieder in der Beßte ihrer Jahren in's Gras beissen, die witzigsten ausser Lands ihr Brodt suchen mußten, und andre sonst ihr Glück verwahrloset haben, die übriggebliebenen aber das seltsamste Gemisch von curjosen Köpfen, alten Pastoren, dann wieder jungen Herren mit grossen Hüten und weiten Hosen, ausmachen, und itzt gar, wie ich höre, mit einander uneins geworden sind. Wahrlich, eine herrliche Verbrüderung! Gelt, gelt, ich weiß es – –
PAUL. Ja, ja! und Ich weiß es auch, daß solche Spinnen, wie du, aus den schönsten Bluhmen, wo die Biene nur Honig findet, das Gift saugen. Wo ist ein Acker, auf dem nach Verlauf vieler

Jahre, nicht auch in irgend einem Winkel Unkraut wächst? Und wenn der beßte, reinste Saamen darein gesäet wird, so ruhet der böse Feind um so viel minder, bis er – und sollt' er die Nacht dazu nehmen – auch etwas von jenem drunter gestreut hat. Und war es nicht auch gerad' so einer, wie du, der den ersten Zunder zu jenem Zwist anblies, der aber, Trotz deiner Schadenfreud', von keinen erheblichen Folgen seyn wird, so daß bald wieder alles in's alte Gleis kommen soll. Indessen, noch einmal: Bey euch, Herren! ist das Vermögen immer die Hauptsach'. Wem das Geld fehlt, der ist in euern Augen schon per se ein unnützer Knecht. Aus der Nähe und Ferne zergliedert ihr die Glücksumständ' eines jeden, den ihr kennt oder nicht kennt, und zählt ihm seine Batzen in der Tasche. Da heißt's bey euch bald alle Tag: Huchhey! Dort liegt auch wieder ein Kalb auf dem Schragen – A. liegt schon in den letzten Zügen – B. pfeift ebenfalls auf dem letzten Löchlin – und C. muß wenigstens capituliren. Doch habt ihr eben auch schon manchem längst zu Grabe geläutet, der, zu euerm grossen Herzenleid, heutigen Tags noch so frisch und gesund ist, als einer, und wohl auch alsdann noch aufrecht wie ein Bolz stehen wird, wenn – Ihr wenigstens ihm die Todtenglocke nicht mehr zieht. Freylich müßte vielleicht mancher noch so haushältersche Ehrenmann Hof und Heimath mit dem Rücken ansehn, wenn alle Menschen so dächten wie ihr, ihr unerbittliche Treiber – der schuldlosen wie der schuldigen Armuth! Ihr schwarzgallichte Unglückskocher – Ihr – –

PETER. Wie? – Was? – Bin ich nicht ein Narr, einer solchen Schandgosche, wie deine, so lang zuzuhören – und dich nicht lieber krumm und lahm zu schlagen, du S***! – Aber, nur Geduld! es soll dir nicht geschenkt seyn.

PAUL. Hätt'st Courage, ich weiß wohl, würdst du gewiß nichts sparen. Aber es ist eben ein Glück, daß du und fast alle deines Gelichters nur dapfer mit dem Maul sind. Ich vor mich hab' dir gerad' von der Leber weggeredt; und zwar nicht meines Vortheils wegen, sondern um die gekränkte Ehre vieler guten Menschen überhaupt, und des armen Mannes seine insbesonders, gegen dich und deinesgleichen in Schutz zu nehmen. Itzt bin ich fertig; mein Herz ist geräumt, los und ledig von allem weitern Grimm und Groll; und füg' ich nur noch den einzigen wohlmeynenden Wunsch bey: Daß ihr könftig liebreicher und behutsamer von euern Nebenmenschen – –

PETER. Und Ich wünsch' dir alle Schwernoth auf den Buckel, du vertrackter Erzschurke, du! Man hört's nun, wie gut du von ehrlichen Leuthen denkst, die in ihrer Einfalt an ihrem Nächsten, ohne ihn darum zu hassen, freylich nicht nur seine Tugenden, sondern auch seine Mackel sehn.
PAUL. Das wußt' ich wohl. So wenig ein Mohr seine Haut, oder ein Pardel seine Flecken ändern kann, so wenig können die eines gutmüthigen Sinns werden, die eines böswilligen gewohnt sind. Ihr haßt keinen Menschen, sondern nur ihre Thorheiten und Laster – nicht wahr? Aber, wer ist in euern Augen tugendhaft? Gewiß keiner, der nicht euer Lied singt – brav Geld zusammenscharrt, und besonders – euch in allen Dingen den Vorzug läßt. Uebrigens seyt ihr einander selbst nicht treu, keiner traut, jeder betrigt den andern, oder schlägt ihm wenigstens ein Bein unter; und nie seyt ihr einig, als wo's drauf losgeht, den Drittmann zu übertölpeln, oder wettzueifern, wer auf seinen Mitchrist am meisten Böses – sey's nun wahr, halbwahr oder erdichtet, bringen kann. Doch, ich bin müde, länger eure schlimme Seite zu schildern. Die gute aber mögt ihr selbst zeigen. Wohlbekomm's, meine Herren! Adieu!

Balz und Andres – ein Gespräch

BALZ. was doch die Zeitungsschreiber vor Hungerschluker sind – da sieht mans – ich hets doch nie glaubt – das sie dergleichen Narheiten – Hundsfüthereyen – in Ihre Blätter aufnähmen – kein Wunder das ich nichts auf Ihr Geschrieb halte – wüssen die Kärls dann sonst nichts zu schreiben –
ANDRES. was, was – von was ist dann die Rede –
BALZ. Hast dann die B ... Zitung nicht gelesen – wo der läppische Kärl als Anhang hindenan steht – und alle Leuthe, die Ihn kennen, das Maul rümpfen –
ANDRES. das ist mir das erste – nein, ich weiß kein Wort – hab auch nichts gehört – und die B ... Zitung les ich nicht – auch keiner von meinen Nachbarn –
BALZ. Grad so gut – wenn nur solch Lumpenzeug drin steht – ist sie nicht lesenswerth. Beym G. im Stättle kanst sie lesen – wirst dich ärgern, was gilts –
ANDRES. Aber um Gotteswillen was ist's denn – noch weiß ich nicht, von was oder von wem die Rede ist – möchts doch dütlicher hören –

BALZ. So höre denn – der Anfang heißt – Geschichte eines Armen Mannes im Toggenburg – da wird's den keinen wundernehmen – wer der Arme Mann sey – wil er gleich anfangs vom Näbis zu erzehlen anfangt – du wirst doch die Näbis ja kehnen –
ANDRES. o ja gar gut – und der welcher du meinst, ist ja mein Nachbar – aber das so was von Ihm sol in B ... Zitung stehen – das kann ich nicht begreifen –
BALZ. nicht begrifen – ja woll – nicht begriffen – das ist doch gut begreifen – hast ja schon lange von dem Hochmuthswitznarren gehört – das er seine Nase in alle Bücher steken wil und selbst Tagbücher und andere Narheiten schreibt – und das er sich aus Hochmuth in die Büchergesellschaft eingezwengt – ich halte gar nichts von der Büchergesellschaft – wil sie dergleichen schlechte Kärl aufnehmen – und das sie Ihm einest noch ein Dukaten und einest eine dukatenwertige Medalie vor seine geschmierten Narheiten bezahlt haben – aber das er jez gar seine Boksprünge in Druk gibt – als ein Kärl von Bedütung in der Welt wil figur machen – macht einem s Bauchweh –
ANDRES. Nun ja – ich kehne den Mann und kehne den B ...des Mans Schreib- und Lesehang ist mir bekandt – aber das er dem B ... seine Geschichte in die Zeitung Einzurüken übergeben habe – das kan ich in Ewigkeit nicht glauben – gesezt aber er hets gethan – wäre er deswegen doch kein schlechter Kärl Ihr seyt gar biterbös auf den Mann – Balz – was hat er euch denn gethan – oder in den weeg gelegt –
BALZ. gar nichts – im geringsten nichts – aber ich kans dem narren nicht vertragen, so naseweiß zu sein – er und seine gantze Familie sind arme verachtente Hudler – seine Eltern konten sich des Bettelns kaum erwehren – liesen alle Ihre Keinder ohn die geringste erziehung wild aufwachsen – dieser als der älteste Lappe gieng in den Krieg – kam aber bald wieder noch läppischer heim – nahm ein Weib – schad ums weib – fieng den Bauelgewerb an und verstuhnd kein Drek – wärn mahl bald zum Lumpen worden – hat noch jez kein Hund auf den Ofen loken und wil so naseweis sein und einen gelehrten Mann scheinen – nein ich kans ihm nicht vertragen –
ANDRES. ganz sonderbar – aber ich habe doch mein Tag nie gehört, das unverschuldete Armuth schändlich sey – sonst wüßt ich dieser Familie nichts anzuhaften –
BALZ. nichts – ich auch nicht – aber das der Mann da sich wil auszeichnen – aus seiner Betelfamilie vorstechen – eine erztölpische Geschichte in die Welt nein schreibt – als wenns weiß

Gott was wäre – das solt man den Narren nicht gestatten – ich
bin nicht der einzig, ders sagt – glaubs nur, Andres – der Kärl
ist das Gespött der ganzen Welt – und wenn die Herren nicht
selbst auch Narren wären, heten sie nicht noch wohlgefahlen
an solch einem Lausjunker und seinen Firlifaxen seine eignen
Freund spotten seiner –

ANDRES. So gehts in der Welt – wen einer sich aus dem Staub
erheben wil, schlagen seine Kameraden und Bekandte mit Händ
und Füssen drein, ihn wieder in Drek zu stampfen – aber hier
ist nicht der Fahl – glaubs nur, Balz – du bist lez bericht – ich
wil dir sagen wie das Ding zugeht – das der Mann vil schreibt
– ist wahr – ist hang und drang aber nur vor sich – ohne einige
interessierte Absichten – als etwa vor sein Nachkömling – oder
seinen vertrautesten Freunden zu zeigen – sonst legt er seinen
Schreibereyen gewüß selbst keinen Werth bey – erkennt gar
gerne seinen niedrigen – unwüssenden Layenstand – ist so
gerne unbekandt als einer in der Welt – das etwas von seiner
Lebensgeschichte in der B ... Zitung kam, ist gewüß nicht seine
Schuld – dem Pfarrer hat er freylich etwas von seinem Geschrieb
gezeigt – wie bilich – Ihme allein – hat ers – nicht gar gern –
erlaubt etwas davon in das Schweizermuseum einzurücken –
da geht B ... und drukt es in seiner Zeitung nach freilich nicht
brav – daher der Lärm – ich habe selbst gesehn wie der Arme
Mann in Feuer und Flammen gerieth – als ers vernohmen hat
– das war doch nicht seine Schuld –

BALZ. Also hat ers doch zu druken erlaubt – das dacht ich wohl
– ha wie sich der Kärl verstelen und bey den einfältigen Herren
einzuschmeicheln weiß – So n Lappe – das nimt mich selbst
wunder – mich solte der Löffel gewüß nichts glauben machen.

ANDRES. Gut – vor dich, Balz – das hüzutage keine Apostel gibt
– du wärst der schlimste Verfolger – ein rechter Saul – du hast
den Lärm über den Armen Mann angeblasen – aber sage was
du will – hierin ist er unschuldig – da könt ich den Pfr. zum
Zeugen stelen – er hat geglaubt das schweizerische Mausaeum
werde hier gar nicht oder nur selten – etwa in Pfarrheusern –
gelesen – und wäre auch wenn der heimtückische B ... ihme
diesen fatalen Streich gespielt hete. –

BALZ. Ich habe nicht mit dir, Andres – ich sehe wohl, du bist
sein Vorsprech – aber ich sage dir rund heraus – der Hudler
konte seine Südlereyen bleiben lassen – müst nur auch nicht
seine Nase in alle Bücher steken – würde er sich darvor aufs
arbeiten legen – dan zum Handeln taugt er nichts – würde er

vor Weib und Kind besser sorgen – und aufs Alter hausen –
der Kerl muß gewüß im Alter Betteln gehn – seine Jungen
taugen auch all nichts – sein Weib dauert mich –
ANDRES. Nicht so rasch und Lieblos geurtheilt. Balz, denk ein
bisgen zurück – in welchen Umständen deine Familie vormals
war und zum Theil noch jez ist – mir ist ich habe erst kürzlich
deine Schwöster vor einer Hausthüre gesehn – schon du nun
zum reichen Mann worden bist – und es deiner Klugheit zu-
schreibst – aber wüsse – ander leuth urtheilen – auch anderst
von dir – jedermann weiß – das Zeit und Umstände dir günstig
waren – zum Ex. die hungerigen 70ger Jahre waren Erndt-Tage
vor dich rühmlich oder nicht – das wil ich nicht sagen – hingegen haben diese Jahre – den Armen Mann – wie viele andere
– vast zu boden gedrukt – Uebrigens ist er freylich nicht der
Mann – der nach Reichthum strebt – sonst trachtet er doch
mit Gott und mit Ehren durch die welt zu komen – glaube
gewüß die Vorsehung werde – ohne sein sorgen gleichwohl vor
ihn sorgen – so wie vor seine Jungen – an denen er thut was
er kan –
BALZ. Blas mir den Hobel aus – ist ein Narr wie der ander – was
geht dich meine Schwöster an – ist mir nicht lieb das sie ein
Luder ist – laß mich ungheit – oder –

Ab.

Freytag d. 11. April 1788

Schreiben an meinen Sohn –

Seihst du, Junge – siehst wies einem geht in der Welt – wann er
nicht auf seinem Posten bleibt – Hast das Gespräch gelesen –
sonst ist lesen nicht deine Sache – aber das Gespräch zwüschen
Balz und Andres wirst du doch lesen – es ist ächt – glaubs Bube
– so schwäzten – so dachten die meisten Nachbaren und Bekand-
ten – von mir – deinem Vater – nur wegen meinen Lesereyen
und Schreibereien könen sie mich nicht leiden – zwar du lachst
hinden im Maul – ich weiß wohl – du sagst heimlich sie haben
recht – aber es kan doch noch eine Zeit komen – das du mich
list – schon du und deine Mutter – alle Freunde und Verwandten
mich jez deswegen tadeln und scheel ansehn – das Gespräch –
das ist würklich geflossen – mein Verthädiger Andres ist würklich

mein Freund – der hat mich die gantze Unterredung haarklein berichtet – ob er aber mich so heftig verthädigt – weiß ich nicht ich habe nur das wennigste hergesezt – und Balzens harte Ausdrücke und Beschimpfungen habe auch mehr als die Helfte ausgelassen –

Deswegen bin ich doch nicht von meinem Posten gewichen wie die mürrischen Nachbaren glauben – und auch du mir vorwerfen möchtest – ich versaume sehr wennig bey meinem Beruf – viel wenniger als man glaubt – freilich ist meine Seele nicht gestimt – all ihre Kräfte nur auf Brodterwerb oder Geltsameln zu verwenden – wie meinen Durchhächlern die Ihre – die kein anderes Verdienst wüssen – kein anderes Vergnügen kenen als Gelt – und was mit Gelt zu kaufen ist – doch ich plaudere zur Zeit noch tauben Ohren – lieber Junge – wolte Gott ich könt erleben das ich dich aus eigenem Trieb mit einem Buch in der Hand in einem Weinkel fände – oder dich anträfe – einen eigenen Gedanken aufs Paper hinkleksen – oder nur einsam deinen Gedanken nachhengcn – aber läyder – zur Zeit noch nichts dergleichen – ich und du Vatter und Sohn denken nach – wie wiederwertig unsere Stekenpferdt – was mir all meine Tage unausstehlich war, muß ich an dir sehen – von einem Haus zum andern laufen – wo nur die pöbelhaften Grobianen hausen – Gespenster- und Hexenhistörchen erzehlt werden – foppen und fabeln – weder kalt noch warm – denen ich gar keinen Namen weiß – wos jedem ehrlichen Mann dabey übel wird – ohne dabey der Flüche zu gedenken – welche jede unter Gelächter ausgehauchte Narrheit begleitet – o Sohn – denke nach –

Biographie

1735 22. *Dezember:* Ulrich Bräker wird in Näbis im Toggenburg (Kanton St. Gallen) als ältestes von elf Kindern eines Tagelöhners, Kleinbauern und Salpetersieders geboren. Die Familie lebt nach strengen Regeln pietistischer Frömmigkeit.

1741 Der Vater übernimmt einen in der Gebirgseinsamkeit des Dreischlatt gelegenen Einödhof, um die größer werdende Familie besser ernähren zu können. Dreizehn Jahre lang wendet er vergeblich alle Mühe auf, um die wachsenden Schulden zu begleichen, muß dann jedoch seinen Besitz den Gläubigern übergeben und den Hof verlassen.

Bräker muß schon als Kind für die Existenz der Familie harte Arbeit verrichten und kann die Schule nur unregelmäßig besuchen. Das Hauptgewicht des Schulunterrichts liegt auf religiösen Unterweisungen. Bräkers einzige Lektüre sind in den frühen Jahren die Bibel und religiöse Erbauungsschriften.

1750 Bräker führt als Fünfzehnjähriger einen Briefwechsel mit einem Freund über alltägliche und religiöse Gegenstände.

1754 Umzug der Familie in die Nähe von Wattwil.

Bräker verabscheut das häusliche Baumwollkämmen und -spinnen, verdingt sich als Tagelöhner und versucht es mit dem Pulvermachen und Salpetersieden. Seine Leidenschaft gilt geistig-künstlerischen Dingen.

1755 Leidenschaftliche Jugendliebe zu der Wirtstochter Ännchen Lüthold.

1756 Bräker entflieht dem häuslichen Elend und läßt sich als preußischer Söldner anwerben.

1. Oktober: Während der ersten Schlacht des Siebenjährigen Krieges bei Lobositz desertiert Bräker und kehrt in den Toggenburg zurück.

Er versucht wiederholt, aber ohne Erfolg, sich durch Baumwollkämmen und Garnhandel eine selbständige Existenz aufzubauen.

1761 Bräker heiratet aus wirtschaftlichen Überlegungen die lebenstüchtige, aber wenig geliebte Salome Ambühl und bezeichnet rückblickend dieses Jahr als das »allerwichtigste Jahr« seines Lebens.

Auf Drängen seiner Frau wendet er sich erneut dem

	Garnhandel zu.
1762	Bräkers Vater stirbt bei einem Unfall während der Waldarbeit. Bräker muß seine vier jüngsten Geschwister miternähren.
	Durch den Bau eines Hauses gerät Bräker in tiefe Schulden.
1768	Die für den Druck bestimmte Schrift »Ein Wort der Vermahnung an mich und die Meinigen, dass nichts besser sey denn Gott fürchten zu allen Zeiten« enthält allgemeine religiöse Überlegungen, Nacherzählungen biblischer Geschichten, Gebete und eine Skizze seines Lebens.
1770	Bräker beginnt mit regelmäßigen Tagebuchaufzeichnungen, die er dreißig Jahre lang fortsetzt (ca. 3700 Manuskriptseiten).
1776	Bräker wird Mitglied der »Moralischen Gesellschaft« zu Lichtenstein, durch die ihm völlig neue Bildungsmöglichkeiten eröffnet werden.
	Auf Anraten des Wattwiler Dorfschulmeisters und Schriftstellers Johann Ludwig Ambühl, der ihn fördert, nimmt Bräker an einem Preisausschreiben der »Societas Moralis Toggica Reformata« teil und gewinnt mit seinen Abhandlungen zu zwei Fragen (Nutzen oder Schaden der Auslandskredite; Problem der Bevorzugung des Baumwollgewerbes bei gleichzeitiger Vernachlässigung des Leinwandhandels) den Preis.
1777	Bräker beginnt, Shakespeare zu lesen und verfaßt die Schrift »Etwas über William Shakespeares Schauspiele. Von einem armen ungelehrten Weltbürger, der das Glück genoß, ihn zu lesen« (erschienen 1780), in der er Shakespeare als »Menschenmacher« und »wundertätigen Theatergott« feiert.
1780	Ambühl veröffentlicht in der von ihm herausgegebenen Zeitschrift »Die Brieftasche aus den Alpen« erstmals drei kleinere Texte von Bräker.
1782	Während einer Reise nach Zürich lernt er Johann Kaspar Lavater kennen.
1785	Der aufklärerisch gesinnte Martin Imhof wird Pfarrer in Wattwil und Förderer von Bräker.
1787	Imhof bietet Bräkers 1781 begonnenes Manuskript »Lebensgeschichte und Natürliche Ebentheuer des Armen Mannes im Tockenburg« dem befreundeten Verleger Jo-

1788	hann Heinrich Füßli in Zürich zur Veröffentlichung an. Bräkers »Lebensgeschichte und Ebentheuer des Armen Mannes im Tockenburg« wird in der von Füßli herausgegebenen Zeitschrift »Schweitzerisches Museum« veröffentlicht.
1789	Füßli publiziert im »Helvetischen Calender für das Jahr 1789« Auszüge aus Bräkers Tagebuch unter dem Titel »Eine Dosis gesunden Menschenverstandes aus den Bergen. Aus den Tagebüchern des Armen Menschen im Tockenburg«.
	Füßli gibt »Sämtliche Schriften des Armen Mannes aus dem Tockenburg« heraus (»Erster Theil: Lebensgeschichte«).
	Bräkers anfängliche Begeisterung über die Französische Revolution macht schon bald zunehmender Skepsis Platz.
1791	Nach Schließung der »Moralischen Gesellschaft« Aufnahme in die 1789 von dem Bankier Daniel Girtanner gegründete »Literarische Gesellschaft« in St. Gallen, wo Bräker in den letzten Jahren seines Lebens Anregung und Unterstützung findet.
1792	Bräkers »Tagebuch des Armen Mannes im Tockenburg« erscheint als zweiter Band seiner Schriften, der von Füßli ausgewählte, sprachlich bearbeitete und aufklärerisch stilisierte Texte enthält.
1798	Des fortgesetzten Schuldenmachens überdrüssig, erklärt Bräker den Bankrott seiner Unternehmungen.
	11. September: Ulrich Bräker stirbt völlig verschuldet in Wattwil im Kanton St. Gallen.

Geschichten aus dem Sturm und Drang

Zwischen 1765 und 1785 geht ein Ruck durch die deutsche Literatur. Sehr junge Autoren lehnen sich auf gegen den belehrenden Charakter der - die damalige Geisteskultur beherrschenden - Aufklärung. Mit Fantasie und Gemütskraft stürmen und drängen sie gegen die Moralvorstellungen des Feudalsystems, setzen Gefühl vor Verstand und fordern die Selbstständigkeit des Originalgenies.

Lenz Zerbin oder Die neuere Philosophie **Wezel** Silvans Bibliothek oder die gelehrten Abenteuer **Moritz** Andreas Hartknopf. Eine Allegorie **Schiller** Der Geisterseher **Goethe** Die Leiden des jungen Werther **Klinger** Fausts Leben, Taten und Höllenfahrt
ISBN 978-1489596925, 468 Seiten, 19,80 €

Geschichten aus dem Sturm und Drang II

Wezel Kakerlak oder die Geschichte eines Rosenkreuzers **Bürger** Münchhausen **Schiller** Der Verbrecher aus verlorener Ehre **Moritz** Andreas Hartknopfs Predigerjahre **Lenz** Der Waldbruder **Klinger** Geschichte eines Teutschen der neusten Zeit
ISBN 978-1489597106, 424 Seiten, 19,80 €

Dekadente Geschichten

Im kulturellen Verfall des Fin de siècle wendet sich die Dekadenz ab von der Natur und dem realen Leben, hin zu raffinierten ästhetischen Empfindungen zwischen ausschweifender Lebenslust und fatalem Überdruss. Gegen Moral und Bürgertum frönt sie mit überfeinen Sinnen einem subtilen Schönheitskult, der die Kunst nichts anderem als ihr selbst verpflichtet sieht.

Rilke Die Aufzeichnungen des Malte Laurids Brigge **Huysmans** Gegen den Strich **Bahr** Die gute Schule **Hofmannsthal** Das Märchen der 672. Nacht **Rilke** Die Weise von Liebe und Tod des Cornets Christoph Rilke
ISBN 978-1489596833, 392 Seiten, 16,80 €

Printed in Poland
by Amazon Fulfillment
Poland Sp. z o.o., Wrocław

58216570R00105